웹툰 내비게이션

웹툰

시작이 어려운 사람들을 위한 웹툰 선택 가이드

내비게이션

합정만화연구학회
조경숙 조익상 박범기 성상민 지음

LHOT

차례

들어가며

웹툰은 폭발적으로 팽창하고 있다. 최소 1만 여 편이 넘는 완결/미완결 작품이 존재하고, 매주 약 1천 편의 새로운 회차가 업데이트된다. 작품은 범람하듯 쏟아지는데 누군가는 볼 웹툰이 없다 하고, 어떤 사람들은 너무 많아서 무엇부터 봐야 할지 모르겠다 한다. 웹툰을 한참 즐겼지만 이제는 조금 지겨워졌다고 느끼는 독자도 있고, 관심은 있지만 어디서부터 시작해야 할지 몰라 망설이다 보니 여태 웹툰을 접하지 못하는 이들도 있다.

이 책은 이런 상황에 처한 독자들을 위해 기획되었다. 웹툰은 안 그래도 드넓은 세계인데 나날이 더 확장되는 터라 자칫하면 길을 잃기 쉽기 때문이다. 『웹툰 내비게이션』은 '내비게이션'이라는 이름처럼 독자들이 웹툰이라는 세계에 진입하기 전에 웹툰에 대해 폭넓게 이해하도록 안내하는 역할을 한다.

이 책의 구성

1부 "지도 펼치기"에서는 웹툰 전반을 소개한다. 웹툰이 형성되어 온 역사를 필두로 무엇을 웹툰이라 말하는지, 오늘날 웹툰의 어떤 부분에 주목해야 하는지 등을 다루었다. 1장 "웹툰의 이동 경로"에서는 웹툰의 태동과 발전, 지나온 길을 언급하며 형식적 요소 등을 전반적으로 다루고, 2장 "웹툰의 경제"에서는 웹툰이 산업으로서 지니는 영향력과 가치 등에 대해 상술한다. 3장 "지도를 만드는 사람들"에서는 웹툰이라는 지도를 만드는 데 없어서는 안 될 '사람'에 관해 이야기한다.

2부 "목적지를 선택하세요"는 본격적인 큐레이션이다. 여기에서는 독자들이 꼭 한 번 읽어 보았으면 하는 웹툰 100편을 선정하여 소개한다. 4장에서 선정 기준을 밝혀 두었고 5장에는 선정한 100편의 작품에 대한 비평적 리뷰를 담았다.

마지막으로 부록은 '패키지 투어' 역할을 한다. 독자의 상황에 따라 읽으면 좋을 만한 작품들을 골라 두었다. 책의 흐름대로 따라가도 좋지만, 독자의 관심사에 따라 이 작품 저 작품 자유롭게 건너다니는 것도 권장한다.

우리는

2018년 12월 만화 연구를 위해 결성된 합정만화연구학회에 소속된 만화평론가들이다. 글을 쓰는 일은 개인적인 행위로 끝나는 경우가 많기 때문에 고립되기 쉽다. 그래서 같은 주제로 글을 쓰는 이들이 모여 네트워크를 이루고 서로 교류와 배움을 통한 새로운 시도를 모색하자고 마음을 모았다.

합정만화연구학회는 정기적으로 세미나를 운영하며 만화 연구와 평론 작업을 함께 하고 있다. 특히 2020년부터는 그해에 연재된 만화 가운데 주목할 만한 작품을 꼽아 '올해의 합정만화상'을 수여하고 있다.

내비게이션이 스스로 목적지를 정할 수는 없다. 이 책을 통해 독자가 웹툰 세계에서 각자의 목적지를 향할 수 있으면 좋겠다. 웹툰을 보며 설레고, 웹툰과 함께 휴식을 취하고, 웹툰으로 새로운 삶과 시선을 만나고, 웹툰 속 인물을 거울 삼아 삶을 반추하는 등 웹툰을 통해 이룰 수 있는 즐거움은 무궁무진하다. 웹툰 세계를 자유롭게 여행하는 데에 이 책이 작게나마 도움이 되었으면 한다.

2022년 10월
합정만화연구학회
조경숙, 조익상, 박범기, 성상민

1장.
웹툰의 이동 경로

    '웹툰'은 잘 알려져 있듯 '웹(web)'과 '카툰(cartoon)'이 조합되어 만들어진 용어다. 사실 카툰은 영어권을 비롯한 대부분의 문화권에서 한칸만화를 뜻하고, 여러 칸으로 이루어진 다(多)칸만화는 코믹스(comics, comic strip)라고 부른다. 그래서 영미권에서는 웹코믹스(webcomics)라는 말을 쓰고, 일본에서도 웹코믹(ウェブコミック)으로 부른다. 하지만 우리나라에서 쓰이는 웹툰은 만화라는 명칭이 카툰과 코믹스를 포괄하듯, 한칸만화와 다칸만화 모두의 웹 형태를 지칭할 수 있는 넓은 의미를 지닌다. 초기 웹툰은 한칸 혹은 짧은 다칸만화가 주를 이루었지만 포털 웹툰 플랫폼과 함께 장편 서사 만화로서의 웹툰이 일반화된 이후, 웹툰은 '웹툰 플랫폼에 연재되는 세로 스크롤 다칸만화'라는 좁은 의미로 더 널리 받아들여지고 있다.

앞으로 우리는 웹툰이라는 말과 그 이동 경로를 함께 살펴볼 것이다. 요즘은 웹툰이 워낙 잘 알려져 있어 '만화' 하면 웹툰만 떠올리는 사람도 있을 정도지만, 웹툰 이전에는 '만화' 하면 가장 먼저 떠오르는 건 만화책이었다. 물론 당시에도 만화는 잡지 연재 만화, 신문 연재 만화 등 다양한 모양으로 존재했다. 웹툰도 이와 같은 만화의 여러 모양 중 하나다. 종이에 인쇄되는 방식으로 펼쳐진 만화가 출판만화의 형태로, 만화책이나 신문만화 혹은 잡지만화의 모습으로 독자를 만나는 것과 마찬가지로, 그림과 글이 특수하게 결합한 만화라는 장르가 디지털 스크린이라는 지지대 위에 펼쳐진 만화의 또 다른 형태 중 하나라는 뜻이다.

따라서 이 책에서 만화는 해당 범주를 포괄하는 가장 상위 범주인 예술 장르를 지칭한다. 반면 웹툰으로는 디지털 미디어로 향유되는 만화를 폭넓게 지칭하는데, 때로 정확한 용어 사용을 위해 디지털 만화 및 온라인 만화 등의 단어로 구분해 쓰기도 한다. 정리하면 웹툰은 좁은 의미에서 한국의 인터넷 플랫폼에서 탄생해 전세계적으로 퍼져 나간 세로 스크롤 디지털 만화를 의미하며, 넓게 보면 세로 스크롤이 아닌 컷툰과 같은 하위 형식까지 포함한다. 하지만 웹에서 소비되더라도 출판만화 식의 페이지 연출이 펼쳐지는 전자책 같은 경우는 웹툰이라고 부르기보다는 좁게는 온라인으로 향유되는 만화라는 의미에서 온라인 만화, 넓게는 물성을 지닌 출판만화에 대비되는 디지털 만화라

는 개념으로 포착한다.[1]

1장을 통해서는 웹툰의 세계를 탐방하기 위한 큰 지도를 우선 살펴려 한다. 내비게이션을 최신 버전으로 이용하기 위해 업데이트 내용을 살피는 것이라 생각해도 좋다. 물론 업데이트된 내비게이션을 그냥 이용하기만 하는 유저도 많은 만큼 대충 읽어도, 건너뛰어도 무방하다. TMI(too much information)라도 쓸 데는 있는 정보인 만큼 여행에 소소한 도움이 될 것이다.

웹툰의 역사

웹툰은 1990년대에 여러 사람이 그린 선을 함께 덧칠하듯 시작되었다. 개인 홈페이지를 운영하는 창작자, 온라인으로 눈을 돌린 인터넷 만화 업체, 플래시에 주목한 애니메이터 등 다양한 주체들이 웹툰의 태동에 참여했고 다음이나 네이버 외에 파란, 천리안 등 다양한 인터넷 포털이 무료 웹툰 서비스를 제공했다. 여러 주체가 서로 다른 형태의 만화를 온라인에 내놓기 시작하면서 웹툰의 태동은 예견되었다. 하지만 웹툰의 시작점을 언제로 볼 것인지는 논쟁의 여지가 있다. 웹툰이라는 말을 처음 쓰기 시작한 시기일까, 아니면 웹에 만화가 처음 게시되었

---

[1] 만화계의 아카데미상이라 불리는 아이스너상(Will Eisner Comic Industry Awards)의 경우도 웹코믹스와 디지털 코믹을 구분해 시상한다. 완전히 같은 범주는 아닐 수 있으나, 우리가 용어를 분별해 사용하는 방식과 유사한 구분일 것이다.

던 날일까? 그것도 아니라면 웹툰에 익숙해진 지금 우리의 눈에 '이건 웹툰이네'라고 직관적으로 이해할 만한 작품이 등장했던 때일까?

인터넷의 탄생과 웹툰이라는 개념의 등장

웹툰이라는 이름에 웹이 들어가는 만큼, 웹툰의 탄생 배경에는 인터넷이 핵심적이다. 대다수의 사람들이 인터넷에 익숙하지만, 웹툰 탄생 과정을 살펴보기 위해 인터넷의 초기 역사를 먼저 짚으려 한다.

인터넷 이전에 PC통신이 있었다. 1980년대 중후반부터 서서히 세를 넓혀간 PC통신에서 만화 애호가들이 서로를 만났다. '만화/애니 동호회'와 같은 형태로 모인 PC통신 유저들은 만화에 대한 감상과 생각을 나누었다. 이들뿐만 아니라 여러 이유로 PC통신을 이용하는 이들이 350만 명에 육박했다. 사람이 몰리는 곳에 자본의 투자가 이어지며 PC통신 만화방과 같은 서비스가 생겨났다. 1995년에 탄생한 〈PC MAN〉(나우콤), 〈PC만화방〉(모뎀정보)이 대표적이다.[2] 그리고 그맘때 인터넷이 등장해 새 세상이 열렸다.

1994년에 KT의 전신인 한국통신에서 코넷(KORNET)이라

---

2   〈나우콤, PC통신으로 만화책 서비스〉 매일경제, 1995. 5. 14. https://www.mk.co.kr/news/home/view/1995/06/26235/ 장윤옥, 〈[컴통신] "만화가게" 인기-모뎀정보 "PC만화방"〉 전자신문, 1995. 12. 1. https://www.etnews.com/199512010089?m=1

는 이름으로 최초의 상용 인터넷 서비스를 시작했다. 누군가는 인터넷으로 옮겨갔고 누군가는 계속 PC통신에 남았지만, 둘 모두 이용하는 유저가 많았다. 인터넷을 통해 PC통신 서비스를 이용하기도 했다. 그렇게 대세로의 이동이 이어졌고 1999년부터 초고속 인터넷 서비스가 시작되며 무게추는 완전히 기울었다. PC통신의 만화방도 인터넷으로 자리를 옮겼고 소통의 장도 마찬가지였다. 2000년 말 한국의 초고속 인터넷망 보급은 400만 세대, 인터넷 사용자 수는 1900만 명에 이르렀다.[3] 1997년 다음(현 카카오)의 한메일 서비스가 시작되었고 1999년에는 네이버가 문을 열었다. 이제 인터넷의 다른 이름과도 같은 웹은 대한민국 사람 둘 중 하나는 출입하는 공간이 되었다.

지금의 웹툰에 가까운 생각과 개념, 그리고 용어가 태어난 것은 그 무렵이었다. 스캔된 만화책을 인터넷에서 볼 수 있게 된 것은 1996년이며,[4] 웹을 첫 지지대로 한 카툰 〈스노우캣〉의 전신 〈쿨캣〉이 인터넷에 등장했던 것은 1998년, 언론 지면에 웹툰이라는 말이 처음 등장한 것은 1999년이다.[5] 이처럼 2000년 이전에

---

3   김순기, 〈「퍼스널네트워크 시대」 온다〉 전자신문, 2001. 2. 7. https://m.etnews.com/200102070101

4   〈만화 〈십팔사략〉 인터넷 서비스〉, 경향신문, 1996. 11. 8. PC통신 시절 및 인터넷을 통해 불법적으로 스캔된 만화가 유통되는 일을 제외하고, 정식으로 판권을 계약해 출판만화의 스캔본을 인터넷에서 서비스한 것에 대한 기사는 이것이 가장 이르다.

5   "이들이 꾸며내는 컨텐츠는 인터넷으로 보는 만화책인 '웹툰', 만화가 인터뷰를 동영상으로 다룬 '애닙스 현장취재' 등." 정형모, 〈만화전문 인터넷방송 '애니비에스' 인기〉, 중앙일보, 1999. 6. 22. 42면.

이미 개인 홈페이지와 스포츠 신문의 웹 서비스, 온라인 만화방 등을 통해 웹에서 열람되는 만화의 형태가 등장하기 시작했고 비슷한 시점에 웹툰이라는 단어도 여기저기서 활용되고 있었다. 하지만 지금처럼 잘 알려져 있거나 통일된 의미를 지니지는 않아서, 어디서는 플래시 애니메이션 등을 지칭하는 말로, 또 다른 데에서는 웹에서 보는 만화 전반을 가리키는 말로, 때로는 게임 서비스나 소프트웨어의 명칭으로 쓰이기도 했다. 그러던 웹툰이 지금에 가까운 개념으로 도메인명에 포함되어 쓰인 것은 2000년 8월 천리안의 〈웹툰〉 서비스에 이르러서였다.[6] 지금의 웹툰과는 실질적으로 다른 서비스였고 후발주자들에 의해 도태되기는 했어도 웹툰이 지닌 가능성이 이름값을 얻은 사건이었다.

온라인 만화방의 출발

웹툰이라는 용어의 등장과 별개로 온라인 만화 시장은 1990년대 후반부터 꾸준히 발전하고 있었다. 특히 '인터넷 만화방'이나 '사이버 만화방' 등의 이름으로 온라인 만화방이 소소하게 인기를 끌었다.[7] 이들 온라인 만화방은 지금과 같은 웹툰 연재 플랫폼이 아니라 출판만화를 온라인으로 볼 수 있는 방식이었다. 반대로 출판만화 잡지처럼 개별 회차를 만화웹진 안에 담은 온라인 만화 서비스가 이어지기도 했다. 엄밀하게는 애니메

---

6   http://webtoon.chollian.net
7   〈인터넷은 '만화천국'〉, 조선일보, 1998.9.26.

이션에 가깝지만, 엔포[8]에서 플래시 애니메이션 〈마시마로 숲 이야기〉(김재인)를 연재해 기록적인 성과를 올린 것이 대표적인 사례다. 앞서 언급한 천리안도 2000년에 만화 전문 사이트를 개설했다. 기존 만화를 오프라인과 온라인에 중복으로 발행하던 시스템과 달리, 인기 만화를 온라인으로 독점 게재하거나 플래시 애니메이션을 유치하는 등의 차별화 노력을 기울였다.

개인 창작자들의 웹툰

같은 시기 온라인에서는 개인 창작자를 주축으로 한 그림 다이어리가 한창 인기를 얻고 있었다. 〈스노우캣〉(권윤주, 1998~)[9] 역시 작가가 직접 개설한 홈페이지에서 자체적으로 연재하던 생활툰이었다. 〈스노우캣〉은 1998년 〈쿨캣〉이라는 이름으로 처음 오픈했다가 상표권 문제로 2000년에 새 도메인으로 다시 연재를 시작했다. 단순한 선으로 이루어진 고양이 캐릭터를 중심으로 일상을 그려 낸 짧은 만화로, 작가 특유의 '홀로 서기/혼자 놀기' 감성에 공감한 당대 많은 청년에게 인기를 모았다. 비슷하게 인기를 끌었던 작품 중에는 〈마린블루스〉(정철연, 2001~2007)도 있었다. 〈스노우캣〉은 자기만의 독특한 어법과 시선으로 일상의

---

8   엔포(http://n4.co.kr)는 여러 웹진을 통합한 대표 사이트명이다. 대상 독자에 따라 나눈 3종의 웹진에 각각 작품을 연재했다. 주로 출판만화의 스캔본을 회차별로 나눠 열람하도록 하는 방식이었지만, 오리지널 작품도 소수 실었다. 박석환, 〈인터넷 만화 업체 현황과 당면 이슈〉, 온라인 코코리뷰, 2001. 1. 2. https://parkseokhwan.com/381

9   윤기헌, 「최초의 웹툰, 〈스노우캣〉」, 「2018 만화포럼 칸–웹툰, 어떻게 정의할 것인가?」, 한국만화영상진흥원, 2018, 37쪽.

사건과 취향을 이야기했고, 〈마린블루스〉는 주변 인물들을 캐릭터화하여 등장인물로 내세웠다. 특히 두 작품 모두 작가 특유의 '덕력'과 만화를 결합해 마니아층의 호응을 이끌어냈다. 같은 시기의 상업 플랫폼 대부분이 출판만화 판형을 그대로 온라인에 옮겨 놓은 형태로 서비스했던 것과 달리, 개인 홈페이지에 연재하던 웹툰은 주로 세로로 길쭉한 4칸만화 방식의 배치를 활용했다. 장면들이 종적으로 연결되는 형태다. 권윤주와 정철연 모두 웹이라는 새로운 매체 환경에 대한 이해도가 높은 디자이너 출신이라는 사실을 상기할 때, 이 형태는 우연히 나온 것이 아니라 창작자들이 지닌 디자인 감각에 의존해 고안된 것으로 이해할 수 있다. 출판 판형의 만화와 달리 이들의 작품은 모니터 화면에 최적화된 방식으로 창작됐다.

플랫폼의 등장과 성장

웹툰은 포털 사이트에서 연재되며 눈에 띄게 성장하기 시작했다. 본격적으로 포털 웹툰 플랫폼이 등장하기 시작한 것은 2004년 전후로, 다음을 필두로 엠파스, 네이버, 파란 등 각종 포털 사이트가 웹툰 서비스를 개설했다. 다음은 만화속세상이라는 이름으로 2002년 8월에 서비스를 시작했지만, 본격적으로 현재의 웹툰에 가까운 형태로 연재를 시작한 것은 강풀의 〈순정만화〉가 연재된 2003년 10월이다. 2004년 7월 출범한 네이버웹툰은 2006년부터 〈마음의 소리〉와 〈골방환상곡〉 등 생활툰을 중심으로 웹툰을 연재하기 시작했다. 파란에서는 만화가 양영순의 〈1001〉을 2004년 7월에, 엠파스는 강도하의 〈위대한 캣츠비〉를 같은 해 8월에 런칭했다.

초창기 웹툰은 포털 사이트의 트래픽을 유도하기 위한 교차 보조 전략 콘텐츠로 활용됐다.[10] 어디까지나 웹툰 자체의 수익보다는 트래픽 발생과 데이터 수집을 통한 포털의 영향력 증대를 목적으로 하는 무료 콘텐츠였기 때문에 웹툰 산업의 성장 규모는 그리 크지 않았다. 그렇다 해도, 이 당시 웹툰은 포털 사이트를 기반으로 많은 독자를 확보하고 있었다. 이 시기에 플랫폼에서는 〈마음의 소리〉(2006~2020)와 〈입시명문 사립 정글고등학교〉(2006~2011), 〈이끼〉(2007~2009), 〈이말년씨리즈〉(2009~2018), 〈어쿠스틱 라이프〉(2010~2018), 〈은밀하게 위대하게〉(2010~2011) 등 출판만화와 다른 매력을 지닌 작품들이 등장하며 독자를 꾸준히 끌어모았다.

이같은 웹툰 독자의 확대는 곧 웹툰만이 아닌 전체 만화 독자의 저변 확대로 이어졌다. 2013년 만화 독자를 대상으로 한 조사에서 오프라인 만화와 온라인 만화의 이용 비중은 오프라인(주로 단행본)이 53.9%로 소폭 높았지만, 2014년에는 역전해 온라인이 61.9%에 달하게 되었다. 세부 이용 형태에 대한 중복 응답 결과도 포털 웹툰을 본다는 응답이 66.0%로 단행본 만화의 39.9%를 크게 앞질렀다.[11] 이어진 2015년 조사에서는 온라인이 70.1%, 오프라인이 29.9%로 차이가 더 벌어졌다. 같은 기간 만화

10   위의 책, 25쪽 및 조익상, 「웹툰의 현재 : 플랫폼 자본주의와 여성 혐오」, 〈문화/과학〉 통권 104호, 2020. 211-213.
11   「2014 만화산업백서」, 한국콘텐츠진흥원, 2015, 270쪽.

시장은 매출액 기준 연 평균 6.2% 성장했고 그중 온라인 만화는 24.4% 성장해 전체 시장의 성장을 견인했다.[12] 전체 만화 시장의 파이를 키우는 데 기여하면서 웹툰이 만화책을 넘어 지배적인 소비 형태가 된 것이다.

이제는 다양한 웹툰 플랫폼에서 매일 수많은 작품을 독자들에게 제공하고 있다. 웹툰 전문 언론사 웹툰인사이트(Webtoon Insight)의 통계에 따르면 여러 플랫폼을 통해 제공되는 디지털 만화 작품 수는 10만 건이 넘는다.[13] 플랫폼 수도 60군데를 넘어선다.[14] 10만여 종 가운데에는 출판만화의 전자책 및 번역 작품, 혹은 여러 플랫폼에 중복으로 서비스되는 작품도 포함돼 있어서 웹툰의 수만을 가늠하는 일은 쉽지 않다. 하지만 다른 자료를 교차 참조할 때, 보수적으로 보아도 한국에서 제작된 웹툰 가운데 정식 연재작만 약 5,000종, 서비스가 중단된 작품 및 SNS나 오픈플랫폼을 통해 게시된 작품까지 포함한다면 약 1만 종의 웹툰이 발표된 것으로 추정 가능하다.

2021년에 발표된 자료에 따르면 그중에서도 독자들이 가

---

12 『2015 만화산업백서』, 한국콘텐츠진흥원, 2016, 180쪽 및 205쪽.

13 2022년 8월 웹툰인사이트에서 수집한 데이터를 제공받아 검토한 바에 따르면 현재 104,292종으로 집계되어 있다. 자료를 활용하도록 허가해준 웹툰인사이트에 감사드린다. https://www.webtooninsight.co.kr/Statistic/Total

14 웹툰인사이트에서 집계한 플랫폼은 총 63개(2022년 8월 기준)로, 모두가 잘 아는 네이버웹툰이나 다음웹툰부터 잠깐 운영되다 종료되었던 위비툰, 잘 알려지지 않았던 타다코믹스까지 지금은 서비스가 종료된 웹툰 플랫폼이 모두 포함돼 있다.

장 많이 이용하는 플랫폼은 네이버웹툰(85.7%), 카카오페이지
(37.6%), 다음웹툰(36.7%),[15] 네이버 시리즈(17.5%) 순으로 조사됐
다.[16] 압도적인 시장 점유율을 보이는 네이버웹툰은 매일 70편
이상의 작품을 선보인다(2022년 7월 기준). 일주일 내내 작품이
게시되기 때문에 약 100편의 비정기 연재작 '매일+웹툰'까지 포
함하면 주당 500편이 넘는 작품이 연재되는 셈이다. 작품 수만
많은 게 아니라 장르도 다종다양하다. 웹툰 이전에는 만화보다
만화 잡지의 성격에 따라 장르가 규정됐지만[17] 현재는 플랫폼에
서 여러 장르의 작품을 포괄하며 각 플랫폼이 나름의 장르 구분
체계를 통해 작품을 분류하고 있다(표1). 특히 눈여겨볼 것은 포
털 웹툰 플랫폼을 제외하면, 플랫폼마다 주력하는 작품 분야에
따라 특정 장르를 더 강조하고 해당 장르를 더 구체적으로 분류
하는 경향이 드러난다는 점이다.

15   2021년 8월 1일 카카오웹툰으로 명칭을 변경했지만 이 장에서는 다음웹툰이
     웹툰 역사에서 차지하는 중요성을 감안해 현재 시점의 서술이 아닌 이상은 다
     음웹툰으로 표기한다.

16   『2021 만화·웹툰 이용자 실태조사』, 한국콘텐츠진흥원, https://www.
     kocca.kr/kocca/bbs/view/B0000204/1952242.do?categorys
     =4&subcate=58&cateCode=0&menuNo=204168

17   박인하, 『관계와 계보로 읽는 한국만화역사』, 이런책, 2021, 255쪽.

표1. 주요 플랫폼의 장르 구분

네이버웹툰	일상, 개그, 판타지, 액션, 드라마, 순정, 감성, 스릴러, 시대극, 스포츠
카카오웹툰	판타지드라마, 로맨스, 액션/무협, 공포/스릴러, 로맨스 판타지, 학원/액션판타지, 드라마, 코믹/일상
레진코믹스	로맨스, 소년, 드라마, BL, 후방주의 식으로 대분류를 한 후 해시태그로 소분류
리디웹툰	로맨스, BL 대분류 후 '키워드로 검색하기' 기능을 통해 장르/배경, 소재/관계, 남자주인공, 여자주인공, 분위기(기타) 등을 해시태그로 세부 분류

플랫폼이 선정한 작가만 작품을 연재하는 기존 플랫폼과 달리 누구나 자신의 작품에 원하는 가격을 매겨 작품을 연재할 수 있는 오픈플랫폼도 있다. 또한 콘텐츠를 유료로 제공하기보다는 인지도를 높이고 인기를 끌어 영향력을 만드는 용도의 SNS, 개인 블로그 등 플랫폼 바깥에서도 웹툰을 즐길 수 있다.

웹툰의 형식

웹툰이 현재의 모습으로 자리잡기까지 기술의 발달과 그로 힘입은 문화, 소통 방식의 변화 등이 복합적으로 작용했다. 인쇄 매체에서의 종이, 웹툰에서의 스크린 등을 학계에서는 직접적인 매체 환경을 일컫는 '지지대(support)'로 통칭하며 그 변화가 어떤 차이를 불러왔는지 논의한다. 여기에서는 매체 변화에 따른 지지대의 차이가 어떻게 다루어졌고, 나아가 기술의 변화로 웹툰이 어떻게 변화했는지 구체적으로 살펴본다.

종이에서 스크린으로

기술의 변화는 만화에 있어 매우 중요한 요소다. 예를 들어 동굴에 그린 벽화와 책의 형태로 손수 그린 화첩은 창작 방식과 도구, 향유를 위한 접근성과 향유의 공간 등 거의 모든 것이 다르다. 종이에서 스크린으로의 변화도 마찬가지다. 여기서는 출판만화의 종이와 웹툰의 스크린이라는 지지대의 차이를 창작과 향유의 두 측면을 중심으로 살펴본다.

창작 측면에서는 우선 종이 위의 아날로그 작업과 스크린 속 디지털 작업의 차이를 짚을 수 있다. 과거에는 스크린톤(배경, 명암, 채색 등을 위한 패턴)을 구입해 오려서 붙이는 식으로 작업했지만 포토샵과 클립 스튜디오 등의 프로그램 덕분에 훨씬 더 단순하고 간편해졌고, 예전에는 거의 모든 것을 작가와 어시스턴트가 직접 그렸다면, 지금은 배경이나 재료를 구입해 장면 속에 배치하는 식으로 작화가 가능해졌다. 빛 효과 등 더 다양한 표현이 차용되었고, 흑백에서 컬러로의 전환도 이루어졌다. 이와 같은 것이 주로 디지털 작업 방식과 관련된다면, 스크린 그 자체가 종이와 지니는 차이는 향유 방식을 고려한 창작의 변화에 닿아 있다.

컴퓨터 모니터의 스크린, 그리고 모바일 디바이스의 스크린은 만화 잡지나 만화책의 종이처럼 만화 내용을 담는 지지대다. 종이는 판형이라는 규격을 통해 크기가 제어된다. 만화책 〈원피스〉의 판형은 특별판이 아닌 이상 1권부터 100권까지 모두 동일하다. 어느 독자가 보더라도 같은 크기로 만화를 감상할 수 있다. 하지만 모니터의 크기는 사용자마다 다르고, 기기에 따라서도 차이가 있다. 태블릿과 스마트폰도 통일된 규격은 있지만 제품마다 세부적인 화면 크기나 비율이 제각각이다. 이런 상황에서 창작자들은 이용자들의 스크린 크기가 제각각이더라도 감상에 불편함이 없도록 노력한다. 하지만 그러려면 상대적으로 작은 크기의 스크린에 맞춰야 하는 제약이 발생한다. 스크린에 보이는 칸이 가로보다 세로가 길쭉한 모양이 된 것은 작은 스크린에 최적화하는 과정에서 다다른 타협점이라 할 수 있다.

그러나 스크린 크기가 제각각인 대신, 웹은 스크롤을 통해 창작자가 원하는 만큼 더 '길게' 작품을 그려낼 수 있다. 그래서 탄생한 것이 세로 스크롤 기반의 웹툰이었다. 세로로 길어지자 칸의 배치마저 달라졌다. 출판만화에서는 하나의 행에 2~3개의 칸이 병렬되곤 했는데, 웹툰에서는 대체로 하나의 행에는 하나의 칸만 있다. 대신 칸의 위치와 크기를 행마다 조정하여 독자의 시선을 자연스럽게 유도하는 방식으로 배치한다.

디바이스 변화에 따른 스크린 크기 변화는 웹툰 연출에도 영향을 미친다. 독립만화 작가 성인수는 출판만화와 웹툰의 차이 중 하나를 '정보량'으로 꼽는다. 정보량이란 하나의 컷 안에서 만화적 요소 제반(칸, 인물, 배경, 말풍선, 의성어 및 의태어, 기호 이미지)을 뜻하는데,[18] 출판만화에 비해 비약적으로 크기가 작아진 모바일 기기 특성상 출판만화에서 보이던 것과 같은 밀도의 정보량을 독자에게 제공한다면, 독자가 오히려 작품에 집중하지

---

18   성인수, 「웹툰 연출의 특징」, 『웹툰입문』, 커뮤니케이션북스, 2022, 142쪽.

못하고 답답함을 호소할 수 있다는 것이다.[19] 출판만화에서는 하나의 칸에서 필요에 따라 구체적인 배경 요소와 디테일 등을 모두 살렸다면, 지금의 웹툰에서는 중요한 요소들을 살리고 그렇지 않은 요소들은 과감히 생략하는 방식으로 연출이 바뀌었다.

실제로 수년에 걸쳐 연재된 작품을 보면, 연재 초반부와 후반부의 작품 스타일이 매우 달라졌음을 확인할 수 있다. PC 환경에서의 감상을 전제로 한 웹툰에서는 글씨 크기가 작은 것부터 큰 것까지 스펙트럼이 넓은 편인 데에 반해, 모바일 기기의 감상을 전제로 한 웹툰은 글씨 크기가 대체로 크고 일정하다. 한 칸 안에 담기는 대사량 자체도 압도적으로 차이가 난다. 지금 우리가 보고 있는 웹툰의 기초적인 형식은 이러한 지지대의 변화와 깊이 관련되어 있다. 이후 이야기할 형식의 변화도 마찬가지다.

세로 스크롤의 정착

웹툰의 시작이 〈스노우캣〉이라면, 장편 서사 웹툰의 시작은 2003년 10월부터 연재된 강풀의 〈순정만화〉다. 〈순정만화〉가 등장하기 전까지 웹툰은 생활툰 장르가 대다수로, 매회 단막극 형태의 에피소드가 연재되었다. 〈순정만화〉는 완결된 하나의 서사를 가진 웹툰 최초의 장편 서사 작품으로 평가된다.[20] 웹툰의 형식을 통해 서사를 이어가고, 다양한 캐릭터를 등장시켜 각자

---

19   앞의 책, 142쪽.

20   서은영, 「웹툰 시대의 서막을 연 〈순정만화〉의 의미」, 『2018 만화포럼 칸-웹툰, 어떻게 정의할 것인가?』, 한국만화영상진흥원, 2018, 45-46쪽.

의 관점에서 이야기를 풀어 낸 〈순정만화〉의 시도는 웹툰이라는 신흥 매체뿐 아니라 만화사에서도 역사적인 한 획이었다.

〈순정만화〉 12화에는 세로로 화면을 양분하여 훗날 연인이 될 두 주인공이 각각 집에 귀가하여 다시 다음날이 될 때까지의 장면이 시간순으로 그려져 있다. 독자들은 스크롤을 내리며 이들의 하루를 천천히 따라갈 수 있다. 이 장면에서 대사는 하나도 등장하지 않지만, 두 인물의 얼굴 홍조 표현으로 그들의 감정을 선명하게 이해할 수 있다. 이렇게 내려가는 세로 스크롤의 경험은 넘겨 읽는 책의 독서 경험과 확연히 다르다. 만화평론가 박인하는 "세로 스크롤은 '칸' 대신 화면'을, '페이지' 대신 '스크롤'을 사유하도록" 한다고 말한다.[21] 한 화면에 여러 칸이 있을 수도 있고, 오로지 한 칸만 있을 수도 있다. 기존 만화책에서는 페이지 안의 칸들을 연결하고 병합하여 펼쳐지는 방식의 독서 경험을 선사했다면, 세로 스크롤의 웹툰에서는 화면이 내려가는 하강식의 연속성을 활용한다. 웹툰 초창기에 세로 스크롤 표현을 가장 섬세하게 다뤘다고 평가받는 작품은 양영순의 〈1001〉이다. 스크롤을 통해 독자가 화면 아래로 내려갈수록, 바다 해수면 위에서부터 시작된 배경이 점차 해저까지 내려간다. 스크롤을 통해 바다의 깊이를 표현해 낸 것이다.[22]

---

21   박인하, 「어게인」 작품해설 중, 강풀, 재미주의, 2012.

22   주재국, 「세로 스크롤의 웹툰 형식을 만든 웹툰: 양영순의 〈천일야화〉」, 「2018 만화포럼 칸-웹툰, 어떻게 정의할 것인가?」, 한국만화영상진흥원, 2018, 61쪽.

세로 스크롤의 발견과 스크롤을 이용한 연출은 향후 웹툰의 창작에 다양하게 활용되었다. 스크롤을 통해 〈순정만화〉가 시간을, 〈1001〉이 깊이를 표현했다면 어떤 작품은 물체가 떨어지는 하강을, 또 다른 작품에서는 위에서 아래로 내려다보는 시점 이동 등을 표현했다. 가로로 폭넓게 담겨야 하는 장면을 90도 기울여 세로로 길게 담는 파격도 하일권의 〈안나라수마나라〉 등에서 활용되었다. 스크롤을 통해 색다른 연출을 기획한 작품도 있다. 2011년 미스테리 단편 〈봉천동 귀신〉, 〈옥수역 귀신〉, 〈터널3D〉를 그린 호랑은 사용자가 머무르는 화면 위치에 따라 특정한 스크립트가 실행되게 함으로써 만화로 체험하는 공포 경험을 극대화시켰다. 그중에서도 웹툰의 컷을 넘어 화면 바깥으로 귀신의 손이 뻗어 나오는 듯한 효과는 독자들에게 큰 충격을 주었다. 호랑은 개발자이자 만화가로서 이름을 날리며, '모션 코믹스'의 시작을 열었다.

PC에서 모바일로

초창기 웹툰이 웹을 근간으로 했다면, 웹의 변화에 따라 웹툰도 또 다른 변화를 맞이했다. 이전에는 주로 PC 모니터로 웹툰을 감상하던 사람들이 이제 모바일 스크린으로 웹툰을 보기 시작한 것이다. 2010년대에 접어들며 스마트폰이 널리 보급되자, 모바일 사용량이 PC를 따라잡기 시작했다. 2015년에는 PC로 웹툰을 보는 사용자가 20% 정도 남아 있었지만, 그나마도 2016년에는 5%까지 현저히 줄어들었다. 2016년부터는 모바일을 통해 웹툰을 감상하는 비율이 90%를 넘어서며, 모바일이 완전한 대세를 이뤘다. 최근까지 발표된 여러 통계를 참조할 때에도, 모바일을 사용해 웹툰을 보는 비율이 압도적으로 높다.[23]

모바일에 가장 발빠르게 대응했던 플랫폼은 네이버웹툰이다. 2009년 네이버웹툰은 웹툰 플랫폼 중 처음으로 앱을 출시했다. 네이버웹툰 앱은 한창 스마트폰이 한국에 본격적으로 보급되던 시기 출시되어 빠르게 웹툰 독자들의 주목을 받았다. 특히 스마트폰 특유의 스크롤을 활용한 조작법은 웹툰의 세로 스크롤 연출과 딱 들어맞는 방식이었고, 이를 브라우저가 아닌 전용 앱으로 경험하게 하는 것은 부가적 의미도 있었다. 그중 가장 큰 것은 독자, 곧 유저를 앱을 통해 유치하고 붙잡아 두는 것이었다. 네이버웹툰 앱은 발매 후 약 1년 뒤인 2010년 5월 전체 스마트폰 무료 앱 이용 순위에서 2위를 기록했다.[24]

그로부터 4년이 지난 2013년 다음웹툰도 앱을 런칭했다. 다음웹툰은 앱을 런칭한 이듬해 곧바로 모바일 사용자를 타깃으로 한 '공뷰'를 선보이기도 했다. '공뷰'는 만화에 목소리와 배경음악, 영상 등 다양한 효과를 삽입한 서비스다. 성우가 직접 대사를 더빙해 읽어 주는 더빙툰, 웹툰의 등장인물들이 메신저를 통해 대화를 나누는 듯한 채팅툰 등도 있었다. 흥미로운 시도였지만 이 실험들은 오래 지속하지 못했고, 신작 출시가 더뎌지다

---

23   『2017 만화산업백서』, 한국콘텐츠진흥원, 2018, 183쪽.
24   강세훈, 〈가장 인기있는 모바일 어플은?〉, 뉴시스, 2010. 5. 9.

가 2021년 다음웹툰이 카카오웹툰으로 바뀐 이후에는 아예 플랫폼에서 찾아볼 수 없게 되었다.

모바일에서 히트를 친 것은 컷툰이었다. 다음웹툰의 공뷰와 비슷한 시기에 네이버웹툰에서도 모바일에 맞춰 새로이 스마트툰·컷툰을 내놓았다. 칸을 터치하면 다음 칸으로 넘어가며 다양한 전환 효과를 입힐 수 있던 스마트툰은 이렇다 할 성과를 내지 못했지만, 스마트툰과 비슷한 형태이지만 가로로 넘기듯 읽는 형태의 컷툰은 반응이 좋았다. 특히 컷툰으로 제작된 〈유미의 세포들〉이 인기리에 연재되면서, 컷툰은 자연스레 성공적인 형태로 자리잡게 됐다.

컷툰은 일반적으로 칸 안의 배경 요소를 절제하여 사용하고 대신 인물(캐릭터)에 초점을 두어 그려 인물과 대사에 자연스럽게 집중하게 하는 형식이다. 이러한 특성 때문인지 〈모죠의 일지〉, 〈독립일기〉 등 주로 생활툰 작품이 이 형식을 자주 차용했다. 특히 독자들의 많은 공감을 받는 생활툰이 컷툰으로 연재되는 경우 매 칸이 그 자체로 인터넷 밈으로 활용되는 경우도 많았다. 또한 컷툰은 웹툰에 특화된 플랫폼만이 아니라 상용화된 SNS에서도 연재가 가능했다. 인스타그램과 페이스북에서 연재된 수신지의 〈며느라기〉는 SNS에서도 완성도 높은 컷툰이 연재될 수 있음을 입증한 사례였다. 〈며느라기〉는 작품성을 인정받아 SNS 만화로서는 처음으로 2017년 '오늘의 우리만화'에 선정됐다.

새로운 기술의 사용

그런가 하면 디지털 환경에 기반한 웹툰의 특성을 살린 새로운 시도들도 존재한다. 여기에는 웹툰 플랫폼의 기술력도 개입됐다. 앞서 소개한 스마트툰과 컷툰도 포함하는 기술적 변화 가운데서도 웹툰에서 널리 발견할 수 있는 것은 음향의 활용, 특히 배경음악(BGM)을 담는 방식이다. '브금'이라고 친근하게 불리기도 하는 BGM은 비교적 간단하게 적용 가능한 기술이기에 웹툰 초창기부터 간간이 시도되곤 했고 현재는 상당히 널리 쓰이는 보편적인 기술이 되었다. BGM이 적용된 회차를 열었을 때 그 회차의 정서나 분위기를 표현하는 음악이 자동으로 재생되도록 하여 감상을 돕는 형태다. 초기에는 웹툰 작가가 직접 만든 음악이나 팬이 선물한 곡을 활용하는 경우가 많았다면, 2010년대 중반 전후로는 곡을 의뢰해 삽입하는 시도와 더불어 영화나 드라마처럼 오리지널 사운드트랙(OST) 앨범을 제작하는 형태로까지 발전했다. 방탄소년단(BTS) 정국이 부른 웹툰 〈세븐페이즈: 착호〉의 "Stay Alive"는 한국 웹툰 OST 최초로 미국 빌보드 메인 싱글 차트 '핫 100'에 진입하기도 했다. 웹툰과 음악의 협업은 이제 웹툰을 한 축으로 한 지식재산권 비즈니스 사례로 주목받는다. 독자들도 웹툰을 감상하며 동시에 BGM을 감상하고, 또 OST를 들으며 웹툰의 장면을 떠올리는 식으로 웹툰과 음악을 동시에 향유하고 있다.

웹툰의 음향 활용은 배경에 깔리는 음악에서 그치지 않는다. 장면의 소리를 이미지로 보여줄 뿐 아니라 소리로도 듣게 하는 기술도 시도되었다. 출판만화에서는 물론 웹툰에서도 일반적인 방식은 음성과 소리를 문자 및 이미지 기호로 표기하는 것이다. 하지만 웹툰이라는 디지털 미디어에서는 시각화된 소리를 동시에 소리 그 자체로도 들려줄 기술적 가능성이 열려 있다. 특히 스크롤 이동에 맞추어 특정 지점에서 소리가 재생되게 하는 식으로 구현된 기술은 애니메이션과도 다르고 만화책과도 차별화된 웹툰 특유의 감상을 가능하게 했다. 하지만 특정 이미지와 사운드를 결합하는 데 드는 품이 적지 않고, 독자들의 호불호도 나뉘어서 그리 널리 쓰이고 있지는 않다.

해당 기술이 폭넓게 적용된 작품으로 환쟁이의 〈악의는 없다〉가 있는데, 이 작품에는 소리와 관련된 기술과는 다른 방식의 기술도 함께 적용돼 있다. 바로 이미지를 움직이는 기법이다. 〈악의는 없다〉 1화에는 주인공이 조깅을 하다 비명 소리를 듣는 장면이 있다. 바로 그 칸에서 앞서 소개한 스크롤에 맞춘 음향이 들리며 동시에 "꺄~!!"라는 말풍선이 칸 안으로 불쑥 들어온다. 해당 말풍선은 스크롤이 지나가기 전까지 지속적으로 흔들리며 긴장감을 시각적으로 표현한다.

이처럼 웹툰에 스크롤에 반응하는 애니메이션을 접목한 예로는 호랑의 〈옥수역 귀신〉이 가장 유명하다. 이 작품은 내내 일반 웹툰과 다를 바 없이 정지된 칸들이 이어지다가 마지막 장면에서 움직임을 넣어 많은 독자들을 놀라게 했다. 〈2020 호랑 공포 단편선〉에서 3D로 구현된 이미지의 움직임을 비롯한 다양한 시도를 확인할 수 있다. 장르에 따라 편차는 있으나, 웹툰의 창작과 감상에 있어 새로운 영역을 개척했다고 할 수 있다.

가상현실(virtual reality, VR)과 증강현실(augmented reality,

AR) 및 메타버스 등에서도 웹툰의 기술적 변모를 확인할 수 있다. 메타버스를 통해 웹툰을 감상하는 경험은 아직 일반화되지 않았지만 앞으로 눈여겨 보아야 할 분야다. 현재로서 가장 잘 구현된 VR웹툰은 스피어툰에서 만나볼 수 있다. 호랑 작가가 직접 개발한 애플리케이션을 바탕으로 스튜디오 호랑에서 운영하고 있는 스피어툰은 현재 오리지널 VR 웹툰도 일부 포함해 30여 편의 기존 웹툰을 VR 감상용으로 변환해 서비스하고 있다. VR 기기를 통해 접속한 공간에서 만나는 VR 웹툰의 세계는 앞서 논한 음향, 움직임 등이 모두 적절하게 적용되어 있을 뿐 아니라, 360도로 구현된 칸과 각 장면에 달리 표현된 공간감 등의 경험을 제공한다. VR 기기 유저가 많지 않아 잘 알려지지 않았으나, 2017년부터 꾸준히 서비스한 스피어툰은 현재로서는 전세계에서 가장 잘 구현된 VR 웹툰을 선보이고 있다고 해도 과언이 아니다. 2022년 7월 현재 무료이지만, 최근에는 일본에서 유료 회차를 선보이며 수익화도 시도하고 있다.

마지막으로 앞서 살핀 기술들처럼 웹툰에 시도된 '신기술'처럼 보이지는 않지만 웹툰에 있어 중요한 요소를 하나 언급하고자 한다. 기존 만화 매체에는 없고 웹툰에만 있는 메타 형식인 댓글창이다. 웹툰 회차 아래에 수많은 독자들이 간단한 의견과 감상을 나누는 것을 가능하게 한 이 공간은, 비록 놀라운 기술은 아니라 할 지라도 웹툰의 정체성과 닿아 있는 중요한 기술적 추가점이다. 분명 부가적임에도 불구하고 웹툰에 접목된 댓글창은 해당 회차 및 작품의 감상에 영향을 미치고 또한 그 자체로 콘텐츠이자 유희로 활용된다.

웹툰의 서사

웹툰의 서사는 작품 수만큼이나 다양하고, 문학이나 영화 등 다른 예술 장르들과 마찬가지로 폭넓다. 하지만 출판만화가 주류이던 시절과 웹툰이 주류인 지금 드러나는 서사의 차별점 혹은 특징을 조망하는 것은 가능하다. 그것은 웹툰의 특성뿐 아니라 시대에 따라 변화한 독자의 지향이나 문화와도 관련된다. 이중 일부는 장르를 경유하여 서사적 공통점을 찾아낼 수도 있다. 후에 상세히 논할 생활툰처럼 초창기 웹툰의 특성에 잇닿아 있는 장르에서 새로운 서사가 등장한 경우가 대표적이다. 반면 BL(Boys love)과 GL(Girls love)처럼 이전에는 주변부 장르였으나 이제는 중심부 장르에 가까워진 장르는 시대의 변화와 그에 따라 달라진 인식과 더 밀접히 관련된다.

BL은 남성 캐릭터 간의 연애를 그리는 장르다. 장르적 기원을 추적하면 1970년대까지 거슬러 올라갈 만큼 오래된 장르로 현재까지 여성들의 사랑을 담뿍 받고 있다. 리디는 BL 장르에 전략적으로 집중해 플랫폼 자체의 세를 확장하기도 했다. 기존 이성애 로맨스에서 여성에 가해지는 가부장제 사회의 하중을 소거하여 여성 독자가 더 부담없이 로맨스 장면과 캐릭터에 집중할 수 있도록 한다는 점이 BL이 사랑받는 핵심 이유로 논의된다. 하지만 실제 게이 남성에 대한 잘못된 재현으로 여겨질 소지가 많으며, 주로 여성 독자가 향유하는 장르임에도 매력적인 여성 캐릭터가 거의 등장하지 않는다는 점 등에서 BL은 논쟁이 활발하게 일어나는 장르다. 특히 후자의 이유로 GL를 좀더 선호하는 여성 독자도 있다. GL은 여성의 주체성과 욕망을 여성들 사이에서 그려내며, 실제 게이와는 다른 코드화된 동성 로맨스를 그려내는 BL에 비해 좀더 실제 여성들의 사랑을 반영한다는 평을 받기도 한다. 두 장르 모두 달라진 시대 여성들의 욕망을 사회의 압력을 회피하는 형태로 구현하여 사랑받고 있다고 정리해도 큰 무리는 아니다.

역사적 변화에 따라 부상한 서사를 논한다면, 페미니즘 리부트 이후의 여성서사를 빠트릴 수 없다. 2015년을 전후하여 일어난 페미니즘 리부트는 여성이 스스로와 세상을 바라보는 방식에 대중적인 지각변동을 일으켰다고 해도 과언이 아니다. 그에 따라 여성이 주인공이며, 남성에 휘둘리거나 의지하지 않으며, 최종 보상이 이성애 로맨스적 성취로 제한되지 않는 다양한 서사가 등장했고 재발굴되었다. 「코믹스 페미니즘: 웹툰 시대 여성만화 연구」의 명명에 따르면 여성이 생산하고 여성이 수용하는 '웹툰 시대 여성만화'다. 이 연구는 '여성만화'의 서사에서 개인적 특성보다 구조적 측면에 초점을 맞추어 여성 공통의 문제를 인식하며, 이성애 로맨스에 대한 관심이 현저히 적다는 특징을 포착했다. 더불어 웹툰 독자와 커뮤니티의 변화가 여성만화를 보는 시각을 재구성하는 측면 또한 주목한다.[25] 이를 시장과 공론장의 시각에서 바라보면, 여성 수용자의 가시화와 영향력 증대로 요약할 수 있다. 여성서사와 여성 수용자는 분명 웹

---

25   갱·박희정, 「코믹스 페미니즘: 웹툰 시대 여성만화 연구」, 독립연구자 네트워크 '궁리' 프로젝트 발표 논문, 2018. 39~40쪽 참조.

툰 뿐만 아니라 대중문화 전반의 화두다.

이상에서 시대의 변화 속 서사 변화를 짧게 개괄한 것은 이것이 웹툰 장르보다 더 포괄적이고 전반적인 논의이기 때문이다. 이후로는 웹툰을 중심으로 한 서사와 장르, 또한 윤리의 변화를 더 구체적으로 다룰 것이다.

생활툰과 1인칭 서사

생활툰은 웹툰의 시작에 큰 영향을 준 장르다. 세로 스크롤이 주류 웹툰의 형식적 특성이라 한다면, 생활툰의 장르적 요소는 초창기 웹툰의 내용적인 특성이다. 지금의 웹툰이 생활 세계를 이토록 가까운 거리에서 조명해 온 것은 여러 모로 초창기 생활툰 장르의 영향을 받았기 때문이다. 그 예로 다시금 강풀의 〈순정만화〉를 조망할 수 있다. 〈순정만화〉는 최초의 장편 서사 웹툰이라는 만화사적 의의 때문에 생활툰의 맥락에서는 많이 다뤄지지 않았다. 그러나 〈순정만화〉는 생활툰 장르의 요소를 서사 작품으로 이어 온 만화로도 평가할 수 있다. 강풀 작가는 〈순정만화〉 이전에 자신의 홈페이지인 '강풀닷컴'에서 〈일쌍다반사〉를 연재하며 인터넷에서 큰 인기를 얻었다. 〈일쌍다반사〉를 묶어 단행본으로 낸 출판사의 책 소개를 빌리자면, 〈일쌍다반사〉는 "일상에서 일어날 법한 일 중에서도 가장 원초적인 이야기, 똥 오줌 싸는 이야기, 술 먹고 토한 이야기 등의 아주 지저분한 것들이 대부분이지만 더러움만 묻어나는 이야기가 아닌 강풀의 상상으로 가공된 반전에 주목해야 할 책"이다. 〈순정만화〉는 〈일쌍다반사〉를 통해 발견한 생활 세계 안에 각각의 인물들이 가진 서사를 섬세하게 부여한 작품이다. 〈순정만화〉 자체는 생활툰이라고 볼 수 없지만, 생활툰 특유의 형식과 감수성이 군데군데 담겨 있다.

그 이후 이어진 웹툰 작품들에서도 장르를 막론하고 생활툰의 흔적을 쉽게 찾아 볼 수 있다. 이를 살피기 위해서는 먼저 생활툰 장르의 탄생부터 짚어야 한다. '1세대 생활툰'이라 불리는 〈스노우캣〉, 〈마린블루스〉, 〈파페포포 메모리즈〉 이후 귀여운 그림체, 소소한 일상, 깊이 있는 통찰 혹은 깨알 같은 웃음으로 인기를 얻은 생활툰은 포털 내에서도 성공적으로 정착했다. 〈마음의 소리〉, 〈낢이 사는 이야기〉 등 포털의 무료 웹툰 서비스에서 연재되는 생활툰에 독자들은 큰 호응을 보냈다. 인기를 얻는 만큼 생활툰 작품들은 훨씬 다양해졌고, 그만큼 생활툰을 통해 엿볼 수 있는 일상 자체도 확장되는 면모를 보였다.

초창기 생활툰의 화자들은 주로 동시대를 살아가는 청년들이 공감할 수 있는 일상과 취향을 공유했다. 그러나 생활툰 장르가 점차 많아지면서, 우울증·가정폭력·취업준비 등 보다 구체적인 주제로 수렴되는 일상을 풀어내기도 했다. 혹은 작가 자신의 정체성을 투영하여 성소수자·장애인·육아인 등의 일상을 풀어내기도 한다. 〈모두에게 완자가〉, 〈이게 뭐야〉는 동성 커플의 연애기를 통해 동성애자의 삶을 비췄고, 〈나는 귀머거리다〉는 청각 장애인의 나날을 보여 주는 것을 통해 장애인에 대한 사회적 시선과 소소한 일상들을 조명했다. 또한 〈내 어린 고양이와 늙은 개〉, 〈우리집 새새끼〉, 〈탐묘인간〉 등은 반려동물과 함께 하는 삶을 반추하게 한다. 〈어쿠스틱 라이프〉, 〈나는 엄마다〉, 〈결혼해도 똑같네〉, 〈유부녀의 탄생〉 등 결혼, 출산, 육아 같은 가정의 대소사와 관련한 생활툰도 등장했다. 〈혼자를 기르는 법〉, 〈지금은 가난 중〉은 청년 세대의 주거와 빈곤 문제를 다뤘다. 그 외에도 카페 창업기 〈안녕, 외롭고 수상한 가게〉, 해외 이민 또는 해외 생활에 관련한 〈독일 만화〉, 〈딩스뚱스〉, 영국인과의 결혼 생활을 담은 〈Penguin Loves Mev〉 등 생활툰에 담긴 일상의 스펙트럼은 매우 다양해졌다.

만화평론가 이재민은 생활툰이라는 장르가 가진 특성을 '웹툰의 독특한 1인칭 서사 구조'라고 언급한다.[26] 작중 주인공 '나'가 그 주변의 생활 세계를 다루는 이야기이기 때문이다. 초반에는 이러한 1인칭 서사 구조의 작품에서 주인공 '나'는 작가의 페르소나라는 인식이 상당 부분 공유되었지만, 이후에는 작가와는 별개로 가상의 주인공이 '나'로 나서는 작품들도 등장했다. 〈혼자를 기르는 법〉이나 〈며느라기〉가 대표적이다. 이 작품에서는 주인공 '나'가 작가와 별개인 가상의 인물로 작중에서 그 자신만의 관계를 구축하고 그로부터 새로운 서사를 풀어나간다.

---

26   이재민, 「웹툰 1인칭 서사의 특성」, 「웹툰입문」, 커뮤니케이션북스, 2022, 110쪽.

탈성장과 '사이다' 서사

최근 웹소설 원작 웹툰을 중심으로 기존의 성장물과는 다른 '탈성장 서사'가 포착된다. 성장물이란 주로 미숙한 상태의 주인공이 고난을 겪으며 내적, 외적 성숙을 이루는 서사를 담은 작품군을 지칭한다. 사회 초년생 장그래가 처음에는 회사 생활을 어려워 하다가, 노력의 시간이 쌓이고 주변 인물들에게 배움을 얻으며 한 사람의 사회인으로 성장해 가는 〈미생〉은 성장 서사를 주인공에게 부여한 전형적인 예다. 일본 만화 〈슬램덩크〉의 강백호(사쿠라기 하나미치)나 미국 만화 〈스파이더맨〉의 피터 파커 등 성장하는 주인공이 등장하는 만화는 상당히 보편적이다. 그러나 최근 작품군에서는 주인공이 처음부터 강한 이로 등장하거나 혹은 약자였지만 특정한 계기를 통해 '세계관 최강자'로 급격히 탈바꿈하는 설정이 다수 발견되곤 한다. 〈나 혼자만 레벨업〉, 〈전지적 독자 시점〉 등의 현대 판타지 장르 작품을 살펴보면, 이와 유사한 설정들을 찾아 볼 수 있다. 이들 작품군에서 주인공은 힘없고 나약한 이로 그려지나 갑작스러운 전환의 계기를 맞아 강력한 힘(혹은 앎)을 획득한다. 그리고 자신이 취득한 힘/지식을 통해 악역의 상대를 처참하게 무너뜨린다. 주인공이 아슬아슬하게 승리를 거머쥐는 게 아니라 압도적인 힘 차이로 상대가 미처 손쓸 도리 없이 승리를 거두는 것이 '사이다(시원하다는 의미) 서사'의 기본이다.

판타지 장르가 아닌 현대물에서도 사이다 서사는 유효하다. 대표적인 예가 학교를 배경으로 하는 학원물 장르다. 〈외모지상주의〉, 〈여신강림〉 등의 작품에서 주인공들은 외모로 인해 학교에서 무시받거나 따돌림 당하다가, 극적인 계기를 통해 외모 전환을 이룬다. 이들이 바꿔 내는 건 외모만이 아니라 학내 서열이다. 학교 안에서 암묵적으로 통용되는 '계급 구조' 속에서 이들은 메이크오버를 통해 단숨에 서열을 역전시킨다. '찐따'라며 무시 받던 일상을 청산하고 학생들 모두가 선망하는 이로 올라서는 것이다.

일반적인 성장 서사에서는 고난을 마주하고 실패하며, 이를 극복하기 위해 나름의 방법을 찾아내기 위한 과정을 중요하게 그려냈다. 그러나 최근의 사이다 서사에서 이러한 과정은 과감하게 생략된다. 오히려 고난의 과정이 길어질 수록 독자들에게 '고구마(답답하다는 의미)'라며 비난 받곤 한다. 독자들은 지난한 성장 과정은 신속히 뛰어넘고, 주인공의 능력이 거의 완성된 상태에서 진행되는 속시원한 전개를 원한다.

웹소설 연구자 이융희는 이같은 사이다 서사에 대해 "독자들의 결핍 생성-욕망 충족이라는 두 가지 알고리즘의 반복"이라 언급한 바 있다.[27] 빠르게 욕망을 성취하는 스토리텔링 문법은 웹소설·웹툰의 연재 기간 및 유료 콘텐츠 수익 등 다양한 환경적 요인이 결합해 촉발된 문화로도 볼 수 있으며, 나아가 실제 청년들이 성장을 일궈 내기 어려운 현실 세계의 반영으로도 분석할 수 있다.

---

27   이융희 〈감정 플랫폼을 주목하라〉, 기획회의, 545호, 2021.

로맨스의 변화

90년대 만화잡지 시장에서 순정만화로 분류되던 이성애 로맨스 작품군은 웹툰에서 '로맨스' 장르로 구분된다. 사실 순정만화는 지금의 로맨스 장르보다 훨씬 폭이 넓은, 여성이 보는 다양한 만화를 아우르는 장르였다. 지금의 로맨스 장르는 순정만화의 전통에서 이성애 로맨스에 더 집중한 작품군이라 할 수 있다. 하지만 로맨스 장르가 신데렐라 스토리처럼 획일화되어 있는 것은 아니다. 실제로 플랫폼마다 연재되고 있는 로맨스 장르 작품들은 소재나 주제, 연출 등의 면에서 놀라울 정도로 새롭고 다채롭다. 특히 많은 로맨스 작품군에서 드라마, 영화, 만화 등 기존의 문화 콘텐츠에서 익숙하게 재현되던 장르의 클리셰를 비틀거나 파괴하는 모습들이 포착되기도 한다.

일례로 〈유미의 세포들〉은 주인공 유미의 로맨스와 더불어 유미의 머릿속 안에서 펼쳐지는 세포들의 세계를 다룬다. 일반적으로 로맨스를 다루는 많은 작품이 여자와 남자 주인공이 나누는 운명적인 사랑을 그리는데, 〈유미의 세포들〉은 이러한 클리셰를 깨듯 유미가 여러 연인과 만나고 헤어지는 제반의 과정을 그린다. 운명의 상대를 찾는 유미에게 세포들은 이렇게 말한다. "남자 주인공은 따로 없"다고, 그리고 "이 이야기의 주인공은 한 명"이라고 말이다.

그런가 하면 〈재벌과의 인터뷰〉는 신데렐라 로맨스의 클리셰를 변형한 작품이다. 일반적으로 재벌 남성과 평범한 여성이 사랑에 빠지는 신데렐라 스토리에서 재벌 남성은 권위적 남성으로 그려지곤 한다. 그러나 이 작품에서 재벌남인 '양서준'은 유약하고, 예의 바르고, 상냥하다. 그는 돈으로 무언가를 해결하기보다 짝사랑하는 '은'의 마음을 살피며 조심스럽게 접근한다. 그 외에도 백화점 쇼핑 장면이나 재벌가들의 사교 파티 등 신데렐라 스토리에 꼭 등장하는 클리셰들을 하나하나 색다른 방식으로 재해석한다.

근래에는 회귀·빙의·환생이라는 새로운 설정을 곁들인 '로맨스 판타지' 장르도 인기를 끌고 있다. '회귀'는 주인공이 자신이 경험했던 이전의 과거 시간으로 거슬러 올라가는 것이고, '빙의'는 주로 책이나 만화 등 작품 속 등장인물이 되는 설정을 말한다. 마지막으로 '환생'은 새로운 세계에 다시 태어나는 것으로, 이때 주인공들은 대부분 이전 생의 기억을 가진 채다. 이 설정들은 제각기 앞 글자를 따 '회빙환'으로 불리기도 하며, 작품에 따라 주인공이 빙의와 회귀를 동시에 겪는 등 설정이 중첩되기도 한다. 로맨스 판타지 장르 작품들 가운데에는 처음부터 웹툰으로 창작된 작품도 있지만, 웹소설을 웹툰화한 작품이 주로 포진해 있다. 웹소설을 통해 작품성과 인기가 입증된 작품들을 웹툰으로 각색해 만드는 것이다.

왕족이나 귀족 등 신분과 계급이 있는 사회를 무대로 하지만, 로맨스 판타지 장르 작품들은 기존의 낭만적 사랑을 답습하지 않는다. 오히려 기발한 방식으로 기존의 로맨스를 걷어찬다. 〈황제와 여기사〉는 특히 어떻게 해야 평등한 사랑을 이룩할 수 있는지, 그것을 위해 무엇이 필요한지 진지하게 접근하는 작품이다. 또한 현대 사회의 재봉사가 과거 서구 사회를 배경으로 환생한 〈여왕 쎄시아의 반바지〉의 주인공 '유리'는 성평등한 가치관을 토대로 여성이 억압당하는 사회적 문제를 해결하려 한다. 로맨스 판타지 장르의 작품은 현대 사회와 판타지 세계를 횡단하면서 사랑을 다시 묻고, 동시대 여성의 욕망을 솔직하게 꺼내 놓는다. 〈그 악녀를 조심하세요!〉의 주인공은 로맨스에 빠지기는커녕 '로맨스' 때문에 고통받는 다른 캐릭터를 구출하기까지 한다. 로맨스가 있는 판타지인 건 맞지만, 그 로맨스가 꼭 이뤄지는 건 아니며 운명적인 사랑과도 거리가 멀다.

　로맨스는 그 어떤 장르보다도 시대성을 담아 빠르게 변화한다. 로맨스 판타지라는 새로운 장르가 등장한 것도 같은 맥락에 있다. 한 가지 유의할 점은, 로맨스 판타지 장르는 초기 진입 장벽이 꽤 높다는 사실이다. 처음 작품을 접하는 사람들은 회귀나 빙의, 환생이라는 설정도, 대공, 공작, 후작, 변경백 등 중세 서구를 모티브로 한 작위 이름도 어려울 수 있다. 그러나 대체로 많은 작품이 독자가 이러한 설정에 익숙하다는 것을 전제하고 자세한 설명 없이 서사가 전개된다. 처음에는 이런 전개가 다소 당황스러울 수 있지만, 장르 요소로서 이해하고 나면 그 이후엔 감상이 수월해진다.

웹툰과 윤리

　웹툰계에서는 매년 한두 차례 이상 논란이 일어난다. 주로 과한 성적 대상화나 필요 없는 성폭력 장면의 부각, 혹은 소수자 차별 등 사회적 윤리와 배치되는 작품에 관한 논란이다. 특히 '페미니즘 리부트 원년'이라 불릴 정도로 페미니즘에 대한 논의가 활성화되기 시작한 2015년 이후에는 웹툰 내 성적 대상화 및 성희롱 대사 등에 대한 문제 제기가 꾸준히 이어졌다. 가장 크게 이슈가 되었던 것은 〈뷰티풀 군바리〉 성적 대상화 논란 (2017)과 〈복학왕〉 청각장애인 비하 사건(2018) 등이다. 〈뷰티풀 군바리〉의 경우 군대 가학 사건(선임에게 주인공이 폭행 당하는) 장면에서 여성 주인공의 가슴이 심하게 흔들리는 데다 표정 묘사가 마치 성행위를 연상시킨다 하여 연재 중단 청원이 이어지기도 했다. 〈복학왕〉은 청각장애인 캐릭터가 어눌하게 발음하는 데에 이어 마음 속으로 독백하는 대사마저도 어색한 발음을 사용하여 비판을 받았다. 이에 장애인 인권 단체가 즉각 성명을 내기도 했다.

시대가 변함에 따라 윤리도 바뀐다. 이전에는 누군가를 비하하거나 희화화하는 표현이 아무렇지 않게 이뤄지곤 했지만, 지금은 그것이 잘못임을 대부분 인지하고 있다. 2015~2019년 네이버웹툰에서 연재된 〈결계녀〉는 여성 주인공을 그릴 때 주로 아래에서 위를 향하는 구도를 통해 여성의 각선미를 지나치게 강조할 뿐만 아니라 불필요한 장면에서 여성 주인공의 속옷을 노출하기도 했다. 미디어 연구가 김낙호는 만화 안에서 여성 캐릭터의 팬티를 슬쩍 보여 주는 '판치라'라는 코드가 이전의 장르에서는 마치 "서비스신"으로 여겨질 정도로 그저 용인되어 온 장르 코드였다는 점을 지적한다. 나아가 "작품이 명시적으로 드러낸 목표에 부합되도록 고민을 거쳐서 적절하게 사용되고 있는가, 아니면 그냥 그 장르에서 많이 친숙하니까 대충 넣었는"

지 살펴야 한다고 말한다.[28] 이제 그러한 잘못된 관습을 그저 관습이기 때문에 익숙하게 사용해서는 안 된다는 것이다. 실제로 2021년 8월 웹툰자율규제위원회가 발표한 〈웹툰 차별표현 인식 실태조사〉에 따르면, 차별 표현에 특별한 의미 없이 '익숙한 표현'이어서 사용한다는 창작자의 응답이 38.9%에 달했다.

그렇지만 윤리가 그저 작품들에 '검열'로만 작동하는 것은 아니다. 윤리는 작가를 고민하게 하고 질문하게 한다. 창작자들이 윤리에 대해 질문할 때 윤리는 실험의 장이 되기도 한다. 대표적으로 〈미쳐 날뛰는 생활툰〉은 생활툰 장르 자체에 대한 깊이 있는 질문을 던진다. 밝고 유쾌하고 명랑한 생활툰, 지인들을 몽땅 등장시켜 그들의 서사에 의존하는 이 장르의 작가들은 어떻게 일상을 영위할 것인가. 작중 '김닭'은 연재를 이어가야 한다는 압박감에 없는 일상을 지어내어 웹툰을 그리기 시작한다. 생활툰 특유의 밝고 명랑한 분위기를 이어야 하다 보니 생활툰 속에 재현되는 주인공은 늘 엉뚱하고 귀엽기만 한데, 사람들을 모두 잃고 자취방에 홀로 처박혀 외출하지도 않는 실제의 '김닭'은 깊은 우울감 속에서 산다. 캐릭터와 실제 삶의 간극 사이에서 '김닭'이 그리는 생활툰은 정말 '미쳐 날뛰'기 시작한다. 이 작품은 생활툰이라는 장르와 작품 내 윤리의 관계를 끝까지 밀어붙여 탐구해 낸다.

---

28   김낙호, 〈[결계녀] 판치라는 표현의 자유인가〉, 아이즈, 2015.12.21.
https://www.ize.co.kr/news/articleView.html?idxno=22663

그런가 하면 작품의 서사와 설정 면에서 〈마스크걸〉과 〈미지의 세계〉[29]는 윤리의 선을 과감하게 뛰어넘었다. 〈마스크걸〉의 주인공 '김모미'는 누군가 자신을 욕망해 주기를 원한다. 모미는 같은 회사 부장과 연애하는 듯한 망상에 빠지고 집착하며, 동시에 가면을 쓴 채 인터넷 방송에 등장해 노출이 있는 옷을 입고 춤을 추기도 한다. 〈마스크걸〉 시즌1에서 모미는 욕망을 갈망하지만 그것에 반복적으로 실패하면서 충격적인 범죄를 저지르기에 이른다. 〈미지의 세계〉의 '미지'도 모미와 크게 다르지 않다. 욕정을 그대로 분출하는 이들은 그 어떤 사회적 '필터'도 거치지 않은 민낯의 마음들을 서슴없이 드러낸다. 이들은 누군가를 자신들의 난잡한 상상 속에 밀어 넣기도 하며, 온갖 저주를 퍼붓기도 한다. 이런 모습은 누가 봐도 비도덕적이지만, 오히려 윤리라는 사회적 약속 아래에 숨겨진 추악한 욕구를 숨김없이 보여 주는 작품이라는 데에서 호평을 얻었다.

---

29   〈미지의 세계〉는 레진코믹스에서 처음 발표되었고 유어마인드에서 단행본으로 출간되었다. 하지만 작가의 과거사가 일방적으로 폭로된 후 순식간에 플랫폼에서 사라졌고 단행본도 절판되었다. 이후 무혐의로 결론 난 후 현실문화사에서 단행본이 재출간되었다. 사건을 포함한 〈미지의 세계〉 관련 비평과 논의는 〈당신은 피해자입니까, 가해자입니까〉(양효실 외, 현실문화연구, 2017)가 가장 상세하다. 간략하게는 다음 기사를 참조할 수 있다. 김지현, 〈[뒤끝뉴스] '#문화계_성폭력' 시작이었던 그 사건 이후…〉, 한국일보. 2017. 11. 4. https://www.hankookilbo.com/News/Read/201711041112812521

인터넷 커뮤니티의 웹툰

웹툰은 주로 웹툰 플랫폼에서 연재되지만, 인터넷 커뮤니티에서 창작되고 유통되기도 한다. '디시인사이드 카툰-연재 갤러리(이하 카연갤)'는 웹툰과 밀접한 인터넷 커뮤니티의 상징적인 존재이다. 처음 탄생한 2002년부터 2022년 현재까지 많은 부침과 논란을 겪으면서도 꾸준히 많은 인터넷 유저에게 화제가 되고, 김풍부터 이말년, 엉덩국, 김케장, 반-바지 등을 비롯해 수많은 웹툰 작가들이 자신의 이름을 처음 알린 산실이기도 하다. 물론 꼭 디시인사이드가 아니더라도 만화를 올릴 수 있는 게시판이 있는 곳이라면 그곳이 어디든 웹툰을 올리는 인터넷 커뮤니티로 변신하기도 한다. 본래 게임 커뮤니티인 사이트에서 만화 전문 서브 커뮤니티로 정착한 '루리웹 만화 갤러리' 등이 대표적이다.

인터넷 커뮤니티를 통해 공개되는 웹툰 작품들은 대체로 서사가 뚜렷하기보다는 한국 사회, 특히 온라인의 유행을 기민하게 받아들이며 이를 활용한 작품이 주목받는 경우가 많다. 이러한 특성은 효과적으로 발휘하면 작품이 그려진 시기의 한국 사회를 반영하는 거울이 되기도 하지만, 자칫 잘못하면 한국 사회에 존재하는 온갖 혐오로 가득한 시선을 그대로 쏟아내는 배출구가 되기도 한다. 동시에 이 만화를 보는 독자들은 익명의 힘에 기대어 거리낌 없이 욕설 섞인 반응을 내놓고 조금만 재미없으면 바로 흥미를 접어 버리는 거친 온라인 문화에 익숙한 이들이 많다. 그러나 커뮤니티를 기반으로 활동하는 작가들은 이 까다롭다 못해 폭력적인 독자의 눈길을 끌어야 지치지 않고 오랫동안 활동을 할 수 있다. 그러다 운이 좋으면 인터넷은 물론 때로는 오프라인까지도 단숨에 사로잡는 유행으로, 다시 말해 밈(meme, 인터넷 상에서 유행하는 문화 요소를 총칭하는 표현)적인 존재로 등극하게 되기도 한다.

이러한 행보의 대표적인 작가로는 엉덩국이 있다. 개인 블로그와 온라인 커뮤니티를 중심으로 활동하던 엉덩국은 고등학교 재학 중인 2010년에 발표한 〈성 정체성을 깨달은 아이〉를 통해 순식간에 화제의 작가로 등극했다. 작품의 내용은 그다지 폭넓은 대중성이 있다고 보기는 어려웠다. 2000년대 후반부터 게이를 위한 성인 비디오 전문 배우 '빌리 해링턴'을 비롯해 '같은 남성에 매우 적극적인 성욕을 느끼는' 식으로 희화화된 게이의 모습이 유행한 것에 편승한 작품이었다. 거기다 작화, 서사 모두 빈말로라도 훌륭하다고 말하기 어려웠다. 그러나 어딘가 엉성하고 마구 폭주하는 작품에 인터넷 커뮤니티의 유저들이 생각 이상으로 열광해, 급기야 각종 광고나 〈무한도전〉 같은 인기 TV 프로그램에도 "찰지구나" 같은 만화 속 명대사가 패러디되는 등 오프라인에까지 영향을 미쳤다.

이후 엉덩국은 오랜 시간이 흐른 뒤인 2017년부터 2018년까지 유료 웹툰 플랫폼 투믹스를 통해 〈엉덩국 만화공장〉이라는 옴니버스 코미디 만화를 연재했다. 하지만 〈성 정체성을 깨달은 아이〉처럼 큰 화제가 되지는 못했고 그것이 2022년 현재 엉덩국에게는 처음이자 마지막인 정식 연재 작품이 되었다. 오히려 아마추어로 다시 돌아와서 그린 〈애기공룡 둘리〉(2019)가 김수정의 〈아기공룡 둘리〉를 잔인하게 패러디하고, '어서오고', '선 넘네' 같은 유행어를 동시에 퍼트리며 인기를 얻었다.

엉덩국 이외에도 정식으로 데뷔를 하는 것보다 밈이 되는 것이 곧 활동의 목표이자 자양분이 되는 아마추어 작가들은 수 없이 많다. 정식 닉네임보다 축약 닉네임 '김케장'으로 더 잘 알려진 '케로로장재미슴'은 엉덩국보다 더욱 폭주하는 작품을 발표하며 꾸준히 컬트적인 인기를 쌓은 작가이다. 그림체는 그림판에 마우스로 휘갈긴 것처럼 부산스럽고, 서사는 구조조차 쉽게 찾을 수 없을 정도로 파괴되어 있다. 김케장에게는 오로지 지금 온라인에서 유행하는 일들을 캐치해 작가 자신의 독특한 언어 유희로 풀어내는 것이 중요하다. 실험적이다 못해 가끔씩은 난해하기도 한 김케장의 웹툰은 2010년대 후반부터 조금씩 유행하기 시작했다. 또한 2016년에는 작품집 〈김케장 단편선〉을 출간하고, 매년 꾸준히 카카오톡을 통해 '케장콘' 이모티콘을 출시하고 있다.

대다수의 인터넷 커뮤니티 기반의 작가들은 엉덩국이나 김케장처럼 작가 자신만의 '강력한 한 방'을 지닌 작품을 선보이려 애쓴다. 그러나 인터넷 커뮤니티 기반으로 활동하는 모든 아마추어 작가들이 밈이 되기 위한 코미디 위주의 작품을 그리는 것은 아니다. 한 페이지 분량의 짧지만 번뜩이는 센스를 갖춘 SF 만화로 유명한 반-바지, 김케장처럼 언어 유희를 중심으로 삼지만 한국 고유의 전통 설화와 묶어내는 판타지적인 요소에 좀 더 공을 들이는 말호 같은 작가들도 존재한다.

주로 인터넷 커뮤니티에서 연재되는 만큼, 인터넷 커뮤니티의 웹툰들은 해당 커뮤니티 특유의 감성과 관심사를 반영한다.

이에 따라 작가들은 민감한 주제를 더 자극적으로 다루기도 하고 때로는 사회적 금기마저 아무렇지 않게 건드린다. 이런 작품들은 커뮤니티 내부에서는 큰 호응을 얻지만, 외부에서는 비판의 대상이 되기도 한다.

2장.
웹툰의 경제

　내비게이션으로 지도를 보는 방식은 다양하다. 건물이 단순화되어 있고 길을 중심으로 안내되는 지도가 있다면, 건물의 실제 모습과 지형의 높낮이 등을 살펴볼 수 있는 위성지도도 있다. 길을 빨리 찾기에는 전자가 좋지만, 가려는 곳을 자세히 살펴보고 싶을 땐 후자가 낫다. 웹툰을 조망하는 것도 이와 유사하다. 작품을 중심으로 볼 수도 있고 장르를 통해 이해할 수도 있으며, 돈의 흐름을 토대로 파악할 수도 있다. 여러 관점을 경유할 때, 우리는 웹툰이라는 세계를 더 깊이 있게 이해할 수 있다.

　어떤 이들은 스스로를 웹툰 산업과는 상관없다고 여길지 모른다. 그러나 독자야말로 웹툰 산업을 지탱하는 가장 중요한 주체다. 독자가 웹툰을 감상하고 소비하는 행위가 웹툰 산업의 핵심 동력이기 때문이다. 이 장에서는 산업적 차원에서 웹툰이 어떻게 규모를 키워 왔고, 그 과정에서 새로 생겨나고 사라진 것은 무엇이 있는지를 돌아본다. 또한 웹툰을 소비하는 사람들의 문화가 어떻게 달라졌는지, 나아가 웹툰의 지적재산권 확장과 세계화의 흐름까지 살핀다.

독자들의 웹툰 감상·소비 현황

웹툰은 모바일 기기나 PC 등을 통해 웹에 접속할 수만 있으면 언제 어디서든 즐길 수 있는 문화 콘텐츠다. 영상 콘텐츠와 달리 자신의 속도와 편의에 맞추어 감상할 수도 있다. 간편하게 볼 수 있다는 장점 덕택에, 대중교통이나 길거리에서 웹툰을 보는 사람도 종종 발견할 수 있다. 웹툰은 무료한 출퇴근길을 달래주는 좋은 친구가 된다.

그렇다면 얼마나 많은 사람이 웹툰을 보는 걸까? 2022년 4월 발행된 기사에 따르면 네이버웹툰의 월간 활성 사용자[30]는 앱 기준 약 1000만 명, 카카오웹툰의 월간 활성 사용자는 앱 기준 약 200만 명을 기록했다.[31] 네이버 시리즈와 카카오페이지까지 포함하면 2021년 8월 기준 월간 활성 사용자는 네이버 계열

---

30 월간 활성 사용자(monthly active user, MAU)는 한 달에 한 번이라도 해당 서비스를 이용한 사람을 카운트하는 것으로, 기준은 앱과 사이트 모두 가능하다.

31 장가람, 〈네이버-카카오웹툰, 한달 1천만 명 본다 [IT돋보기]〉, 아이뉴스24, 2022.4.14. https://www.inews24.com/view/1470506

1207만 명, 카카오 계열 956만 명에 이른다.[32]

웹툰을 유료로 이용하는 독자 비중도 높은 편이다. 한국콘텐츠진흥원에서 발표한 『2021 만화·웹툰 이용자 실태 조사』에 따르면, 응답자 중 44.3%는 유료 이용 경험이 있다고 집계됐다. 유료 결제 빈도는 주 1회 이상 19.3%, 월 1회 22.8%다. 이용자들의 월 평균 지출 비용은 이용 금액 구간으로 조사되었는데, 가장 높은 비율 구간으로 순서대로 나열하면 5,000~1만 원(23.3%), 3,000~5,000원(20.3%), 1,000~3,000 원(19.5%), 1만~3만 원(18.7%), 그리고 1,000원 미만(12.4%) 순이다. 무엇보다 중요한 점은, 유료 결제 경험의 비율(44.3%)이나 향후 유료 결제 의향이 있는 응답자 비율(65.4%)이 점점 늘어나고 있다는 것이다.

독자들은 웹툰을 감상할 뿐 아니라 플랫폼에서 제공하는 다양한 기능을 통해 웹툰을 적극적으로 향유한다. 오픈서베이의 〈웹툰 트렌드 리포트 2022〉 조사 결과에 따르면, 다른 행동 없이 오로지 작품 감상만 하는 독자의 비율은 18.3%에 그쳤다. 그 외 나머지 독자들은 모두 웹툰의 댓글이나 좋아요, 하트, 별점 등 다양한 기능을 통해 웹툰에 반응한다고 응답했다. 실제로 자신이 좋아하는 작품에 댓글을 작성해 '베스트 댓글(베댓)'에 올라가는 놀이 문화는 열혈 독자들 사이에서 필수적인 향유 방식이다. 가능한 한 빨리 댓글을 남겨야 베댓이 될 확률이 높

---

32   강경주, 〈"내수기업 탈피" 절박한 네이버·카카오…해외매출 효자 '웹툰' 승부수〉, 한경닷컴, 2021. 9. 14. https://www.hankyung.com/it/article/ 202109143440g

아지기 때문에, 어떤 이들은 작품이 업로드되는 시간에 맞춰 대기하곤 한다. 댓글은 독자들 간의 커뮤니티로 기능할 뿐 아니라 작가에게도 영향을 미친다. 〈고수〉의 경우에는 연재 기간 동안 댓글을 통해 남겨진 독자들의 반응을 보고, 당초 계획한 작품 시놉시스를 변경하기도 했다.

그런가 하면 어떤 독자들은 단행본을 구입하거나 굿즈를 구매하는 방식으로 웹툰을 보다 풍성하게 향유하기도 한다. 단행본으로 출간되는 경우, 기존에는 출판사에서 작가에게 직접 연락해 책을 출판하는 사례가 많았는데, 최근에는 웹툰 플랫폼에서 직접 단행본을 출판하거나 발행에 필요한 비용을 모으는 '출판 펀딩'을 주도하기도 한다. 레진코믹스는 〈환관제조일기〉, 〈징벌소녀〉 등 200종이 넘는 연재작들을 종이책으로 출간했고, 네이버웹툰은 〈고수〉와 〈도롱이〉, 〈아홉수 우리들〉 등의 단행본 출판 시 출판사와 연계하여 크라우드 펀딩 플랫폼에서 펀딩 프로젝트를 진행하다가 2022년 5월부터 네이버웹툰이라는 이름으로 직접 출판에 나서, 〈내가 죽기로 결심한 것은〉 등의 단행본을 출간했다. 이렇게 출판된 웹툰 단행본은 그 자체로 '굿즈'의 성격을 띤다. 실제로 웹툰 단행본 구매 경험자 중 41.4%가 "작품을 소장, 보관하고 싶어서" 구매했다고 응답했다.[33] 반면 이미 본 작품을 출판만화로 다시 보고 싶어서 단행본을 구매했

---

33 웹툰 감상 시 하는 행동[Base: N=1000, 중복/단일응답, %], 오픈서베이, 〈웹툰 트렌드 리포트 2022〉, 2022, 20쪽.

다는 답변은 24.0%로 조사됐다.[34]

　단행본에 특전 상품으로 스티커·배지·포토카드 등 캐릭터 굿즈가 포함되기도 하고, 아예 굿즈 자체가 펀딩 프로젝트로 등록되는 경우도 있다. 〈유미의 세포들〉의 경우 특별한 굿즈를 냈는데, 작중 남자 캐릭터 '바비'가 운영하는 떡볶이집의 콘셉트를 빌려 레토르트 떡볶이 〈바비분식〉을 출시한 것이다. 작품의 분위기를 잘 살린 콘셉트와 디자인뿐 아니라 실제로 떡볶이의 맛도 좋아 독자들의 호평이 잇따랐다.

　이처럼 웹툰의 감상 및 향유, 유료 결제와 굿즈 구매에 이르기까지 독자들은 폭넓은 영역에서 웹툰 산업에 적극적으로 참여한다. 이같은 웹툰 수익 사업들이 언제부터 생겼고 웹툰 플랫폼은 그 과정에서 어떤 변화를 꾀했을까?

수익모델의 시작

　웹툰 시장은 전체적인 규모로도 빠른 성장세를 보이고 있다. 한국콘텐츠진흥원에서 발표한 "2021년 웹툰 사업체 실태조사"에 따르면, 웹툰 산업의 전체 시장 규모는 1조 원을 넘어섰다. 2019년에 6400억 원으로 추산된 것에 비교해 1년 사이 약 60%가량 성장한 수치다. 매출액 가운데에서는 유료 콘텐츠 매출이 61.3%로 가장 높게 집계됐다. 그 외에 해외 콘텐츠 매출이 12.1%

34　「2021 만화·웹툰 이용자 실태조사」, 한국콘텐츠진흥원, 45쪽.

이고 나머지는 광고와 출판 매출 및 2차 저작권 매출이다. 웹툰 미리보기 회차 구입 등을 통해 올리는 수익이 매출의 절반 이상을 차지하는 셈이다. 해외 만화 시장으로 작품 수출도 활발히 이뤄지는 추세다. 한편 웹툰 산업에 종사하고 있는 전체 작가 수는 7,407명으로 집계됐으며, 2020년에 창작된 신규 작품 수는 총 2,617건을 기록했다. 이 수치들도 매년 오름세를 띠고 있다.

2011년 다음 만화속세상이 완결작을 10편씩 묶어 일괄 판매하는 '만화마켓(웹툰마켓)'을 열었고, 네이버도 2012년부터 웹툰 부분 유료화를 시작했다. 네이버웹툰에서 가장 먼저 유료화된 작품은 〈신과 함께〉다. 〈신과 함께〉는 웹툰 대중화를 이루는 데 혁혁한 공을 세운 작품 중 하나로 평가받는데, 웹툰의 유료화와 이를 통한 웹툰 산업의 확대에 미친 영향도 상당하다. 유료화될 때 일부 독자들의 반발이 있었지만, 유료화 후 1년 동안 2억3000만 원이 넘는 매출을 끌어모았다.[35] 이와 더불어 네이버웹툰은 2013년 해당 작품으로 발생한 수익을 작가와 플랫폼이 공유하는 방식인 PPS(Page Profit Share) 프로그램을 통해 광고, 유료화, 기타 파생상품 등 수익모델의 다각화를 꾀한 바 있다.

이같은 수익모델이 성공 조짐을 보인 것은 훌륭한 작품들을 토대로 웹툰이 대중화되었기 때문이다. 모바일 디바이스의 보급과 정착도 중요한 계기였지만 무엇보다 다양한 장르에서 걸출한 작품이 창작된 것이 큰 영향을 끼쳤다. 〈신과 함께〉를 비롯해

---

35   김영현, 〈'신과 함께'로 만화 지평 넓힌 주호민〉, 연합뉴스, 2014.2.10.

〈미생〉, 〈치즈인더트랩〉, 〈마녀〉 등의 작품들이 각각의 영역에서 일으킨 반향은 굉장히 컸다. 특히 직장인의 애환을 극적이면서도 사실적으로 표현했다고 평가받는 〈미생〉은 고정 독자만 50만 명으로 추산되며,[36] 2014년에는 〈미생〉 단행본이 만화계를 넘어 출판 시장 전체에서 가장 많은 판매고를 기록하기도 했다.[37] 같은 시기인 2014년에 조사한 만화 이용자들의 선호 만화 작품 순위에서도 〈마음의 소리〉, 〈신의 탑〉, 〈노블레스〉, 〈연애혁명〉, 〈놓지마 정신줄〉, 〈치즈인더트랩〉 등 선호 작품 상위 10개 중 6개를 웹툰이 차지했다.[38] 이 시기를 전후로 웹툰의 영화화와 드라마화 성공 사례가 등장하면서 대중적 콘텐츠로 자리잡은 웹툰은 산업으로서의 가능성을 확실히 보여 주었다.

수익모델이 가져온 새로운 플랫폼

웹툰 시장에 도입된 새로운 수익모델은 새로운 웹툰 플랫폼의 등장과도 연결되었다. 2013년 6월 레진코믹스가 플랫폼 시장에 새로이 등장한 것이다. 포털을 기반으로 한 웹툰 서비스가 아니라는 점에서 레진코믹스의 등장은 신선하고 도전적이었다. 게다가 레진코믹스는 수익모델도 기존 포털 사이트와 차별화

---

36   박주연, 〈윤태호 "샐러리맨의 숨은 노력 콕 집어내 '99%의 가치' 드러내고 싶었다"〉, 경향신문, 2012.11.16.
37   왕종명, 〈만화 '미생' 200만 부 돌파…"올해 최다 판매 책"〉, MBC, 2014.11.26.
38   『2016 만화산업백서』, 한국콘텐츠진흥원, 175쪽.

하여 기존 미리보기 판매 방식보다 훨씬 더 많은 회차를 유료로 판매했다. 독자의 입장에서 완결까지 모두 보려면 결제가 불가피해진 것이다. 레진코믹스는 유료 웹툰을 전면에 내걸고 콘텐츠를 통해서 수익을 창출하는 국내 최초의 웹툰 전문 유료 플랫폼이었다.

레진코믹스 출범에 즈음하여 IT 산업에서 큰 존재감을 드러내고 있던 대형 기업들이 차례차례 웹툰 플랫폼 사업을 시작했다. 이전에도 네이트 코믹으로 네이버나 다음 등 포털 사이트와 경쟁했지만 쓴맛을 보았던 SK플래닛은 2013년 4월 T스토어 웹툰 서비스를 개시하며 다시 웹툰 플랫폼 경쟁에 뛰어들었다. 인스턴트 메신저 카카오톡으로 빠르게 사세를 키운 IT 기업 카카오가 같은 해 4월 카카오페이지를, 이어서 통신사 KT가 7월 올레마켓 웹툰(현, 케이툰)을, 온라인 게임 리니지로 잘 알려진 게임사 NC소프트가 12월 버프툰을 각각 런칭하며 웹툰 사업에 도전장을 내밀었다.

이런 대기업 산하 플랫폼들과 달리 자체 자본금이 크지 않은 스타트업인 레진코믹스는 사람들이 돈을 기꺼이 쓸 만한 작품을 발굴하는 동시에 안정적인 기반 마련을 위한 투자처를 구해야 했다. 이를 위해 이미 기존 웹툰 플랫폼에서 주목 받았던 〈다이어터〉의 네온비, 〈살인자ㅇ난감〉의 꼬마비 등을 작가진으로 영입하는 한편, 〈먹는 존재〉의 들개이빨, 〈김철수씨 이야기〉의 수사반장 등 본래 온라인 만화 커뮤니티나 포털 웹툰 플랫폼의 아마추어 연재란에서 눈길을 끈 작가들을 적극적으로 데뷔시키는 전략을 세웠다. 비록 서비스를 시작한 이후로 점차 퇴색되긴 했지만 처음 작가를 영입하고 언론에 자신들을 홍보할 때에는 "획일적으로 일주일에 한편 연재할 것을 강요하는 포털의 방식"과 다르게 "작가와 협의하여 격주간, 월간 등 연재 기일을 정한다"고 이야기하는 등 당시 포털 중심의 웹툰 플랫폼과는 차별적인 면모를 보이기도 했다.[39]

이와 함께 레진코믹스는 2013년 당시만 하더라도 웹툰 플랫폼 연재작들 중 일부 예외에 불과했던 '성인 웹툰'을 꾸준히 기획·연재하며 중요한 수입원으로 만들었다. 성인 웹툰을 원하는 독자 수요를 레진코믹스가 대부분 끌어들였다고 해도 과언이 아니다. 기존의 포털 웹툰에서 보기 어려웠던 선정적이고 폭력적인 묘사가 담긴 작품들은 레진코믹스 유료 모델의 핵심 전략이었다. 이러한 지점은 웹툰 독자들은 물론 작가들의 이목을 모았다. 기존 전체 연령가 및 청소년 연령가 장르에서는 활약하기 어렵던 작가들에게 작품을 연재할 기회를 제공했을 뿐 아니라 더 많은 수익을 거두게 해주었기에, 이는 이후의 작가 모집에도 크게 도움이 되었다. 그 결과 레진코믹스는 서비스를 시작한 지 한 달 만에 손익분기점을 넘어서고 매월 20~40%의 성장률을 기록하며 웹툰 산업에 있어 성공적 수익모델을 제시했으며, 웹툰 스타트업의 성공이라는 이정표를 세웠다. 이러한 초기 성장을 바탕으로 레진코믹스는 벤처캐피탈을 비롯한 여러 투자처를

---

39   강일용, 〈"유료 웹툰 정착의 도화선이 되겠다" 레진코믹스〉, IT동아, 2013. 6. 13. https://it.donga.com/14853

확보해 가며 성장을 가속화하기 위한 경로를 밟아갔다.

레진코믹스의 상업적 성공은 수많은 이들에게 큰 영향을 주었다. 특히 IT 영역의 스타트업들이 레진코믹스의 사례에 주목했다. 2010년대 초반 스마트폰이 한국을 비롯한 세계에 빠른 속도로 보급되며 IT 사업은 다시 각광받게 되었다. 그러나 2000년대 초 '닷컴 붐'이 '닷컴 버블'로 바뀐 중대한 요인이 수익 수단의 부재였던 것처럼, IT에 대한 관심이 증대하는 것과 별개로 이를 지속적인 흐름으로 바꿀 수 있는지는 미지수인 상황이었다. 이러한 상황에서 레진코믹스가 표방한 유료 웹툰 플랫폼의 빠른 시장 안착은 수많은 IT 스타트업들이 '웹툰'에 주목하는 결정적인 계기가 되었다.

웹툰 플랫폼 붐은 2014년 이후 본격적으로 불붙기 시작했다. 2014년에는 탑툰과 배틀코믹스, 티테일, 2015년에는 봄툰, 짬툰(현 투믹스), 피너툰, 코미카, 코믹스퀘어 등 스타트업이 개발한 플랫폼이 우후죽순 생겨났다. 스타트업 이외에도 게임 포털 한게임을 운영하는 NHN엔터테인먼트는 코미코를, 통신사 LG유플러스는 만화1번지, 모바일 미디어 피키캐스트가 피키툰을 론칭하는 등 수많은 기업들이 경쟁적으로 웹툰 플랫폼 사업에 발을 들였다. 치열한 경쟁 끝에 결국 문을 닫은 플랫폼도 적지 않다. 이런 상황에서 '작가와의 상생'을 추구한다는 이미지를 전면에 내세우는 플랫폼도 등장했다. 2019년 배달의민족을 운영하는 기업 우아한형제들이 만든 웹툰 전문 플랫폼 만화경이 대표적이다. 만화경은 격주 연재도 가능함을 전면에 내걸며, 작가들이 무리하지 않고 작품을 그릴 수 있는 플랫폼을 표방했다. 만화경의 작품은 전면 무료로 감상할 수 있으며 성인용 웹툰을 취급하지 않는다. 또한 코미코처럼 카카오페이지 모델에 가까우면서도 장르와 작품 다양성을 갖추려 애쓰는 플랫폼도 존재한다. 2022년 하반기에는 지식 및 정보 중심의 논픽션 웹툰을 연재하는 이만배(이걸 만화로 배워)와 같은 플랫폼이 출범하기도 했다.

　새로운 플랫폼들의 연이은 등장으로 포털 중심의 웹툰 플랫폼만 존재하던 시절보다 더욱 다양한 개성을 지닌 작가와 독특한 매력을 지닌 작품이 웹툰 생태계를 가득 채웠다. 이런 웹툰 전문 플랫폼에서 좋은 작품들이 나오고 새로운 물결을 만들어내는 것은 작가들의 설 자리를 만들고, 또한 작가들이 지향하는 작품의 결을 다양화한다는 면에서 웹툰 생태계에도 긍정적인 영향을 미친다.

　그러나 플랫폼이 늘어나는 만큼 이에 따른 부작용도 함께 등장했다. 2017년에 제기된 레진코믹스의 지각비 부당 징수 문제를 비롯한 여러 불공정 문제가 플랫폼과 작가 사이에서 발생했다. 또한 무수한 웹툰 플랫폼들의 등장으로 작품 총수도 늘어나면서 독자의 눈길을 사로잡기 위한 경쟁을 피하기 어려워져 이에 대한 피로나 불안을 호소하는 작가들도 늘어났다.

　모두에게 열린 오픈플랫폼의 등장

　이렇게 플랫폼이 우후죽순 등장하는 가운데, 2015년에는 웹툰에서 기존 전문 웹툰 플랫폼과 차이를 둔 새로운 흐름이 생겨났다. 플랫폼에 의해 섭외된 작가가 아니더라도 누구든 자신의 작품에 값을 매겨 게시할 수 있는 오픈플랫폼이다. 또한 인스타그램과 같은 이미지 기반 SNS도 직접 수익을 발생시키지는 못하더라도 영향력을 쌓을 수 있는 연재처로 활용되기 시작했다.

웹드라마로 영상화되기도 했던 웹툰 〈며느라기〉는 웹툰 전문 플랫폼이 아닌 SNS에 연재된 작품이며, 〈며느라기〉로 성공을 거둔 이후에도 수신지 작가는 후속작 〈곤〉을 같은 방식으로 연재했다. 〈곤〉 연재에서는 〈며느라기〉 때와는 다르게 가장 최신 회차를 유료로 딜리헙에 게시한 뒤 최신 회차가 나오면 그 직전 연재분을 무료로 전환하여 이를 페이스북과 인스타그램에 게시하는 형태로 연재했다.

2019년 오픈플랫폼 연재 만화 최초로 대한민국 콘텐츠대상을 수상한 만화 〈극락왕생〉도 딜리헙 연재작이다. 〈극락왕생〉은 현대를 배경으로 한 판타지 장르 작품으로, 웹툰 시장에서는 굉장히 파격적인 가격을 내걸고 연재를 시작했다. 일반적으로 웹툰 플랫폼에서 웹툰이 1주일에 1번 연재되고 미리보기 회차가 200~500원 사이에서 거래되는 데에 반해 〈극락왕생〉의 작가가 내건 것은 3주일에 1번 연재, 회차당 3,300원이다. 대신 주 1회 연재 웹툰보다 회당 분량이 압도적으로 많다. 딜리헙과의 인터뷰에서 〈극락왕생〉의 작가인 고사리박사는 대기업의 자본 없이 독립만화가 어디까지 해낼 수 있는지 궁금했고, 이를 실험하기 위해 오픈플랫폼을 택했으며[40] "독자가 작가를 선택한다고 생

---

40   〈〈극락왕생〉 고사리박사 작가〉, 딜리헙, https://page.dillyhub.com/archives/74

각하는데, 저는 작가도 독자를 선택할 수 있다고 믿어요. (중략) 이 작품의 진정한 가치를 발견해 줄 사람들을 독자로 선택하고 싶었"다고 말한 바 있다.[41] 〈극락왕생〉은 파격적인 가격과 연재 방식에도 독자들의 열띤 성원을 받으며 연재 10개월 만에 수익 2억 원을 달성하는 성과를 이뤄냈다.

이외에도 딜리헙과 같은 오픈플랫폼 포스타입에서 마사토끼 작가가 〈만화 스토리 매뉴얼〉을 연재하기도 했다. 포스타입은 2021년 8월 창작자 누적 정산액 300억 원을 돌파하면서, 웹툰 시장의 강자로 인정받고 있다. 이같은 오픈플랫폼은 일반 웹툰 플랫폼과 달리 창작자에게 더 높은 보상이 돌아가고, 연재 주기나 분량 및 형식도 창작자가 직접 결정하면 되기 때문에 자유도도 높다는 특징을 가진다. 국내 주요 오픈플랫폼인 포스타입은 2015년, 딜리헙은 2018년에 각각 서비스를 개시했다. 이 두 플랫폼에서는 현재 BL/GL, 팬픽, 생활툰 등 다양한 장르의 실험적인 창작물이 열띠게 연재되고 있다.

웹툰의 자체 수익 구조

웹툰은 무료라는 인식이 일반적이던 시절이 있었다. 당시는 웹툰 플랫폼 사업자들이 유저를 모으고 인지도를 쌓는 투자의

---

41   〈고사리박사 딜리헙 테이블 토크 프로젝트〉, 딜리헙, https://kr.dillyhub.com/page/pww2019

시기였지만, 그때에도 웹툰에 수익모델이 없었던 것은 아니다. 포털을 기반으로 한 거대 웹툰 플랫폼은 주로 브랜드 웹툰의 유치나 작품 내 간접 광고(product placement, PPL), 그리고 배너 광고 등을 활용했다. 이러한 간접적인 수익모델은 '웹툰은 무료'라는 인식이 어느 정도 희미해진 지금도 여전히 활용되고 있다. 하지만 역시 중요한 것은 직접적인 수익을 거둘 수 있는 구조다.

웹툰의 직접적인 수익은 유료 회차 매출로부터 나온다. 개별 웹툰은 회차 단위로 감상되고 거래된다. 한 회차는 대체로 70~100개 정도의 만화칸으로 구성되어 있는데, 플랫폼마다 차이가 있지만 3일 내외 동안 감상이 가능한 대여료는 200~300원, 소장 가격은 300~500원 수준이다. 각 플랫폼마다 해당 플랫폼에서만 통용되는 쿠키나 코인 같은 단위를 두고 있으며 이용자들은 일정 금액을 환전해 사용하도록 유도된다. 이를 '충전'이라 통칭할 수 있는데, 독자가 작품을 감상하는 시점이 아니라 충전하는 시점에 플랫폼에 실질적인 수익이 발생한다. 따라서 플랫폼은 고액 충전에 보너스 코인이나 할인을 제공하기도 하고, 월간 충전이나 충전 금액이 일정 금액 이하로 떨어지면 자동충전되도록 하는 서비스를 제공하기도 한다. 모두 플랫폼에 이용자를 붙들어 두기 위한 전략의 일환이다. 카카오웹툰과 카카오페이지에서는 이용권이라는 방식을 도입해서 해당 작품을 이용할 수 있는 이용권을 여러 장 동시에 구입할 때 할인을 제공하기도 한다. 또한 무료 및 이벤트 코인을 제공해 무료 독자에게도 유료 회차를 읽을 기회를 부여한다.

작품 할인이나 무료 회차 제공 등은 독자 입장에서는 분명

반가운 일이다. 하지만 정산을 받는 작가 입장에서는 문제가 약간 복잡해진다. 수익셰어(revenue share, RS)는 판매 수익을 분할하는 비율을 나타내는 말이다. 플랫폼의 RS는 대체로 30~50% 사이로 책정된다. 예를 들어, 플랫폼이 수익 중 40%를 수수료 명목으로 가지고 작가가 60%를 가져간다면 각각의 RS는 40%와 60%다. 독자가 한 회차를 구입해 500원의 매출이 발생했다면 약 200원 정도가 플랫폼의 몫이 되고 나머지는 작가 및 제작사의 몫이 된다는 뜻이다.

그런데 유료 회차이지만 무료로 제공된 코인으로 결제된 경우에는 어떻게 될까? 가령 2만 건의 결제가 발생한 회차에서 2,000건이 무료 제공 코인으로 된 결제라고 하고, 간단히 플랫폼 수수료 40%에 세금은 제외하고 계산해 보자. 무료 매출을 고려하지 않는다면 1000만 원의 매출 가운데 400만 원은 플랫폼 수수료, 600만 원은 창작자 쪽의 몫이어야 한다. 하지만 무료 매출 100만 원을 제외한 나머지 매출을 4:6으로 나누면 창작자가 가져가는 금액은 540만 원으로 줄어든다. 플랫폼에서 무료 매출분을 책임지지 않는다면 창작자의 수익이 줄어드는 셈이다. 대부분의 메이저 플랫폼이 무료 매출을 자체적으로 책임지고 있다고는 하지만, 이러한 무료 매출 항목을 마케팅 비용 즉 수수료 명목으로 보아 플랫폼에서 수수료 비율을 더 높이 가져가려 한다는 문제도 있다. 특히 매출이 좋은 이벤트로 알려진 기다무(기다리면무료) 형태의 연재일 때 플랫폼 수수료가 가장 높게 책정되고 있다.

지식재산권 수익

웹툰의 직접 수익이 아닌 간접 수익 가운데 가장 큰 비중을 차지하는 것은 IP의 2차 활용, 즉 IP 확장에 의해 발생하는 수익이다. IP는 인터넷 시대에 그 쓰임이 늘어난 콘텐츠 못지않게 많이 쓰이는 용어다. 고도화된 문화 산업의 장에서 IP는 지식재산으로 번역되는 말이면서, 동시에 지식재산권(intellectual property right, IPR)을 주장할 대상으로서의 문화 상품을 환기하는 말이다. 다시 말해, 이해관계자들에 의해 계약서 등을 통해 특정된 콘텐츠가 IP다.

그래서 IP는 글로벌 IP, IP 비즈니스, IP 확보 경쟁, IP 출원, IP 보호, 그리고 IP 확장 등 시장과 법률의 맥락에서 주로 활용된다. 특히 'IP 확장'이 자주 쓰이는데, 이때의 IP는 콘텐츠나 작품, 텍스트 등 기존 용어와는 초점이 매우 다르다. 종래 '각색'이라는 말이 '원작'이라는 작품 단위의 권위에 초점을 두었던 것과 확연히 다르며, '매체 전환(트랜스미디어, 크로스미디어)'이라는 말이 콘텐츠를 담는 틀과 디바이스의 변화에 대해 기술적, 형식적 측면 등에서 관심을 가지는 것과도 다르다.

IP 확장은 사실상 지식 '재산'의 확장에 가장 큰 관심을 가진다. 달리 말하면 지식 재산, 즉 지식 재산을 활용한 '부'의 추구에 밀접히 관련되어 있다는 뜻이다. 작가뿐만 아니라 다양한 참여자가 공통의 부를 추구하면서 웹툰은 IP 시장의 주요한 구심점이 되었다. 확실히 웹툰을 중심으로 한 IP 확장은 IP 2차 활용에 따른 간접 수익을 얻으면서 동시에 인지도를 통한 직접 수익의 증대까지 기대할 수 있는, 웹툰 산업의 가장 첨예한 관심

사라 할 수 있다.

　독자가 많은 작품은 광고 매체로 활용되기도 한다. 해외 각국으로 진출해 인기를 끌고 있는 웹툰도 점점 많아지고 있다. 특히 원천 콘텐츠로서의 웹툰의 인기는 굉장하다. 국내 유수의 영화·드라마 제작사뿐 아니라 해외 영상 스트리밍 서비스의 선택을 받은 웹툰이 점점 늘어나고 있다. 2022년 8월 현재까지 영상화된 웹툰은 드라마만 해도 100편이 넘으며, 계약이 체결되어 제작 중이거나 준비 중인 작품은 그보다 더 많을 것으로 추정된다. 웹툰이 출발지가 아니라 목적지가 되는 IP 확장도 빈번하다. 웹소설의 웹툰화는 근 3년간 가장 각광받는 IP 확장 경향이다.

웹툰의 IP 확장 – 웹툰과 웹소설

　OSMU(one source multi use)는 하나의 콘텐츠를 다양한 장르로 변용시키는 것을 뜻하는 용어지만 한국에서 주로 쓰이는 콩글리시에 가깝다. 최근에는 IP 비즈니스가 확대되고 방식도 다변화되면서 OSMU/미디어믹스보다는 미디어 프랜차이즈나 크로스미디어, 트랜스미디어 스토리텔링 등의 용어를 활용하고 있다. 일례로, 하나의 콘텐츠를 개발해 그 콘텐츠 자체를 다양한 장르로 변환하는 데에 주안점을 뒀던 종래의 OSMU와 달리, 최근 IP 비즈니스는 하나의 IP를 다양한 매체 장르에 복합적으로 적용해 큰 틀에서 통일된 세계관을 구축하려 한다. 국내에서 가장 좋은 예는 방탄소년단의 사례다. 방탄소년단은 뮤직비디오, 웹툰, 게임, 애니메이션(TinyTan, BT21) 등 여러 장르에서 다양한 서사를 선보이며 이 모든 것이 합치되어 하나가 되는 세계관을 만들어 낸다. 이를 트랜스미디어 기획 혹은 트랜스미디어 스토리텔링이라는 말로 포착한다. 하지만 다소 전문적인 용어이기 때문에 여기서는 IP 확장과 IP 비즈니스 등의 직관적인 용어로 전체를 조망하려 한다.

웹툰은 특히 IP 비즈니스 사업이 활발한 분야 중 하나다. 웹툰을 원천 콘텐츠 삼아 영화, 드라마, 뮤지컬 등으로 만드는 사례는 매우 많다. 그리고 반대로 웹툰이 다른 원천 IP를 활용해 제작하는 사례도 있다. 대표적으로는 웹소설을 웹툰으로 재창작하는 웹소설 코미컬라이징(comicalizing)이 있다. 카카오웹툰, 네이버웹툰에서는 주로 판타지 작품(〈재혼황후〉, 〈나 혼자만 레벨업〉 등)의 웹소설이 웹툰으로 각색되어 연재되었다. 웹소설 시장에서 작품성이나 인기가 검증된 작품을 웹툰으로 창작한다는 면에서 웹소설 코미컬라이징은 다소 안전한 시도다. 그뿐 아니라, 웹툰을 창작함으로써 원작 웹소설에도 다시 이목을 집중할 수 있기 때문에 웹툰과 웹소설 양측에 모두 긍정적 효과를 미칠 수 있다. 카카오페이지가 웹소설 원작을 웹툰으로 제작하기 시작하면서 붙인 '노블코믹스'라는 서비스명은 웹소설 원작 웹툰의 보통명사처럼 쓰이기도 한다. 실제로 각 플랫폼마다 웹소설 원작 웹툰의 양이 가파른 속도로 증가하는 추세를 보이고 있으며 플랫폼마다 인기 상위권에 랭크되는 등 성과 면에서도 결코 뒤떨어지지 않는다.

이처럼 웹소설의 웹툰화가 확실한 흐름으로 자리잡으면서 웹소설을 어떻게 웹툰으로 옮길 것인가에 대한 접근법이 다양해지고 있다. 이 때문에 중요시되는 것이 바로 '각색 작가'의 역할이다. 업계에서는 각색 콘티 작가 혹은 콘티 작가라고 불리는 역할로, 웹소설을 분석해 웹툰으로 전환하는 과정을 맡는다. 웹소설의 전개나 대사 등을 그대로 웹툰으로 옮기는 경우도 있지만, 실력 있는 각색 작가는 원작의 장면들을 재배치하거나 일부 연출들을 바꾸어 웹툰에 적합하게 바꾸기도 한다. 각색 작가의 역할은 원작을 웹툰에 맞추어 바꾸는 것뿐 아니라, 웹소설과 웹툰 사이의 시간적 간극을 조정하는 것도 포함한다. 가령 웹소설 200화는 웹소설의 일간 연재 주기로는 주말 포함 250일 정도면 완결되지만, 연재 주기가 주간인 웹툰의 200화는 완결까지 4년에 가까운 시간이 걸린다. 따라서 코미컬라이징 과정에서 웹소설 2화 분량을 웹툰 1화로 각색하여 더 속도감 있는 이야기를 만들어내는 경우도 종종 있다. 각색의 역할은 물론 더 다양하다. seri가 각색하고 비완이 그린 〈내가 키운 S급들〉처럼 원작을 보다 자유롭게 해석해 웹소설에서는 도드라지지 않았던 가치를 웹툰에 새로이 부여하는 사례도 생겨나고 있다. 앞으로도 코미컬라이징의 확대가 예상되는 만큼, 웹소설과 웹툰의 특성을 잘 이해하고 있는 전문가 역시 보다 필요해질 전망이다.

그러나 이러한 산업적 흥행 뒤에는 우려의 목소리도 있다. 여러 우려 가운데 하나는 웹소설에서 유행하는 특정 장르가 대거 유입되어 웹툰 내 장르 다양성이 저해된다는 비판이다. 웹소설 연구자 이융희는 이와 관련하여 "비슷한 형식의 장르가 무분별하게 횡적으로 확대되는 것처럼 착시 효과를 만들어 낸다는 점이" 웹소설 원작 웹툰의 가장 큰 문제라고 지적하며, 이런 현상이 일어나는 이유를 웹소설과 웹툰 사이에 있는 속도의 괴리 때문이라고 짚었다. 이융희에 따르면 "웹소설은 비슷한 시기 비슷한 장르적 코드를 작가와 작품, 그리고 장르라는 장 안에서 서로 교섭하며 적극적으로 창작을 반복"하는 예술로,[42] 이에 따라 비슷한 시기 연재된 웹소설 작품일 경우 서로 주고받는 영향에 따라 같은 코드를 공유하는 비슷한 작품으로 읽힌다는 것이다.

다만 웹소설은 전체적으로 유행하는 장르가 빠르게 변화하기 때문에 장르 피로감이 덜한 데에 비해, 웹소설에 비해 창작 시간이 오래 소요되는 웹툰은 연재 주기와 준비 과정이 웹소설에 비해 길어져 유사한 작품군이 계속 연재되는 듯한 피로감을 독자에게 안겨줄 수밖에 없다. 실제로 웹소설 기반 웹툰이 새로 론칭되면, 댓글난에서 "또 이 장르야?"라는 독자들의 반응을 쉽게 찾아볼 수 있다. 게다가 웹소설의 웹툰화 흐름이 가속화되고 누적되면 더 이상 착시로는 설명하기 어려운 상황에 도달할 수 있다.

장르 편중 현상이 만화 생태계를 막다른 방향으로 이끌지 모른다는 우려를 비롯해 웹소설 코미컬라이징과 관련해 터져나오는 우려는, 무시하기 어려우나 그렇다고 해결 방안을 찾는 것 또한 난망한 문화 산업 고도화의 딜레마 중 하나다.

---

42   이융희, 웹소설계에서 바라보는 웹소설 원작 웹툰화, 디지털만화규장각, 2021.8.20. http://dml.komacon.kr/webzine/column/28391

웹툰의 IP 확장 – 웹툰과 영상

한국에서 처음으로 영화화된 웹툰은 2004년 다음 만화속세상에 연재된 강풀의 호러 웹툰 〈아파트〉다. 〈아파트〉는 2004년 9월 연재 종료 후 1년도 지나지 않은 2005년 4월 영화 제작 계약을 맺었지만 안타깝게도 영화 〈아파트〉는 2006년 7월 개봉 후 큰 반향을 낳지 못한 채 최종 관객 54만 명을 기록하며 상영이 마무리되었다. 그럼에도 〈아파트〉는 많은 독자들의 호응을 얻어 영화 제작이 타진되고 실제 결실로 드러난 최초의 웹툰 영화화 사례로 그 의미를 지닌다.

〈아파트〉로 시작된 웹툰의 영화화는 같은 해 〈다세포 소녀〉, 2008년 강풀 원작의 〈바보〉와 〈순정만화〉의 흥행 실패를 끝으로 한동안 명맥이 끊겼다가 윤태호의 웹툰을 원작으로 한 강우석 감독의 2010년 영화 〈이끼〉가 제작되며 재개됐다. 〈이끼〉는 최종 관객 335만 명을 모으며 당시 한국에서 가장 많은 관객을 기록한 웹툰 원작 영화이자, 처음 상업적으로 성공한 웹툰 원작 영화로 등극했다. 〈이끼〉의 성공은 웹툰 영화화의 성공 가능성과 방법을 제시해 다른 영화 제작자들이 영화의 원작으로 웹툰을 살피게 되는 흐름을 이끌었다. 2011년 강풀의 〈그대를 사랑합니다〉, 2012년 역시 강풀의 〈이웃사람〉과 〈26년〉, 2013년 HUN의 〈은밀하게 위대하게〉, 2015년 윤태호의 〈내부자들〉이 영화화되어 큰 인기를 모았다. 이들 히트작과 함께 웹툰의 영화화는 안정적인 노선을 걷게 된다. 그리고 주호민의 〈신과 함께〉, 스토리 작가가 영화도 연출하며 화제를 모았던 양우석의 〈강철비〉가 큰 인기를 모으며 웹툰의 영화화가 이어지고 있다.

웹툰의 영화화는 웹툰 산업에 있어서도 중요한 전환점이었다. 2013년 유료 웹툰 서비스가 등장하기 전까지 웹툰의 수익원은 웹툰 작품 하단에 첨부되는 온라인 광고, 그리고 이따금씩 시도되는 단행본 출간으로 발생하는 인세 정도를 제외하면 사실상 전무했기 때문이다. 잇따른 영화화의 성공으로 웹툰은 유망한 IP 콘텐츠로 부상하게 되었다. 동시에 2010년대 후반부터는 웹툰 플랫폼을 운영하는 네이버, 카카오, 레진엔터테인먼트가 자체적으로 자사 웹툰의 영화화를 시도하는 등 웹툰의 영화화는 어느덧 웹툰의 중요한 수익 구조로 정착했다.

이같은 흐름에는 영화화에 더해 드라마화의 성공도 빠뜨릴 수 없다. 영화는 100화가 넘는 웹툰의 서사를 최장 3시간인 영화 러닝 타임에 욱여넣기 위해 원작 스토리라인을 수정하는 경우가 잦았던 반면, 드라마는 시리즈로 제작되어 서사를 안정적으로 살려낼 수 있다는 장점이 있다. 웹툰 원작 드라마의 가장 선구적인 성공 사례는 바로 〈미생〉이다. 〈미생〉은 tvN에서 20부작으로 제작되어 시청률 9.5%를 달성하는 등 놀라운 기록을 남겼다. 뒤이어 〈송곳〉, 〈치즈인더트랩〉 등 인기 웹툰들이 속속 드라마로 제작되어 화제에 올랐고 〈이태원 클라쓰〉와 〈경이로운 소문〉, 〈사내맞선〉 등은 시청률 면에서도 큰 성공을 거두었다. 여기에 더해 넷플릭스로 대표되는 OTT(over-the-top) 서비스가 대중화되고, 나아가 OTT 서비스가 직접 자체 콘텐츠 제작에 투자를 집행하기 시작하면서 영상화될 수 있는 웹툰의 범위도 확대되었다. 기존에 주로 드라마화되었던 장르를 벗어나는 새로운 장르가 시도되었던 것이다. 〈스위트홈〉은 호러 장르를 새로운 감각으로 담았고, 〈D.P.〉의 경우는 한국 군대의 비극을 사실적인 터치로 그려냈다. 어두움의 극을 달리는 드라마 〈지옥〉은 넷플릭스 TV쇼 부문 전세계 시청률 1위를 차지하기도 했다.

최근에는 역으로 영상 IP가 웹툰화되는 경우도 생겨나고 있다. 넷플릭스에서 개봉한 영화 〈승리호〉는 영화 시나리오에서 출발해 영화와 웹툰이 각각 발표된 예다. 발표 시점으로는 웹툰 〈승리호〉(2020. 5.)가 영화(2021. 2.)보다 이르지만, IP의 출발점은 영상 기획이다. 〈W: 너와 나의 세계〉와 〈쌈 마이웨이〉의 사례는 드라마가 선행하고 웹툰이 후속 컨텐츠로 제작된 보다 선명한 예다. 각각 2016년과 2017년에 상당한 반응을 얻었던 드라마를 원작으로 하여, 해당 드라마를 좋게 기억하는 시청자들을 주요 소비 대상으로 삼았다고 할 수 있다. 하지만 4~5년이란 시간차로 인해서인지 크게 성공적인 결과로 이어졌다고 하기는 어렵다. 〈이상한 변호사 우영우〉는 드라마 1회(2022. 6. 29.)와 웹툰 1회(2022. 7. 27.)가 한 달 간격으로 발표되었다. 드라마가 먼저이되 기획 단계에서 웹툰을 준비한 것을 확인할 수 있고, 동시기 발표의 시너지를 기대하게 만드는 부분이다.

모든 케이스의 의도를 확실히 알수는 없으나, 현재 무료인 〈승리호〉 웹툰은 수익 면에서 큰 기대를 갖지 않았고 유료로 판매 중인 〈W: 너와 나의 세계〉와 〈쌈 마이웨이〉는 웹툰 자체의 수익을 기대한 케이스로 해석할 수 있다. 유료 회차가 포함된 웹툰 〈이상한 변호사 우영우〉도 후자에 가깝지만, 드라마 종영 전에 웹툰을 런칭함으로써 드라마의 주목도를 제고하고, 또 드라마의 인기를 등에 입어 웹툰의 영향력을 늘려 IP 자체의 생명력을 이어나가는 효과도 동시에 노렸을 공산이 높다. 실제로 웹툰 〈이상한 변호사 우영우〉는 성공한 드라마의 후광을 확실히 입어 연재 직후 목요웹툰 1위에 올랐다. 드라마 종영 이후로도 웹툰은 약 50회가 더 남아 인기를 이어갈 수 있다. 그렇다면 웹툰 수익뿐 아니라 〈이상한 변호사 우영우〉 IP를 대중이 기억하게 하여 시즌2로 인기를 이어가는 것도 기대할 수 있을 것이다. 드라마의 웹툰화는 웹툰을 한 축으로 둔 IP 비즈니스의 새로운 시도로 귀추가 주목된다.

웹툰의 세계화

2014년 네이버웹툰은 '웹툰 글로벌 진출 원년'을 선포했다. 뒤이어 카카오페이지를 앞세운 카카오웹툰(당시 다음웹툰)이 2016년을 기점으로 글로벌 진출을 시작했다. 불과 6~8년이 흘렀을 뿐이지만 현재 시점에서 그 성과는 괄목할 만하다. 네이버웹툰의 미국 플랫폼 웹툰(WEBTOON)은 2020년 12월 기준 미국 구글플레이 디지털 만화 앱 중 매출 1위를, 일본 플랫폼 라인망가는 2020년 6월까지 일본 앱마켓 비게임 부문 통합 매출 1위를 기록했다. 카카오재팬의 웹툰 앱 픽코마는 2020년 7월부터 라인망가의 아성을 무너뜨리고 일본 앱마켓 비게임 부문 통합 매출 1위를 기록했으며 이를 기반으로 2020년 하반기 전세계 양대 앱마켓(앱스토어, 구글플레이) 만화 및 소설 앱 매출 1위에 올랐다. 대만, 인도네시아와 태국 등 동남아시아 시장에서도 두 거대 웹툰 플랫폼이 1, 2위를 다투고 있다. 매출액에는 웹소설과 같은 인접 콘텐츠의 수치가 합산되어 있지만 대표 콘텐츠는 어디까지나 '웹툰'이다. 전세계 디지털 만화 시장의 선두에 한국의 웹툰 기업이 자리잡고 있을을 보여 주는 지점이다.

글로벌 웹툰 시대는 네이버와 카카오 두 기업만의 성과로 한정할 수 없다. 일본에서는 2013년 10월 서비스를 시작한 NHN 코미코(COMICO)가 먼저 자리를 잡았다. 라인망가가 약 4개월 빨랐지만 코미코는 〈RE: 제로〉와 같은 현지 작가들의 작품을 선보이며 2017년 기준 일본 내 웹툰 서비스 1위를 차지했다. 레진코믹스는 2015년 일본과 북미 시장에, 2017년 중국에 진출했다. 키다리스튜디오는 2019년 프랑스 웹툰 플랫폼 델리툰을 인수한 것을 시작으로 2020년 레진코믹스를 인수한 후 11월 독일어 서비스도 출범하는 등 유럽까지 시장을 확장했다. 리디는 영어권을 중심으로 한 구독형 웹툰 플랫폼 만타(Manta)를 출시했다. 사업 모델의 다변화, 플랫폼의 다양화 등의 양상 속에서 글로벌 웹툰 시대의 경쟁은 지속되고 있다.

하지만 위험 요소는 여전히 있다. 외부의 위협은 한국 웹툰을 불법적으로 번역하고 게시하는 사이트다. 한국 웹툰이 세계적인 저명도를 얻는 과정에 전세계 유저들의 불법적 번역 품앗이가 적지 않은 역할을 했던 것은 무시하기 어렵다. 하지만 문제의 핵심은 카피레프트에 친화적인 유저들보다는 웹툰 열람으로 발생하는 트래픽으로 엄청난 광고 수익을 올리는 불법 사이트에 있다. 대부분의 광고가 포르노그래피 및 인터넷 도박 사이트와 연계되어 있다는 점, 이들 불법 사이트가 올리는 광고 수익이 사실 작가들이 합법적으로 벌어들여야 할 열람료를 갈취

한 것이라는 점 등 많은 문제가 산적해 있다. 일국적 형태의 불법 사이트가 아닌 만큼 적발과 처벌도 어려워할 수 있다. 웹툰의 글로벌화에 있어 가장 큰 걸림돌이라 해도 다름 아니다.

웹툰 생태계 내부적으로 점검해야 할 사안도 적지 않다. 번역과 현지화에 대한 문화적 고민이 우선적으로 필요하다. 누가 어떻게 번역할 것인가, 누구를 위해 번역할 것인가 등의 질문을 더 구체적으로 던지고 답하는 일이다. 우리가 〈슬램덩크〉나 〈귀멸의 칼날〉, 〈해리포터〉 등의 번역된 버전을 향유할 때의 경험과 고민을 거꾸로 적용하는 일이기도 하다. 이를테면 원전을 존중하면서도 독자가 잘 이해할 수 있는 형태를 지녀야 한다는 것도 고민을 통해 도출될 수 있는 원칙이다. 산업으로서의 논리만이 아니라 문화적 존중이 담긴 전파와 상호 교류가 이루어지는 글로벌 웹툰 시대를 위해 지속적인 관심이 필요하다.

3장.
지도를 만드는 사람들

　　하나의 웹툰이 다양한 플랫폼을 통해 독자들에게 전달되기까지는 수많은 사람의 손길을 거친다. 작품뿐 아니라 만화 생태계 자체가 이들의 활동으로 순환한다. 역사와 문화로, 이어서 경제로 웹툰을 조망했던 앞선 장들에 이어 이 장에서는 웹툰이 창작되고 유통되는 과정에 어떤 사람들이 참여하는지를 다룬다. 웹툰 뒤에 있는 사람과 그들의 역할을 이해할 때 작품 하나하나에 대해서나 그 문화에 대해서 다른 시각을 가질 수 있을 것이다. 아울러, 웹툰 작가나 웹툰 관련 직종을 희망하는 이들에게는 더 유용하게 활용될 수 있을 것이다.

웹툰 작가

웹툰 산업이 성장함에 따라 웹툰 작가도 더욱 주목받고 있다. 예능 프로그램에 출연하는 웹툰 작가들뿐 아니라 개인 방송 혹은 SNS 채널을 통해 소통하는 작가들도 점점 늘어나고 있다. 웹툰을 보지 않는 사람들도 기안84, 야옹이, 주호민, 이말년 등 유명 작가의 이름을 알 정도다. 또한 초등학생과 중학생 희망 직업 20위권 안에 '만화가(웹툰 작가)'가 2년 연속으로 꼽히기도 했다.[43]

만화를 창작하는 사람은 대개 만화가로 통칭된다. 그중에서도 웹툰 창작자는 웹툰 작가로 불린다. 하지만, 잘 뜯어보면 만화가와 웹툰 작가에도 다양한 역할이 존재한다. 한 명의 만화가가 작품의 스토리부터 작화까지 모두 담당하는 경우도 있지만, 각자 영역을 나누어 협업하기도 하기 때문이다. 분업은 크게 스토리를 담당하는 글 작가, 작화를 맡은 그림 작가로 나누어지며 이 경우 글 작가가 콘티를 짜는 경우가 일반적이다.

웹툰은 초반의 기획 단계를 제외하면 대개 '글 콘티-그림 콘티-스케치-선화(펜선)-채색-후반작업'의 과정을 거쳐 창작된다. 이중 글 콘티 단계나 스케치 단계는 작가에 따라 생략되기도 한다. 일반적으로 가장 시간이 많이 소요되는 구간은 선화

---

43   교육부, 〈2021 초·중등 진로교육 현황조사〉, 2022. 1. 8. 보도자료 참조.
     https://www.moe.go.kr/boardCnts/viewRenew.do?boardID
     =294&boardSeq=90414&lev=0&searchType=null&statusYN
     =W&page=1&s=moe&m=020402&opType=N

작업이다. 작가들이 주 6일을 창작에 쏟는다고 했을 때 그중 3일은 선화 작업에 소요된다고 한다.[44] 주 1회 60~70컷의 풀 컬러 원고 연재를 맞추기 위해 많은 창작자들이 어시스턴트를 고용한다. 어시스턴트는 메인 그림 작가가 요청하는 영역을 보조한다. 밑색, 채색, 배경 작화, 식자 및 후반 작업의 보조가 어시스턴트에게 주로 주어지는 업무다.

분업이 더 고도화되면서 각색 작가, 콘티 작가, 선화 작가, 채색 작가, 배경 작가, 식자 혹은 레터링 작가 등의 역할이 생겨났다. 이러한 고도화를 이끈 것이 웹소설의 웹툰화인데, 이런 작품에서는 원작자가 글 작가로 표기되고, 그림 콘티를 담당하는 각색 작가가 따로 표기되는 경우가 많다. 이러한 노블코믹스 작품에는 크레딧에 표기되는 글, 각색, 그림 작가들 외에도 기존의 어시스턴트 이상의 역할을 수행하는 협업작가들이 스튜디오의 이름 하에 참여하고 있다. 이렇게 분업화된 웹툰 산업 하에서 작가의 의미와 위치도 변화하고 있다.

스튜디오/에이전시[45]

스튜디오는 작가들의 협업체를, 에이전시는 작가와 플랫폼 사이의 중개를 맡는 기관을 뜻한다. 이렇듯 스튜디오와 에이

---

44   조경숙, 〈웹툰 원고의 월화수목금토일〉, 디지털만화규장각, 2021. 8. 6.
45   조익상, 「노블코믹스라는 문화 산업」, 〈황해문화〉, vol. 14., 2022 참조.

전시는 본래 서로 다른 역할을 하지만, 웹툰의 제작사로 기능할 때에는 유사한 역할을 맡거나 밀접하게 연계되는 경우가 많다. 그래서 스튜디오와 에이전시를 제작사 혹은 제작 에이전시 등으로 통칭해서 논하는 것이 현재의 웹툰 산업에는 더 효율적일 수 있다.

2020년 기준 한국 웹툰 시장 규모의 절반은 제작 에이전시에 귀속된다. 약 1조 1500억 중 5300억이 제작 에이전시에서, 6200억이 플랫폼에서 발생시킨 매출이다. 에이전시의 매출 규모는 2017년부터 2019년까지도 1377억, 2047억, 2526억 원으로 매년 증가세를 보여오다가 2020년에는 전년 대비 2배를 넘겼다. 이는 플랫폼의 매출 증가세를 훌쩍 상회하는 양이다. 이런 결과를 낳은 2020년의 가장 큰 차이는 에이전시의 수다. 2020년 기준 양대 플랫폼에 작품을 제공하는 업체 수는 748개로 2019년의 217개 업체보다 3배 이상 많아졌다. 이러한 증가세는 노블코믹스의 활황과 관련이 있다.

제작 에이전시 상당수가 웹소설 중 웹툰으로 제작할 작품을 물색해 계약을 맺고 웹툰 작가를 섭외해 노블코믹스를 제작한다. 이러한 스튜디오/에이전시 제작 시스템은 만화가 지망생의 데뷔 가능 수준과 경로를 변화시켰다. 예전에는 일정 수준의 역량을 종합적으로 지닌 지망생이 힘겹게 작가로 데뷔할 가능성이 있었다면, 현재는 그보다 조금 부족하더라도 작화나 연출, 채색 등 한 분야에서 일정 수준을 달성하면 에이전시를 통해 데뷔가 가능해졌다. 심지어는 교육해서 쓰기 위해 우선 채용부터 시키는 업체도 있다. 작가가 부품이 되어간다는 우려도 있지만, 데뷔 준비 기간을 피할 수 있다는 점은 무시할 수 없다. 웹툰 산업 전반의 매출과 수익이 증대되며 작가가 가져가는 몫도 평균적으로 늘어났다.

웹소설을 원작으로 한 웹툰의 성공 원리는 크게 세 가지다. 원작 혹은 안정적인 이야기의 확보, 제작의 집적, 그리고 유통의 규모화다. 그런데 이러한 성공 원리를 따르기란 개인의 역량으로는 불가능에 가깝다. 따라서 성공 원리의 숨겨진 전제는 자본이다. 전제를 포함해 모든 성공 원리 가운데 재능, 창의력, 심미감 등 예술과 가까운 표현은 들어설 공간이 없다. 노블코믹스 모델 이전에는 웹툰 시장에 들어가기 위해서는 작가로서의 재능이 필수적이었지만 노블코믹스 모델로 대표되는 사업으로서의 웹툰 산업에서 모든 것을 혼자서 다 하는 작가로서의 재능은 더 이상 중요하지 않게 되었다. 작가를 고용하고, 팀으로 만들고, 그도 아니면 양성해 쓰는 것이 가능해졌기 때문이다. 이제 작가보다 전면에 나서는 것은 자본으로 작가들을 사용하는 제작 에이전시다. 이에, 개인 작가가 스튜디오 및 제작 에이전시와 경쟁하여 살아남는 것이 어렵다는 문제의식을 표명하는 목소리도 터져나오고 있다.[46]

---

46 권혁주, 〈어떻게든 혼자 그려야 한다: 플랫폼 거대화 속 개인 창작자의 미래〉, 만화규장각, 2021.4.23 참조. https://www.kmas.or.kr/webzine/column/28175

만화 편집자/웹툰PD/매니지먼트 담당자

오픈플랫폼이나 SNS가 아닌 이상, 웹툰이 독자와 만나는 데에는 이 사람들의 역할이 반드시 필요하다. 바로 웹툰 PD다. 이들의 역할은 종래 출판만화 시절 만화 편집자와 겹치는 부분도 있지만, 웹툰 산업의 특성에 따라 새롭게 요구되는 지점도 있다. 독자와 작가 사이에서 소통을 중개하는 업무가 대표적이다. 또한 기존 출판만화 편집자들에게 부차적 업무에 가까웠던 아마추어 작품 검토는, 웹툰 PD에게는 주요한 업무가 되었다.

출판만화 편집자와 웹툰 PD의 결정적인 차이는 업무의 방점에 있다. 편집자에게는 연재 작품의 처음부터 끝까지 관여하는 '편집' 이 가장 중요한 업무인 데 반해, 웹툰 PD에게는 연재작 선정과 연재 초반 관리, 즉 런칭을 위한 프로듀싱이 더 중요하다는 점이다. 현재 웹툰 PD는 어느 정도 자리잡은 작품에 대해서는 마감 관리와 검수 및 업로드 등에만 관여하는 것이 대부분이다. 대신 연재를 시작할 작품을 선정하고 작가를 발굴하는 일, 그리고 작품 런칭을 준비하는 일에 많은 시간을 쏟는다. 작품 런칭을 준비한다는 것은 전체 이야기와 초반 서사에 대한 프로듀싱을 담당하면서 작가가 연재 비축분을 쌓을 때까지 관리한다는 뜻이다. 예를 들어 10~20회 분 정도 안정적인 연재를 할 수 있을 만큼의 회차가 쌓이면 PD는 그중 1~3회차를 무료로, 이후 1~3회를 미리보기로 공개한다. 나머지 비축분은 시간이 지남에 따라 새로운 미리보기로 순차적으로 게시한다. 그 후로는 작가가 새로운 회차를 작업할 수 있도록 하며 마감을 관리하는 업무가 이어지지만 이 일은 새로운 작품의 런칭에 비하면 들어가는 시간이 많지 않다.

웹툰 PD의 이러한 업무 특성은 작품의 질에 대한 작가의 책임을 과도하게 인식하게 하는 측면이 있다. PD는 관리를 할 뿐이므로, 이미 런칭되어 연재 중인 작품의 질적인 측면은 오직 작가의 몫이라고 많은 사람들이 생각하게 되는 것이다. 작품의 질에 대한 공격적 댓글이 작가를 향하고, 이에 플랫폼이 제대로 대응하지 않는 것은 이러한 문화의 어두운 그늘이다. 업체 입장에서는 PD 한 사람당 더 많은 작품을 담당하게 함으로써 비용을 절감하고, 요즘과 같이 웹툰 작품 수가 엄청나게 늘어나는 시기에 인력을 충원하지 않아도 되므로 도움이 된다고 생각할 수 있다. 그러나 이는 단기적인 해결책으로, 단순히 마감만 관리하는 PD가 작품의 품질을 관리하기란 점점 요원해진다.

이러한 추세 속에서는 한 명의 웹툰 PD가 동시에 너무 많은 작품의 관리와 런칭을 진행하는 대신 기존 만화 편집자처럼 담당 작품에 더 많은 관여를 하게 되는 일이 이상적이라 할 것이다. 이를 위해서는 인력 확충은 물론이고, PD들의 만화에 대한 이해도 등 직무숙련도 강화도 필요하다. 현재 만화가를 양성하는 학교나 기관 가운데는 PD 양성 과정을 도입하는 경우도 조금씩 생겨나고 있다.

한편, 대형 웹툰 플랫폼에서는 매니지먼트 부서를 따로 두어 PD들의 역량을 런칭 및 연재작의 퀄리티 관리에 집중할 수 있도록 업무를 분산하고 있다. 매니지먼트 담당자들은 작가가 작품 활동에 더욱 집중할 수 있도록 저작권 관리 및 IP 사업 계약 등에 대한 지원을 담당하는데, 이는 전통적 의미의 에이전트/에이전시의 역할에 가깝다. 현재 웹툰 산업의 에이전시가 많은 경우 제작 에이전시로서 전통적 에이전시와는 아주 다른 방식으로 활동하고 있는 것은 어찌 보면 주객이 전도된 상황이라고도 할 수 있다. 제작 에이전시 체제에서 작가가 때로 회사의 부품으로 여겨지는 것과 달리, 이러한 매니지먼트 담당자의 존재는 작가가 웹툰 산업의 근간이라는 사실을 존중하는 의미도 지닌다. 그러면서도 IP 확장 면에서는 기업과 작가 모두의 이익을 도모할 수 있도록 하는 직군이다. IP 확장에 대한 관심이 증대되고 있는 웹툰 생태계에 앞으로 더 필요한 역할이다.

만화평론가/만화연구자

만화에 대한 진지한 글은 해방 전에도 드물게 존재했다. 해방 후에는 만화가 김성환, 김용환 등이 만화에 대한 글을 썼지만 작가가 아닌 이가 만화에 대해 쓴 비평이나 평론은 1980년대부터 주로 발견된다. 하지만 당시 이런 류의 글을 쓴 사람들은 문학평론가(김현)나 시인(오규원)이었다. 한국 최초의 공인 만화평론가는 1991년 스포츠서울에서 개최하는 신춘문예에 신설된 만화평론 부문을 통해 등단한 손상익이었다. 스포츠서울 만화평론 신춘문예는 1995년 박인하, 1997년 박석환 등 현재까지도 만화평론가 및 연구자로 활동하는 이들을 배출했으나 1998년을 마지막으로 사라졌다. 만화평론 공모는 2015년 만화비평웹진 〈크리틱엠〉을 통해 부활했으며 현재는 한국만화영상진흥원에서 주관하는 만화평론 공모전이 매년 개최되고 있다. 공모전

등단 외에도 기성 언론이나 웹진 등의 매체에 만화 칼럼, 평론 등을 발표하며 만화평론가가 되기도 한다.

만화평론가가 개별 만화 리뷰 및 비평에 집중한다면, 만화 연구자는 만화사 집필이나 만화이론 및 정책 연구에 관심을 갖는다. 하지만 만화계에는 두 영역을 아우르며 활동하는 사람이 많다. 이들은 만화 관련 논문이나 분석적인 비평을 쓸 뿐 아니라, 만화상 심사에도 참여하고, 만화가 복지 및 창작 장려 정책, 도서관 및 출판 제도상의 만화 관련 정책 등에 대한 연구도 진행한다. 예를 들어 2021년 한국만화가협회가 원로 만화가 12인 구술 채록 작업을 통해 발간한 〈만화가 휴먼 라이브러리〉(전 12권) 프로젝트에는 5명의 만화평론가, 연구자가 참여해 만화 역사를 서술하고 기초 자료를 조성하는 데에 일조했다. 여러 결로 펼쳐지는 만화 연구는 각각의 부분에서 만화 생태계의 기반이 될 앎을 구성하는 데 기여한다. 가령 웹툰의 식별체계를 ISBN으로 처리하는 것의 문제점에 대한 연구라거나, 웹툰 장르의 다양성 현황에 대한 연구 등은 현재를 파악하고 앞으로의 방향에 대한 지표를 제공할 수 있다.

만화평론가/연구자는 포럼이나 컨퍼런스 등 만화 관련 행사의 사회 및 진행을 맡고, 만화 축제를 기획하고 만화 전시 큐레이터 일을 하며, 만화가 양성 교육 기관이나 연구소에서 교수, 강사, 연구원으로 종사하는 경우도 많다. 만화가처럼 대중의 시선을 전면에 받지는 않지만 만화 생태계 전반에 대한 관심을 가지고 폭넓게 활동하며 작가와 독자 사이의 가교가 되는 일을 담당하고 있다.

노동조합 및 협단체

웹툰 작가는 플랫폼에 직접 고용된 노동자가 아니라 연재 계약을 맺은 개인사업자이기 때문에, 노동관계법상 노동자로서 보호받기는 어려웠다. 여기에는 예술가의 창작 활동은 노동과 완전히 별개의 것처럼 취급하는 사회적 분위기도 일조했다. 그렇지만 플랫폼과의 부당 계약 문제, 웹툰 작가의 과로와 건강 악화 등 작가의 권리가 침해 당하는 일이 잇따라 벌어지자 작가들이 규합해 노동조합을 만들었다. 대표적으로 전국여성노동조합 디지털콘텐츠창작노동자지회(이하 디콘지회)와 웹툰작가 노동조합이 있다.

2019년에 출범한 디콘지회는 2017년 레진코믹스 갑질 사태에 대항하기 위해 만들어진 레진불공정행위규탄연대와 페미니스트 사상 검증 피해를 겪은 일러스트레이터들이 조직한 여성일러스트레이터 연대 회원들이 합심하여 결성한 노동조합이다. 웹툰 작가뿐 아니라 웹소설 작가, 일러스트레이터 등 디지털 콘텐츠를 창작하는 여성 노동자라면 누구든 노동조합에 가입할 수 있다.

웹툰 플랫폼은 디지털을 매개로 콘텐츠를 판매하기 때문에 기존 출판만화와 달리 웹툰 작가와의 계약서에 디지털 전송권, 유료 판매분 수익 배분에 관한 조항이나 최소 개런티(minimum guarantee, MG) 등이 명시된다. 노동조합은 이러한 계약 과정에서 창작자에게 부과되는 불공정 조항이나 불이익이 없도록 조합원을 상시 교육하고 부당 사례에 항의한다. 디콘지회는 2020년 케이툰에서 강제로 연재가 중단된 작품들에 대한 디지털 전송권 반환을 요구하는 릴레이 1인 시위 등을 진행한 바 있다.

2020년 출범한 웹툰작가 노동조합은 불법웹툰피해작가대책회의에서 활동한 작가들을 주축으로 조직되었다. 불법 웹툰이란 플랫폼에 업로드된 웹툰을 무단으로 복제해 유통하는 웹툰을 말한다. 웹툰작가 노동조합은 불법 웹툰 사이트를 모니터링하고 웹툰 관련 저작권 침해물 법안을 만드는 데에 힘쓰는 등 불법 웹툰 근절을 위한 다양한 노력을 기울이고 있다.

노동조합과 일부 겹치면서도 다른 역할을 하며 더 좋은 만화 생태계를 만들기 위해 애쓰는 만화인들의 단체도 많다. 가장 정통이라고 할 만한 단체로 한국만화가협회(만협)가 있다. 1968년에 창립하여 오래되었을 뿐 아니라 가장 많은 만화가가 가입되어 있다. 특히 이충호, 윤태호, 신일숙으로 이어지는 최근 10년의 회장단은 모두 출판만화와 웹툰을 아우르는 선배 작가로 후배 작가들의 전폭적인 지지를 얻어 왔다. 한국웹툰작가협회(웹작협)도 만협 산하의 웹툰 분과로 출범해 현재는 별도의 사단법인으로서 만협과 긴밀히 협조하며 만화 생태계를 만들어 나가는 데 이바지하고 있다. 한국여성만화가협회(여만협) 역시 만협과 별도 구성체이지만 만협에 중복 가입된 작가가 많고 여성과 젠더 이슈에 더 중점을 두고 활동하는 단체다. 작가가 중심이 된 협회 외에도 플랫폼 사업자와 에이전시 대표단으로 구성된 한국웹툰산업협회(웹산협) 같은 단체가 있다. 이들 노동조합과 각종 협단체들은 2022년 공동으로 웹툰 상생협의체를 구성하는 등의 활동을 통해 만화 생태계의 선순환을 위해 애쓰고 있다.

교육 기관

2022년 현재 웹툰 작가로 데뷔하는 경로는 상당히 다변화되어 있다. 웹툰 플랫폼의 아마추어 투고 공간이나 인스타그램 등에 작품을 게재하며 플랫폼 및 에이전시의 연락을 기다리는 방법이 여전히 유효한 가운데, 학교나 교육 기관을 통한 데뷔 경로는 더 다양하게 제도화되고 있다. 만화가 데뷔를 위해 일찍이 웹툰 관련 전공이 설치된 특성화고등학교나 예술고등학교 등에 진학하는 방법도 있지만, 여기서는 대학형 교육 기관과 아카데미형 교육 기관으로 나누어 살펴본다.

3/4년제 대학과 전문대학, 2~4년제 학점인증 교육 기관 등은 교육부의 관리 감독을 직접적으로 받는 기관으로, 가장 오래되고 공신력 있는 형태의 교육 기관이다. 4년제 대학교에 웹툰 및 만화과가 있는 곳으로는 공주대, 목원대, 상명대, 세종대, 순천대 등 10여 개 학교가 있고, 여기에 애니메이션 전공 개설학교까지 포함하면 부산대, 한국예술종합학교, 홍익대 등 10여 개 학교가 더해진다. 4년제 학사학위도 의미 있지만 무엇보다 종합대학의 교양 교육을 통해 입체적인 작가로의 성장을 기대할 수 있다. 하지만 만화가 지망생들이 가장 선호하는 학교는 현재로서는 3년제 청강문화산업대학교 만화콘텐츠스쿨이다. 해마다 약 150~200명의 만화가 지망생이 치열한 경쟁을 뚫고 입학해 3년 동안 만화에 직결된 여러 교과목을 수강하며 데뷔를 준비한다. 입학생 수준이 높은 만큼 데뷔 작가 수에서도 압도적인 면모를 보여 주고 있다. 반면 만화 입시를 준비하지 않은 경우에도 교육 기관의 문은 열려 있다. 평가인정 기관인 2년제 KAC한국예

술원 웹툰콘텐츠계열 등의 기관에서 웹툰 작가 데뷔나 PD 취업 등을 준비할 수 있다.

아카데미형 교육 기관은 대학 모델과 유사한 전문 웹툰 교육 기관(서울웹툰아카데미 등)과 도제 형태에 조금 더 가까운 교육 기관(YLAB아카데미 등)으로 나눌 수 있다. 전자는 학기제를 기반으로 여러 강의를 수강하며 종합적으로 만화 창작에 필요한 능력을 길러나간다면, 후자는 수강자가 직접 본인에게 맞는 개별 과목만 수강하는 방식이다.

모든 교육 기관은 교육과정에서의 차이는 있을지라도 기본적으로 졸업 전까지 졸업작품이나 학년작 등의 포트폴리오를 만들게 함으로써 데뷔를 준비하게 한다는 점에서는 같다. 대학의 경우는 일반적으로 졸업을 앞두고 졸업작 전시회 등을 열어 웹툰 PD나 에이전시 관계자를 초대하여 졸업생들의 작품을 알릴 기회를 만든다. 이러한 포트폴리오와 피칭 프로그램을 통해 웹툰 업계에서는 자사에서 IP를 소유하고 있는 웹소설의 웹툰화 인력을 섭외하거나 회사 소속 작가로 채용한다. 물론 작가 지망생이 본인 작품을 발전시켜 연재할 수 있도록 지원하며 함께 준비하는 업체도 있지만 드문 편이다. 그럼에도 불구하고 교육 기관을 통한 경로는 여러 이점을 고려할 때 현재의 웹툰 산업에서 가장 안정적인 준비 경로라 할 수 있다.

4장.
100가지 작품을
선보이기까지

독자마다 읽을 웹툰을 선택하는 기준이 있을 것이다. 가장 대표적인 기준은 취향과 유사성이다. 많은 독자들이 작화와 그림체, 소재와 스토리 등 자신의 취향에 따라 선택하여 작품을 감상하고, 같은 작가의 다른 웹툰을 검색하거나 비슷한 느낌의 웹툰을 이어 본다고 한다.[47]

그러나 광활한 웹툰 세계 안에서 이미 본 것과 비슷한 작품군만 계속 소비하는 건 어쩐지 아쉽다. 큐레이션은 이럴 때 유

---

[47] 오픈서베이, 「웹툰 트렌드 리포트 2022」, 2022. 7. 25. https://blog.opensurvey.co.kr/trendreport/webtoon-2022/

효하다. 추천하는 사람의 취향과 주관성이 개입되기 때문에 각양각색의 새로운 작품을 접할 수 있다. 내 취향이 아니라고 생각했던 소재에서도 의외로 흥미를 느낄 수 있고, 내 눈에 예뻐 보이지 않던 그림체가 색다른 매력을 뽐낼 수도 있다. 새로운 작품을 만나는 일은 내 취향의 지도를 넓히는 일이다.

합정만화연구학회가 준비한 100선은 웹툰의 세계로 진입하는 데 장벽을 느끼는 독자나 취향 너머의 새로운 작품을 만나고 싶은 독자들을 위한 것이다. 우리는 모두 만화에 대해 글을 쓰는 사람들로, 수많은 작품을 탐독하며 좋은 작품을 고르는 일을 한다. 그럼에도 100선을 꼽는 일은 허투루 할 수 없는 작업이었다. 수 차례 회의를 거쳤고 그만큼 읽기에도 많은 시간을 들였다. 선정된 목록에 대해 다른 만화연구자와 평론가들의 의견도 취합하려 노력했다. 그럼에도 100편의 작품이 모든 독자의 마음에 꼭 맞지 않을 수도 있다. 하지만 적어도 취향과 경험을 확장할 새로운 만남을 제공하는 계기는 될 수 있을 것이다.

선정 과정에서의 고민

지난 20년간 발표된 1만 편 이상의 작품 중 100선을 가려 꼽는다는 것은, 작품을 선택하는 일 자체로도 고민스럽다. 게다가 선택하지 않은 작품들에 대한 책임감까지 느껴야 할 일이다. 어째서 이 작품을 포함했고 저 작품은 포함하지 않았는지 물어 온다면 어떻게 답할 수 있을까? 웹툰을 향유하는 독자마다 작품을 고르는 기준이나 작품에 대한 호오가 다르며, 어떤 이의 인생 웹툰이 다른 이에게는 썩 마음에 들지 않을 수 있고 그 반대도 충분히 가능하다. 나름의 답을 내놓더라도 그것이 만족스러운 답이 될지는 모를 일이다. 아니, 분명 누군가에게는 만족스럽지 않을 것이다.

이는 과거 다른 예술 장르의 명작을 선정하는 과정에서도 동일하게 반복되었던 어려움이다. 가령 한국영화 100선이나, 대한민국 명반 100선 혹은 현대한국문학 선집 같은 리스트에서 작품 제목을 읽어나가다 보면 고개를 끄덕이게 되기도 하지만 갸우뚱하게 되는 대목 역시 적지 않다. 왜 박찬욱 감독의 작품이 100편 가운데 세 편이나 선정되었는데 하필 〈아가씨〉는 빠졌을까? 왜 대한민국 명반 100선에 이선희의 앨범은 없을까? 이처럼 우리는 다양한 예술 장르의 유사 사례들을 검토하며 웹툰 100선을 선정하는 이 일이 생각보다 더 어려운 일임을 실감할 수 있었다.

우리가 무엇보다 가장 주요하게 참고한 사례는 만화 관련 리스트였다. 언론 및 비평, 만화 관련 서적에서 다룬 웹툰 작품들을 검토하고 담론을 분석하여 후보작 리스트에 참고했고,[48] 각종 만화상 수상작들을 검토하여 평단과 독자들에게 인정받은 작품들의 면면을 검토했다.[49]

---

48 ▲한국만화 명작 100선 ▲만화책 365 ▲만화가 담아내는 세상 ▲웹툰의 시대 ▲지금은 이런 만화 ▲만화로 본 세상 등

49 주요하게는 2000년 이후 ▲부천만화대상 ▲오늘의 우리만화 ▲대한민국 콘텐츠대상 ▲독자만화대상 수상 웹툰 목록이다.

2012년 서울신문과 한국만화영상진흥원이 공동으로 기획해 발표한 〈한국만화 명작 100선〉은 한국 만화의 역사를 통틀어 '명작'이라 할 만한 작품을 선정위원 100인의 투표로 선정했다. 1950년 발표된 김성환의 〈고바우 영감〉 2010년의 〈신과 함께〉까지를 아우르는 100편을 선정한 이 작업은 작품의 역사적 가치를 고려했다는 의의가 있다. 지금 읽어서 만족스럽지 않은 작품도 있겠으나, 발표 당시의 만화 생태계 속에서 작품이 차지하는 의미를 더 크게 살폈다는 뜻이다. 이에 따라 1950년대 작품이 9편, 그 이후로는 11편(1961~1970), 12편(1971~1980), 23편(1981~1990), 30편(1991~2000) 식으로 선정되었다.

　　그런데 웹툰 시대로의 전환이 시작된 2001년 이후 작품은 12년간 단 13편만이 올랐고 그중 웹툰은 7편에 지나지 않는다. 이 리스트는 결국 한국 출판만화의 중흥기인 1980~2000년 사이에서 절반 이상을 추렸고 그 이전 시기에서도 30편 이상을 선정했으면서도, '지금 여기'의 일반 독자들에게 접근성이 가장 좋은 최근 작품과 웹툰은 상당한 정도로 배제하고 있는 셈이다. 또한 100편 가운데 여성 작가의 작품은 총 12편, 특히 2001년 이후 여성작가의 작품은 박소희의 출판만화 〈궁〉 단 한 편만을 선정해 성별 편향성을 드러내기도 했다. 난다의 〈어쿠스틱 라이프〉(2010~2018)나 순끼의 〈치즈인더트랩〉(2010~2019) 같은 웹툰 초창기 여성 작가의 명작들은 리스트에 이름을 올리지 못했다. 〈마음의 소리〉를 제외하면 생활툰에 해당하는 작품 또한 없어 장르 다양성도 만족하지 못했다. 정리하면 '지금 여기'의 독자들에게 읽힐 작품을 공평하게 가려 꼽았다기보다는, 과거의 남성 작가-

스토리-출판만화 중심성을 역사화한 리스트라 할 수 있다.

반면 같은 해 학교도서관저널에서 펴낸 〈만화책 365〉는 '지금 여기'의 독자들에게 읽힐 만화 작품을 두루 담아냈다는 점에서 결을 달리한다. 만화책만을 대상으로 하며, 한국 만화만이 아닌 외국 만화도 포함하고 있다는 점, 그리고 청소년을 주된 독자로 염두에 두었다는 점 역시 차별점이다. 그리고 웹툰의 만화책 출간작도 포함한다는 점, 교사들이 주축이 된 선정임에도 "오락적 요소가 강한 만화"도 포함하고 있다는 점 등 배제보다는 개방성을 지향하고 있다는 면에서 우리의 선정 과정에 참고할 바가 적지 않았다.

우리의 대원칙

이러한 이전 사례들을 참고하여 우리는 어떤 100선을 만들 것인지 토론해 가며 선정의 방향과 원칙을 조율했다. 우선 우리는 독자 입장에서 웹툰 향유 경험을 확장할 수 있을 만한 작품을 가려 꼽겠다는 대원칙을 세웠다. 장르와 주제, 스타일 등 여러 측면에서 다양성이 확보될 수 있도록 추천작을 선정했다는 말이다. 이를 리스트의 대원칙이라 한다면, 개별 작품의 선택에는 작품성 혹은 완성도 등의 이름으로 불리는 넓은 의미에서의 질적 측면을 이 리스트에서 한 자리를 차지할 기본 자격으로 삼았다. 즉, 우리의 100선은 전체적으로는 다양성을, 개별 작품의 면면은 질적 성취를 만족하도록 안배했다. 그외에도 역사적 의의, 재현에 대한 문제의식 등의 가치를 고려했다. 또한 여러 홀

룡한 작품을 남긴 작가라 할지라도 그 작가의 한 작품만을 골라 담았다. 이 역시 다양성을 염두에 둔 결정으로, 이것이 우리가 택한 작품이 반드시 그 작가의 대표작이라는 의미는 아니다.

100선의 작품들은 발표 순서를 기준으로 정렬해 두었다. 이를 처음부터 따라가다 보면 웹툰의 역사를 함께 읽어나간다는 느낌을 받을 수 있을 것이다. 그렇다고 반드시 시간 순서에 따라 읽어나갈 필요는 없다. 마음 가는대로 훑어나가다가 어디선가 눈길을 끄는 무언가를 발견한다면 거기서 멈추고 작품으로 향하는 것을 추천한다. 우리가 가려 꼽은 작품들 사이를 여행하다 보면, 어느 순간 웹툰 초심자나 특정 장르의 애호가들이 기존에 즐겨 읽던 웹툰들에서는 맛보기 어려웠던 새로움을 느낄 수 있으리라 기대한다.

다양성의 네 가지 방향

다양성(diversity)이란 다양하게 정의될 수 있는 말이다. 가능한 모든 종류를 의미하기도 하고, 때로는 주류가 아닌 것을 포함하는 것을 다양성이라 하기도 한다. 어떤 영역에서 다양성을 고려하는가에 따라서도 달라진다. 생태계 다양성과 인종 다양성만 해도 다양한 것들의 목록이 다르듯, 웹툰의 다양성에서도 장르 다양성인지 혹은 주제의 다양성인지 등에 따라 상당히 다른 결과가 나온다.

따라서 우리는 기계적으로 엄격한 기준을 잡고 그에 따라 배정하는 방식은 피하려 했다. 가령 다양성을 위해 남성향과 여성향을 반반 가려 50편씩 나누었다거나, 연령대별로 10대를 위한 작품 20편, 이하 20대와 30대 등을 각각 20편씩 잡는다거나 하지는 않았다. 이러한 세목들은 추려진 후에 조정하는 선에서 균형을 잡으려 했다. 그보다는 아래처럼 큰 틀에서 분류 기준을 잡아 느슨하게 카테고리화하고 이름 지었다.

1. 재미: 얼마나 흥미롭게 읽을 수 있는가. 인지도와 인기도 일부 포함한다.

2. 의미: 주제의식이 깊거나 사회적 의미를 지니는가.

3. 묘미: 해당 장르의 오랜 독자들을 만족시킬 수 있을 만큼 장르적 완성도가 있는가.

4. 별미: 예술적 특색이 있는 새로운 시도를 담았는가.

위 네 가지는 우리가 생각할 때 웹툰 생태계에서 중요하며 작품을 통해 추구되었으면 하는 가치다. 100선에는 어느 한 카테고리에서 최고이거나, 아니면 복수의 카테고리에서 균형적으로 좋은 평가를 할 만한 작품들이 고르게 담겼다. 예를 들어, '재미있는' 작품만 100편을 담은 것은 아니라는 뜻인데, 대략 재미가 최대 강점인 작품이 25편 정도이고 나머지도 마찬가지이다. 그렇다고 의미나 묘미, 별미가 강점인 작품들이 재미없다는 뜻은 아니다. 오히려 재미야말로 다른 카테고리에 가장 넓게 퍼져 있는 가치일지도 모르겠다. 부디 100선을 재미있게 읽으며 의미와 묘미, 별미 모두를 찾아가기를 바란다.

100선 선정 원칙 요약

1. 웹툰 향유 경험을 확장할 수 있을 만큼 다양한 작품을 담는다.

2. 작품이 기획 단계에서부터 가지고 있다고 여겨지는 독자 지향, 즉 대상 연령층이나 대상 성별 등을 절대적인 것으로 취급하지 않되, 최종적인 100선 안에서 균등하게 담겨 있도록 한다.

3. 작가의 성별 역시 100선 안에서 균등하도록 노력한다.

4. 대중적 인기와 상업적 성공을 인정하고 해당 작품들을 고려하되, 그것을 중요한 기준으로 하지는 않는다.

5. 수장작과 같은 평단 및 전문가 집단의 인정을 받은 작품을 진지하게 검토하되, 반드시 포함하지는 않는다.

6. 새로운 예술적 시도, 해당 장르 안에서의 새로운 시도, 혹은 완성도 같은 '내적' 기준을 중시하되 가장 중요한 기준으로 하지 않는다.

7. 4~6을 균등하게 반영하도록 재미, 의미, 묘미, 별미의 네 가지 카테고리를 두고 최대한 고르게 배분한다.

8. 한 작가의 작품을 둘 이상 두지 않고 리뷰를 통해 다른 추천할 만한 작품을 함께 언급한다.

9. 100선 선정 후에 단행본 작업에 참여하지 않은 학회원 및 자문위원의 검토를 받아 최종 리스트를 확정한다.

5장
여행지 추천: 웹툰 100선

작품 프로필

작품명과 작가 ┈┈┈┈┈	**순정만화 by 강풀**
연재처 ┈┈┈┈┈	카카오웹툰
연재 기간 ┈┈┈┈┈	2003.10.~2004.4. 총 43화 ┈┈ 회차는 완결된 경우에만 표시
매체 전환 ┈┈┈┈┈	단행본 출간(문학세계사, 재판: 재미주의)
	영화 제작 (2008), 연극 제작 (2005)
수상 내역 ┈┈┈┈┈	2004 오늘의 우리만화, 2004 독자만화대상 대상
태그 ┈┈┈┈┈	#의미 #순정만화 #로맨스 #연상연하

순정만화

강풀의 〈순정만화〉는 여러모로 한국 웹툰에 중요한 한 획을 그은 작품이다. 본래 코미디 만화나 만평을 주로 그렸던 작가에게도 〈순정만화〉는 처음으로 시도하는 로맨스 장르의 서사 만화였지만, 한국 웹툰 전체의 역사에 있어서도 일정한 서사를 지닌 만화는 사상 처음이었다. 작품은 공개되자마자 크게 인기를 끌었고, 이는 곧 '웹툰'이 한국 만화의 새로운 가능성으로 주목받는 계기가 됐다. 2003년 '다음 뉴스'의 하위 서비스로 탄생한 '다음 만화속세상'은 〈순정만화〉를 통해 오늘날까지도 네이버 웹툰과 더불어 한국 웹툰의 양대 플랫폼으로 자리잡게 되었다.

〈순정만화〉에 등장하는 로맨스는 남성의 시선에서 바라본 이상적인 연애의 형태에 가깝다. 일찌감치 가족을 모두 떠나 보내고 혼자 사는 30대 회사원 연우와 같은 아파트에 사는 여자 고등학생 수영이 우연한 계기로 알게 되고, 띠동갑의 장벽을 넘어 서로를 보듬으며 사랑에 빠진다. 실연의 아픔을 지닌 20대 후반의 여성 하경은 느닷없이 수영과 같은 학교를 다니는 남자 고등학생 강숙의 고백을 받는다. 꽤나 나이 차이가 나는 두 커플의 연애는 주변 사람들에게 의심과 오해의 눈초리를 사지만, 따가운 시선들은 얼마 지나지 않아 자연스럽게 풀리며 완결에 이를 때까지 무사히 네 사람의 사랑은 지속된다.

〈순정만화〉는 이후 웹툰의 주류적 진행 방식이 된 스크롤의 특성을 적절하게 활용한 유려한 연출과 강풀 특유의 따뜻한 분위기 조성을 통해 몰입감 넘치는 로맨스를 만들어냈다. 세로로 길쭉한 아파트의 정경을 영화의 롱테이크처럼 거침없이 한 번에 드러내는 모습은 이제는 웹툰에 있어서는 익숙한 연출이 되었지만, 처음 등장할 무렵에는 너무나도 혁명적이었다. 연출이 독자의 감정을 고조시키는 가운데, 등장인물들의 대사는 서로를 최대한 존중하는 형태로 설계되고 작품의 전체적인 분위기도 시종일관 따뜻함을 놓지 않으며 두 커플의 사랑을 자연스럽게 받아들일 수 있도록 이끈다. 지금 다시 보면 조금은 뻔하거나, 연애를 대하는 자세에서 느껴지는 자의적인 면모가 없지 않아도 한국 웹툰의 초석으로서 중요한 발자취를 남긴 것이다.

순정만화 by 강풀

카카오웹툰
2003.10.~2004.4.   총 43화
단행본 출간 (문학세계사, 재판: 재미주의)
영화 제작 (2008), 연극 제작 (2005)
2004 오늘의 우리만화, 2004 독자만화대상 대상

#의미 #순정만화 #로맨스 #연상연하

1001

〈1001〉을 양영순의 대표작이라 하기는 어렵다. 새로운 표현으로 자신만의 영역을 개척했던 신문 만화 〈누들누드〉와 〈아색기가〉가 있었고, 웹툰으로는 〈덴마〉(2014)가 더 유명하다. 완성도로 보아도 웹툰 〈란의 공식〉(2007)이 짧지만 돋보인다. 그럼에도 〈1001〉을 꼽은 데는 이유가 있다. 이 작품이 웹툰의 초기 역사에서 차지하는 비중이 무척 크기 때문이다.

연재 시작 시점으로 볼 때 〈1001〉은 강풀의 〈순정만화〉보다 9개월 늦고 강도하의 〈위대한 캣츠비〉보다는 1개월 이르다. 지금처럼 며칠이 멀다 하고 신작이 터져 나오던 시절이 아니어서, 2004년 8월 당시 장편 연재된 세로 스크롤 웹툰은 사실상 이 셋이 전부였다. 강풀-양영순-강도하 3파전이 각 플랫폼의 명운을 걸고 펼쳐진 때다. 세로 스크롤 장편웹툰 연출 및 표현 방식에 대한 궁리와 시도 역시 이 세 작품으로부터 비롯되었다.

〈양영순의 천일야화〉로 개명해 책으로 출판된 것에서 알 수 있듯, 〈1001〉은 인류의 고전인 〈천일야화〉를 원작으로 한다. 그러나 액자식 구성과 인물들을 빌려오고 일부 에피소드의 줄거리를 차용한 것을 뺀 거의 모든 면은 양영순의 오리지널에 가깝다. 액자식 구성의 외화(外話)가 되는 왕과 세헤라자드의 이야기도 원전과는 전혀 다른 전개와 결말로 이어지며, 내화(內話)인 에피소드들도 마찬가지다. 원전에서 인물과 도입부 설정만 빌린 오리지널 작품이라 하는 것이 옳을 것이다.

하지만 〈1001〉의 가장 중요한 오리지널리티는 세로 스크롤 연출에 있다. 양영순은 출판만화에서 이미 컬러 디지털 작업 방식을 활용했고 이후 디스플레이 위에서 감상되는 웹툰에 최적화된 작화와 연출을 고민했다. 그가 개발해 시도한 세로 스크롤 연출법 중 일부는 지금도 활용되고 있는데, 대표적인 것이 해수면에서부터 심해까지 자연스러운 그라데이션으로 이어지는, 스크롤을 넘겨야 다음 장면이 보이는 연출 기법이다. 〈미생〉의 윤태호 작가가 〈1001〉을 "세로보기 만화의 매우 훌륭한 보기"이자 "온라인 서사극의 아름다운 성공 사례"로 꼽은 이유다. 2022년 현재 볼 수 있는 유일한 버전이 출판본뿐이라는 것이 아쉬울 따름이다.

1001 by 양영순

파란카툰
2004.7.~ 2005.9.　　　　　　　　총 140화
단행본 출간 (김영사)
2006 대한민국 만화·애니메이션·캐릭터대상 만화부문 대통령상

#묘미 #아라비안나이트 #설화 #민담 #재해석 #판타지
#한국만화명작100선

마음의 소리

〈마음의 소리〉는 한국 웹툰의 산증인과도 같은 존재였다. 네이버웹툰의 초창기 시절인 2006년부터 2020년까지 오랜 시간 꾸준히 연재해 온 유일한 작품으로, 어떤 작품도 쉽게 따라올 수 없을 15년간 총 1,237화라는 연재 기록을 세웠다. 여러 부침에도 불구하고 '생활툰'이라는 영역에서 독보적인 존재감을 가졌던 웹툰이기도 했다. 〈마음의 소리〉는 연재하는 동안 '살아 있는 레전드'라 불렸으며, 연재를 마친 지금까지도 그 명성이 유효하다.

어떻게 〈마음의 소리〉는 15년 가까이 연재를 지속해 오는 동시에 꾸준히 많은 독자들에게 사랑을 받을 수 있었을까. 여러 가지 이유를 들 수 있겠지만, 생활툰이라는 장르를 극한까지 파고들어간 집념을 결코 빼놓을 수 없을 것이다. 〈마음의 소리〉가 처음 등장하던 시기의 생활툰은 아직 그 형태가 굳어지지 않은 상태의 장르였다. 〈마린블루스〉나 〈스노우캣〉에서 지속적으로 드러났던 모습처럼 사적 에세이로서의 측면과 일상을 소재로 드라마나 코미디 등의 부가 장르와 연계하던 측면이 혼재되어 있었다.

생활툰을 그리는 작가와 생활툰 속 모습 사이의 관계를 쉽게 설명하기 어려운 딜레마 속에서 조석은 〈마음의 소리〉를 장기간 연재하는 동안 나름대로의 해결책을 찾아나갔다. 조금씩 작품에 등장하는 캐릭터들을 현실과 분리시키며 만화 속에서 자율적으로 살아 숨쉬는 존재로 그려나가기 시작한 것이다. 실제 자신의 삶에서 튀어나온 캐릭터이지만, 현실이라는 굴레를 한층 뛰어넘어 만화에서 벌일 수 있는 온갖 다양한 실험과 재치를 만들 수 있는 캐릭터들의 모습. 〈마음의 소리〉는 생활툰이 생활을 넘어서는 새로운 재미를 만들 수 있음을 증명한 작품이었다.

마음의 소리 by 조석

네이버웹툰
2006.9.~2020.6.   총 1,237화
단행본 출간 (초판: 중앙북스, 2판: 이미지앤노블, 베스트:
위즈덤하우스, 3판: 학산문화사)
시트콤 제작 (KBS, 2016~2017, 넷플릭스, 2018)
TV 애니메이션 제작 (애니맥스코리아, 2016~2021)
웹애니메이션 제작 (2018) 모바일 게임 제작 (2016, 2018)
2007·2008·2009 대한민국 만화·애니메이션·캐릭터대상 만화부문
인기상
2015 중국국제만화축제 금룡상, 2017 대한민국 만화대상 대통령상

#재미 #생활툰 #군상극 #코미디 #에세이 #장기연재

무림수사대

출판만화의 마지막 부흥기에 가장 인기 있었던 작품을 꼽는다면 〈마이러브〉(1993~1995)와 〈까꿍〉(1995~1999)을 빼놓을 수 없다. 〈무림수사대〉는 출판만화 전성기에도 보기 드문 밀리언 셀러였던 두 작품의 작가 이충호가 처음으로 발표한 웹툰으로, 무협소설의 무림과 무공이 현대에 존재한다는 설정 아래, 범죄를 저지른 무림인을 무공으로 검거하는 무림수사대의 활약을 그린 작품이다. 신선한 기획과 설정에, 작가 특유의 스타일리시한 연출과 호쾌한 액션을 더하며 발표 당시 큰 인기를 누렸다.

특히 스타일 면에서 〈무림수사대〉는 이충호의 출판만화 시기 베스트셀러보다 더 도드라지는 작품이다. 〈씬 시티〉와 〈헬 보이〉를 참고한 명암 대비가 또렷한 채색이 우선 눈에 띈다. 장면에 따라, 감정과 상황에 따라 하나의 강조색으로 채워지는 방식이 독특한 시각적 경험을 제공한다. 출판만화의 다채로운 연출을 웹툰에 최적화시키려 한 점도 상찬하지 않을 수 없다. 칸과 칸의 이음매, 칸의 모양과 배치, 칸 내부의 연출 모두 동시대 웹툰 사이에서 도드라지는 성취를 보여 준다.

〈무림수사대〉는 처음부터 시즌제로 기획되었으며, 제목에서 한자로 표기한 부분은 그 개별 시즌의 강조점을 가리킨다.

시즌 1인 〈무林수사대〉는 '숲' 즉 '사람들'에 대한 이야기를 강조한 작품이며, 6년 후에 재개된 시즌 2 〈武림수사대〉는 "무공과 대결이 강조된" 작품이다. 하지만 드라마 식의 '시즌'이라고 하기보다는 마블 시네마틱 유니버스 같은 영화의 시리즈물 개념으로 이해하는 것이 나을 만큼 두 시즌은 독립된 이야기와 주제를 다루고 있다. 시즌 3도 언젠가 이어질, 아직 완결되지 않은 웹툰 유니버스다.

무림수사대 by 이충호

카카오웹툰
시즌1: 2007.7.~2008.8 시즌2: 2014.2.~2015.12.
단행본 출간 (애니북스, 전 9권)
2010 부천만화대상 우수만화상 뉴미디어부문
2010 대한민국 콘텐츠대상 만화부문 우수상 (문화체육관광부 장관상)

#재미 #무협 #액션 #우정 #경찰

퍼펙트 게임

　오찬호는 서른한 살에 입사에 성공했다. 그가 취업한 회사에는 사회인 야구 리그에서 지역 최강으로 손꼽히는 팀이 있다. 이름과 직책이 모두 부장인 서부장의 지휘 아래 리그 최고 타자 이수현 과장, 베테랑 투수 노모식 과장 등이 포진하고 있다. 하지만 사원 오찬호는 이 팀에 가입할 수 없다. 그는 재래시장 상인들을 주축으로 한 야구팀 블루 엔젤스의 에이스 투수이기 때문이다. 포수이자 생선 가게를 운영 중인 강용식과는 오랜 친구이며, 팀원 모두와 너무나 돈독하다.

　이런 설정 아래 블루 엔젤스의 야구 이야기가 펼쳐지고, 또 찬호의 회사 생활과 재래시장 사람들의 이야기도 그려진다. 경기 장면들은 손에 땀을 쥐게 박진감 넘치고 때로 인생을 되돌아보게 만들기도 한다. 생활감이 묻어나는 오피스와 시장 이야기는 로맨스와 다큐멘터리, 생활툰을 넘나든다. 경기장과 삶터 모두에서 시트콤을 보는 듯한 유머 또한 만나볼 수 있다.

　총 3시즌을 10년 동안 이어 왔지만 작품 회차가 많은 편은 아니다. 하나의 시즌을 마치고 다음 시즌 연재를 기획하는 준비 기간이 길었던 셈이다. 매 시즌 철저히 갈고닦은 덕택에 시즌이 바뀔 때마다 스토리텔링과 주제, 그리고 작화의 발전을 보는 재미도 쏠쏠하다. 박민규의 소설 〈삼미 슈퍼스타즈의 마지막 팬클럽〉을 떠올리게 하지만 〈퍼펙트 게임〉 쪽이 더 따뜻하고 생활 밀착형이다. 3대 스포츠 웹툰을 꼽는다면 반드시 넣어야 하는 작품이다.

〈퍼펙트 게임〉 이후, 장이는 OCN 드라마의 동명 원작 〈경이로운 소문〉(카카오웹툰, 2018~2021)으로 더 많이 알려진 작가가 되었다. 〈경이로운 소문〉도 기발하고 탄탄한 세계관 속에 호쾌한 액션을 펼쳐 낸 판타지이면서도, 인물들 간의 끈끈한 우정과 곳곳에 담긴 현실적 생활 감각이 무척 인상깊은 작품이다. 그래도 판타지 요소를 제외하고 우정과 생활 감각만 논한다면 〈퍼펙트 게임〉 쪽이 한 수 위다.

퍼펙트 게임 by 장이

카카오웹툰
2007.9.~2017.9.   총 207화
단행본 출간 (북돋움)

#재미 #스포츠 #야구 #오피스 #사회인야구 #아마추어 #로맨스
#우정 #재래시장

어서오세요 305호에!

김정현은 대학에 진학하게 되면서 아는 형이 소개해준 사람의 집에서 1년 동안 자취생활을 하기로 한다. 부모를 떠난다는 생각에 한껏 들뜬 스무 살 김정현을 맞이한 이는 김호모. 그는 자신이 게이라고 하고, 김정현은 큰 혼란에 빠진다. 김정현은 이성애자이고, 성소수자를 처음 만났기 때문이다. 김정현은 자신에게 김호모를 소개시켜준 선배 상준에게 이 상황을 말하지만, 상준은 김호모가 게이가 아니고 단지 장난을 치는 것이라고 말한다. 하지만 김정현은 상준이 호모포비아라서 김호모가 진실을 말할 수 없었다는 사실을 뒤늦게 알게 된다.

김정현은 그와 함께 지내면서 그가 음식에 단 것을 과하게 넣는다는 것 정도를 제외하면 자신과 특별히 다를 바 없다는 것을 뒤늦게 깨닫는다. 김호모와 함께 305호에 살면서 김정현은 성소수자를 향한 막연한 공포를 갖고, 그들에 대해 혐오 발언을 해 왔던 과거의 자신을 반성한다.

이 웹툰은 김정현과 김호모 주변 여러 성소수자의 이야기를 에피소드별로 나누어 그린다. 와난의 최근작이자 대표작이라 할 〈집이 없어〉의 형식과도 유사하다. 청소년의 삶을 사려깊은 시선으로 조명하는 〈집이 없어〉만큼이나 〈어서오세요 305호에!〉도 성소수자 안에 있는 다채로운 차이들을 차근차근 짚으면서, 성소수자를 낯설어하는 이들에게 조심스럽게 다가간다. 게이, 레즈비언, 트렌스젠더 등 다양한 성소수자들의 모습을 그려 냄으로써 그들이 어딘가에서 더불어 살아가고 있다는 점을 알려준다. 이를 통해 성소수자도 이성애자와 특별히 다를 것 없다는 당연한 사실을 일깨워준다. 2008년이라는 상대적으로 이른 시기에, 대형 포털에 정식 연재된 웹툰으로는 처음으로 성소수자 이슈를 전면으로 부각한 작품이라는 점에서도 이 작품은 유의미하다.

어서오세요 305호에! by 와난

네이버웹툰
2008.3.~2011.9.   총 171화
단행본 출간 (학산문화사)

#의미 #성소수자 #LGBTQ #에피소드

우월한 하루

〈우월한 하루〉는 제목에 담긴 하루, 즉 2008년 12월 14일 단 하루 동안 벌어지는 살인극이다. 아내가 친정에 가고 딸 선아와 둘만 남게 된 휴일, 평범 그 자체인 남자 호철은 그 하루가 이렇게 엄청난 날이 되리라고는 상상하지 못했다. 아침 조깅 가는 길에 만나 담소까지 나눈 옆집 시우가 연쇄살인마라는 사실을 알게 되고 나서도 그랬다. 하지만 조깅에서 돌아와 선아가 사라졌다는 것을 깨닫고, 선아를 되돌려 받고 싶다면 요구사항을 달성해야 한다는 유괴범의 전언을 듣고 나서야 호철은 그 하루의 무게를 실감한다. 요구사항은 연쇄살인마 시우를 24시간 내에 죽여야 한다는 것. 그러니까 〈우월한 하루〉는 딸을 구하기 위해 이웃집 연쇄살인마를 하루 안에 죽여야 하는 살인극이다.

호철에게 주어진 가혹한 하루는 의문투성이다. 초반부에서는 매화 실마리가 아주 약간 풀리지만 대신 새로운 거대한 질문이 배로 쌓인다. 살인을 의뢰한 유괴범은 누굴까 하는 질문이 풀리자 마자 도대체 왜 살인을 의뢰한 것인지 궁금해지는 식이다. 살인을 의뢰한 유괴범은 배태진, 그 스스로가 엄청난 실력의 살인청부업자다. 그런데 왜 그는 호철에게 살인을 강요했을까? 또 24시간이라는 조건은 왜 붙은 것일까? 〈우월한 하루〉는 이렇게 질문의 답을 찾느라 시간 가는 줄 모르고 끝까지 읽을 수밖에 없는 작품이다.

팀겟네임은 지금도 회자되는 스릴러 웹툰의 명작 〈교수인형〉으로 데뷔한 팀이다. 두 번째 작품인 〈우월한 하루〉 역시 명작 스릴러로 칭송받는다. 하지만 세 번째 작품 〈멜로홀릭〉을 마지막으로 각자의 길을 걷는다. 글을 주로 담당하던 아루아니는 이후 〈적생〉과 〈닥터 하운드〉를 발표했고 그림을 주로 맡았던 김칸비는 글과 그림을 맡은 〈죽은 마법사의 도시〉 이후로는 스토리 작가로 활동하기 시작해 〈후레자식〉, 넷플릭스 드라마 원작이기도 한 〈스위트홈〉 등을 발표했다. 함께 활동하던 시절에도, 따로 활동하는 지금도 팀겟네임은 명실상부한 스릴러 '맛집'이다.

우월한 하루 by 팀겟네임

네이버웹툰
2008.12.~2009.10.   총 39화
드라마 제작 (OCN, 2022)

#묘미 #스릴러 #연쇄살인마 #호러 #예술

이말년씨리즈

〈이말년씨리즈〉는 처음 작가 개인의 블로그와 디시인사이드 카툰-연재 갤러리를 비롯한 온갖 커뮤니티에 올라왔을 때부터 곧바로 주목받은 작품이다. 그 전설의 시작을 알린 "불타는 버스"편의 내용은 이렇다. 평범해 보이는 버스 안, 한 승객이 요금을 지불하다 실수로 돈 통에 담배 꽁초를 같이 넣어 버린다. 버스가 활활 타오르는 가운데 상식적으로 차를 세우고 불을 끄자는 사람도 나오지만, 오히려 화재를 일으킨 승객은 불을 끄자고 하는 시민을 때린 뒤 지금도 여전히 화제가 되는 희대의 명대사를 외친다. "이렇게 된 이상 청와대로 간다!"

2008년 미국산 쇠고기 수입 논란을 시작으로 이명박 정권에 대한 촛불 시위의 여파가 마무리되지 않았을 시점이었다. 그런 상황에서 조금도 고개를 숙이지 않고 청와대를 향해 버스를 돌진하자는 코미디를 내지른 것이다. 심지어는 이런 결론이 나오기 까지 명확한 논리도 없다. 시작은 매우 우연한 사고였지만, 정말로 '이렇게 된 이상' 불만의 대상이던 청와대를 향해 돌진한다. 촛불시위 때 악명 높았던 전경 버스를 일컫는 속칭 '명박산성'을 넘어. 이런 결말은 매 순간이 파편적이면서도 시대상을 매우 과감하게 활용한 코미디였다. 작품은 금세 인터넷에서 화제가 되었고 얼마 지나지 않아 웹툰 정식 연재, 그것도 경쟁 웹툰 플랫폼 두 곳에 동시 연재하는 작품이 되고 말았다.

소위 '병맛'이라는 신조어를 만들 정도로 2010년대 초반의 유행을 이끌었던 〈이말년씨리즈〉는 정식 연재 이후로도 계속 끊임없는 인기를 만들어냈다. 이는 1970~80년대 고전 명랑만화와 극화에서 영향을 받은 선 굵은 작화, 종잡을 수 없이 튀는 전개와 코미디 소재, 사회상과 유행을 빠르고 날카롭게 파악하는 감각이 모두 갖춰져 있기에 가능했다. 과로로 인한 수면 부족 문제를 꼬집은 에피소드 "잠은행"편은 MBC를 통해 단막극으로 제작되었으며, 한국 사회의 고질적인 문제를 지적한 이말년의 센스가 돋보이는 대표적인 에피소드다. 2021년 현재 이말년은 만화가보다는 '침착맨'이라는 또 다른 닉네임의 스트리머로더 유명하지만, 그의 작품은 당대의 한국 사회를 정면으로 관통한 하나의 상징이었다.

이말년씨리즈 by 이말년

1부: 네이버웹툰&야후카툰세상　　2009.11.~2012.12.
2부: 네이버웹툰　　　　　　　　　2018.1.~2018.8.
1부 총 156화, 2부 총 65화
단행본 출간 (중앙북스)
드라마 제작 (MBC, 2019)
웹애니메이션 제작 (2018)

#묘미 #코미디 #밈 #풍자 #시대성 #명랑만화

신과 함께

데뷔 당시 주호민은 독특한 이력을 지닌 젊은 만화가였다. 지금까지도 명맥이 이어지고 있는 아마추어 만화 커뮤니티 ExCF의 초창기에 활동했던 언더그라운드 만화가였던 그는 이후 자전적 군대 만화 〈짬〉, 드라마 웹툰 〈무한동력〉을 거쳐 2010년부터 네이버웹툰을 통해 자신을 대표하는 작품 〈신과 함께〉를 연재하게 됐다.

'저승편'과 '이승편', '신화편' 총 3부로 구성된 〈신과 함께〉는 부별 제목대로 각각 중심이 되는 세계가 다르다. 하지만 모두 공통적으로 산 자들의 세계인 속세, 신과 영혼이 공존하는 세계인 피안을 함께 비추며 의미를 만들어 낸다. 때로는 대조하고 때로는 연결하며. 특히 '저승편'과 '이승편'에서는 이승과 지옥을 교묘히 섞을 때 그 효과가 극대화된다.

이승은 지옥 같고 지옥은 이승 같다. 주호민은 이러한 역설을 순간순간 적절한 시선을 유지하며 표현해 냈다. 한 인간의 갑작스러운 죽음과 그 이후 지옥을 헤치는 여정을 그린 '저승편'은 저승 속 각 지옥들의 무시무시한 모습과 그 이상으로 불합리한 일들이 펼쳐지는 이승의 모습을 대비하고, 오히려 지위공과에 상관없이 엄정한 재판을 펼치는 지옥의 모습에 방점을 찍는다.

이후 전개된 '이승편'은 더욱 과감하게 저승의 풍경을 제거하고, 무수한 악행들이 꼬리에 꼬리를 무는 속세의 풍경을 그려내며 큰 울림을 만들었다. '신화편'은 일종의 외전이지만, 이러한 비극의 고리가 결코 현대 한국만의 문제가 아님을 그리는 일종의 고리 역할이자 마침표 역할을 하는 파트다.

본래 구전 설화나 신화가 현실에서는 쉽게 이뤄질 수 없지만 간절히 바라는 염원들이 모여 형성된 것임을 생각하면, 〈신과 함께〉는 구전에 담긴 욕망을 현대에 맞게 풀어 낸 프로젝트였다. 어떤 의미로는 사람들이 계속 새로운 이야기를 갈구한다는 것을 보여 준 작품이라 해도 과하지 않다.

신과 함께 by 주호민

네이버웹툰
2010.1.~2012.8.　　　　　　　총 213화
단행본 출간 (문학동네)
일본 만화 리메이크 (스퀘어에닉스 〈영 간간〉, 2011~2014)
영화 제작 (2017, 2018) 뮤지컬 제작 (2015)
모바일 게임 제작 (2017)
2010 독자만화대상 온라인 만화상
2011 부천만화대상 우수이야기만화상
2011 대한민국 콘텐츠대상 만화부문 대상(대통령상)

#의미 #판타지 #사후세계 #구전설화 #사회비판 #권선징악

키스우드

〈키스우드〉는 포스트 아포칼립스 세계관 속에서 유려한 작화로 판타지를 그려내는 작품이다. 게다가 환경 문제도 다루고 있어서 얼핏 미야자키 하야오의 〈바람계곡의 나우시카〉가 떠오르기도 한다. 하지만 독특하게도 〈키스우드〉의 아포칼립스는 인간이 주체가 되는 이야기가 아니다. 식물이 사라진 세계, 식물에게 닥친 종말에 대한 이야기다.

꽃과 나무가 사라진 회색의 세계. 당연히 사라지는 직업이 있다. 정원사다. 주인공 설 씨는 정원사였으나, 이제는 은퇴하여 그나마 남은 식물들을 집에서 가꾸며 살아왔다. 어떻게 되어먹은 세계인지 알 수 없으나, 식물은 이 세계에서 존재 가치가 없는 정도가 아니라 혐오의 대상이다. 이웃들은 벌레가 꼬인다거나, 흉하다거나, 옻나무 때문에 피해를 봤다며 설 씨의 식물들에 대해 핀잔을 준다. 인류 최후의 산림보호구역인 '공존' 외의 모든 곳에서 식물은 이미 사라졌고 설 씨의 집이 거의 마지막이다. 그런 설 씨의 집에 의문의 화재가 발생하고 설 씨는 큰 부상을 입어 혼수상태에 빠진다. 〈키스우드〉는 설 씨가 의식 너머에서 깨어난 새로운 세계에서 진짜 이야기를 시작한다. 모든 나무들의 고향이라 불리우는 곳, '언덕'에서.

상대적으로 짧은 회차 안에서 깊이 있는 이야기와 숨 막힐 정도로 아름다운 그림을 보여 준 안성호 작가는 이후 '공존'이 등장하는 새 작품을 연재한다. 판타지를 빼고 더 SF에 가깝게 구현한 단편 〈노루〉다. 총 18화 속에 〈키스우드〉의 회색 도시가 삭막하게 이어진 미래, 사막만이 남은 세계를 그렸다. '기후 위기'를 주제로 한 작품으로, 주한 영국문화원과 주한 영국대사관의 지원 하에 제작되었다. 공공기관 지원이 예술가의 자유를 전적으로 보장할 때 나올 수 있는 최상의 결과물이라 해도 과언이 아니다. 이후 영문판과 일본어판이 제작되어 다른 나라에서도 기후 위기 관련 홍보에 활용되었다. 〈키스우드〉와 〈노루〉 모두 기후 위기가 더 가까이 다가온 지금에 더 어울리는 작품이다.

키스우드 by 안성호

네이버웹툰
2010.5.~2011.1   총 34화
단행본 출간 (누룩미디어)

#별미 #기후위기 #환경 #숲 #식물 #SF #포스트아포칼립스
#판타지

신의 탑

〈신의 탑〉은 2010년부터 인기리에 연재 중인 네이버웹툰의 대표주자다. 오랫동안 월요웹툰 1위 자리를 고수했으며, 일본어, 영어는 물론 중국어, 태국어, 인도네시아어 등 여러 언어로 번역되어 수출되었을 뿐 아니라 한국과 일본, 미국에서 애니메이션과 게임으로도 만들어져 한국 웹툰의 위상을 세계적으로 알리는 데 일조한 작품이다.

〈신의 탑〉은 광범위한 세계관과 다양한 캐릭터들로 구성된 소년만화다. 탑이라는 거대한 세계 안에서 벌어지는 일들을 그리고 있다. 탑은 내탑, 외탑, 중간지역으로 구성되는데, 거주지역인 외탑에 사는 이들 중에 선별된 이들이 내탑을 오른다. 탑의 각 층에는 시험이 있다. 이 시험을 하나하나 통과하여, 탑의 최상위 층인 134층까지 오르는 이들은 랭커가 된다. 랭커는 탑에 사는 이들 모두의 존경을 받고, 부귀영화를 누린다.

탑은 질서가 분명한 곳이다. 탑의 왕 자하드와 그를 도운 십가문이 만든 질서가 탑을 유지한다. 자하드와 십가문의 힘은 세고, 누구도 자하드와 십가문에 저항하지 못한다. 그들이 힘으로 질서를 지키려 하기 때문이다. 하지만 외탑에서 선별되지 않고, 자기 스스로 탑의 문을 열고 내탑 안으로 들어온 비선별인원에 의해 기존의 질서는 위협 받는다.

스물다섯번째 밤(이하 밤)은 비선별인원이다. 그는 자신과 오랜 시간을 함께 했던 라헬이라는 소녀를 따라서 탑에 들어온다. 라헬을 찾기 위해서 탑의 시험을 통과해나간다. 탑을 오르는 일은 쉽지 않다. 탑은 무한한 경쟁과 약육강식의 세계다. 힘이 없는 이들은 탈락하게 된다. 라헬을 찾기 위해 탑을 오르기 시작한 밤은 탑을 오르는 과정에서 동료들을 만난다. 그리고 그들을 지키고자 한다. 그들을 지키기 위해서는 힘이 필요하다. 더 강한 힘이. 나아가 밤은 경쟁과 약육강식이 지배하는 탑의 질서를 바꾸려고 한다. 소수의 힘 있는 이들이 모든 것을 독점하는 세계가 아니라, 모두가 함께 살아갈 수 있는 보다 나은 세계로. 그렇게 하기 위해서 밤은 자하드와 대립한다.

〈신의 탑〉에는 탑의 세계가 갖는 독창적인 질서나, 계급, 가문을 비롯하여 탑의 세계에서 사는 여러 생명체 등 광범위한 세계관 안에서 상상을 자극하는 설정들이 돋보인다. 판타지물을 즐겨 보지 않는 독자도 큰 부담 없이 볼 수 있을 작품이다.

신의 탑 by SIU

네이버웹툰   2010.6.~
단행본 출간 (영컴)
모바일 게임 제작 (2016)
애니메이션 제작 (미국 크런치롤, 2020)
2012 독자만화대상 대상
2020 대한민국 콘텐츠대상 만화부문 대통령상

#재미 #판타지 #소년만화 #성장 #경쟁

살인자ㅇ난감

〈살인자ㅇ난감〉은 모든 것이 뒤죽박죽처럼 보이는 작품이다. 얼핏 보기엔 오타처럼 보이는 제목부터 살인자의 이야기를 다룬다고 하기에는 뭔가 어울리지 않는 2등신의 그림체, 주인공들의 행보도 우연과 실수가 겹치며 어정쩡하고 낯선 느낌을 준다. 그러나 그러한 어색함도 잠시, 작품은 그렇게 독자들이 방심한 틈을 노려 결정적인 순간 강렬하게 진면모를 드러낸다.

평소와 다를 바 없이 편의점 알바로 하루하루를 살아가던 '이탕'은 우연히 시비가 붙은 취객을 엉겁결에 망치로 때려 죽이고 만다. 사람을 죽인 것을 두려워하던 '이탕'은 경찰에 잡힐까 걱정하지만, 그가 자신의 범행을 숨길수록 오히려 더 많은 사람을 죽이게 되고 어느새 그는 '연쇄살인범'이 되어 있다. 심지어 살인의 흔적은 무수한 우연으로 인해 감쪽같이 사라진 지 오래고, '이탕'이 어쩌다 보니 죽인 사람들은 모두 수많은 범죄를 저질러도 제대로 처벌받지 못한 '나쁜 놈'들이었다. 언제 체포될까 두려워 전전긍긍하던 '이탕'은 이젠 경찰을 봐도 아무렇지 않은 '진짜 범죄자'가 되어 있고, 어느새 그는 자신의 범죄를 권선징악을 위한 행위로 정당화하게 된다.

'이탕'은 단순한 살인자에 불과한가? 아니면 미드 〈덱스터〉

처럼 나쁜 이들만을 죽이는 '우리 편 살인자'로 바라봐야 하는 것일까. 〈살인자ㅇ난감〉은 쉽게 결론을 내릴 수 없는 딜레마를 바탕으로 계속 사람들이 죽어 나가는 상황에서도 쉽게 바뀌지 않는 일상과 교차하며 이러한 역설을 극대화하고 있다. 일반적 스릴러였으면 무척이나 긴박했을 순간에도, 〈살인자ㅇ난감〉에서 드러나는 경찰과 범인, 그리고 주변 사람들의 모습은 마치 현실 세계에서 살인에 대한 뉴스를 접하는 사람들처럼 너무나도 자연스럽게 현실을 받아들인다. 그럼에도 불구하고 작중의 세계에서 계속 이어지는 살인사건은 어느 순간 '이탕'을 비롯한 등장인물 모두를 덮치고, 그렇게 일상 속으로 지우려 했던 사건들은 예상치 못한 타이밍에 튀어나와 생각지도 못한 긴장감을 준다. 그렇게 〈살인자ㅇ난감〉은 평온한 현실과 그 뒤에 있는 질척한 모습들을 교차하며 이전까지는 볼 수 없었던 색다른 스릴러 웹툰이 되었다.

살인자ㅇ난감 by 꼬마비, 노마비

네이버웹툰
2010.7.~2011.6.   총 49화
단행본 출간 (애니북스)
드라마 제작 (넷플릭스, 2023)
2011 오늘의 우리만화
2011 대한민국 콘텐츠대상 만화부문 신인상(한국콘텐츠진흥원장상)

#별미 #스릴러 #범죄 #살인 #수사 #블랙코미디

은밀하게 위대하게

2008년에 다음 만화속세상에서 첫 웹툰 〈데자뷰〉를 발표한 HUN은 출판만화 전성기의 마지막 세대였다. 당시 〈그래피티〉로 인기를 모았던 그는, 웹툰 시대에도 무리없이 적응해 대중적으로 꾸준히 사랑받으며 활발한 작품 활동을 이어오고 있다. 카카오웹툰의 흥행 보증수표라 할 만한 HUN의 대표작으로는 〈나빌레라〉와 〈은밀하게 위대하게〉 두 작품이 호각을 다툰다. 두 작품 모두 새로운 유형의 캐릭터를 등장시키며 큰 사랑을 받았고, 영상화뿐 아니라 뮤지컬로도 제작되었다. 하지만 흥행 컨텐츠로서 더 굵직한 족적을 먼저 남긴 작품은 〈은밀하게 위대하게〉다. 지민과 협업한 2016년작 〈나빌레라〉가 작품성 면에서 더 추천할 만함에도 불구하고, 글과 그림 모두를 HUN이 맡은 〈은밀하게 위대하게〉를 대표작으로 다루고 싶다.

〈은밀하게 위대하게〉는 그동안의 간첩 캐릭터 클리셰를 기발하게 조합한 새로운 전형을 만들어냈다. 남한의 일상 속에 스며들어 살아가는 인간적이고 어리바리한 간첩이라는 설정은 영화 〈간첩 리철진〉(1999)에서, 미남 남파간첩은 그보다 불과 6개월 전 개봉작인 〈의형제〉(2010)에서 먼저 선보였다. 하지만 그런 요소들의 조합에 바보를 연기하는 속성까지 더해진 주인공 원류환은 분명 새로운 형상이었다.

또한 2013년 시점까지 큰 흥행을 거두지 못했던 웹툰 원작 영화의 성공 가능성을 보여 주기도 했다. 영화 〈은밀하게 위대하게〉의 690만 흥행 성적은 이후 〈내부자들〉과 〈신과 함께〉에 의해 깨지기 전까지 웹툰 원작 영화 최고의 흥행 기록이었다. 원류환과 리해진 사이의 '꽃미남 브로맨스'도 영화 이전에 웹툰에서 먼저 발견되었다. 〈은밀하게 위대하게〉 원작 팬덤에 여성 팬이 많았던 이유 가운데 하나다. 일상을 소중함을 아기자기하게 드러내는 서사도 〈은밀하게 위대하게〉의 미덕이다.

훌륭한 북한 간첩 주인공을 만들었음에도 불구하고, 북한을 향한 시선이 고정관념에 상당 부분 기대고 있다는 점은 아쉽다. 하지만 멋진 캐릭터의 활약을 지켜보는 재미와 호쾌하고 아기자기한 장면들을 감상하는 재미라는 면에서 〈은밀하게 위대하게〉는 분명 만족스러운 작품이다. 이러한 장점과 단점은 후속편과 스핀오프 작품 〈은밀하게 위대하게: 슬럼버〉에서도 유사하게 나타나니 감상에 참고하기 바란다.

은밀하게 위대하게 by HUN

카카오웹툰
2010.7.~2011.4   총 67화
단행본 출간 (시즌1: 발해, 시즌2: 드림컴어스)
영화 제작(2013), 뮤지컬 제작(2016)
2011 대한민국 콘텐츠대상 만화부문 우수상 (문화체육관광부 장관상)

#재미 #액션 #북한 #간첩 #브로맨스

치즈인더트랩

〈치즈인더트랩〉은 초반만 보면 대학 캠퍼스를 배경으로 한 낭만적이고 풋풋한 로맨스로 보인다. 막 대학교에 입학해 정신없는 신입 여주인공과 그에게 다가오는 성실하고 빈틈없고 잘생긴 선배 남주인공. 그리고 이 둘 사이에서 벌어지는 수많은 해프닝과 이를 헤치고 나아가는 두 사람의 사랑. 약간의 판타지를 기대하게 하는 전형적 러브 스토리 같다.

그러나 〈치즈인더트랩〉은 작품을 전개하며 서서히 본색을 드러내기 시작한다. 작품의 주요 배경인 대학교는 단순한 서사의 전개 공간이나 이벤트를 만들기 위한 공간이 아니다. 실제 한국 현실 속의 대학처럼 잊을 만하면 들이닥치는 시험, 조금만 정신줄을 놓으면 바로 흔들리기 쉬운 교우 관계, 점차 다가오는 졸업과 취업에 대한 압박이 작품 속 주인공들에게도 어김없이 찾아온다. 하지만 주인공 앞에는 생각지도 못했던 어려움이 놓여 있다. 그저 완벽하게만 보였던 선배는 물론, 상냥하게만 보였던 캠퍼스 친구에게도 숨겨진 비밀이 스멀스멀 드러나며 갑작스럽게 주인공을 덮친다.

작가 스스로 '다크 캠퍼스 배틀 로맨스'라 칭할 정도로 〈치즈인더트랩〉은 기존의 로맨스 만화와는 다른 면모를 보여 주었다. 남녀 주인공 사이의 로맨스나 등장인물끼리의 관계는 단순한 갈등을 넘어 일말의 미스터리를 가지고 전개된다. 이러한 전개가 때로는 '고구마 백개 먹은 느낌'처럼 답답하다며 불편함을 드러내는 평도 적지 않았다. 그러나 작가는 〈치즈인더트랩〉에서 자신이 생각하는 '로맨스의 조건과 인과'를 살짝의 긴장감을 곁들여 풀어냈고, 그러한 면모가 여타의 로맨스 만화와는 다른 현실감을 주며 근래 로맨스 웹툰으로는 드물게 장기간 꾸준하게 인기를 모으는 원동력이 되었다. '덫 안의 치즈'라는 제목처럼 〈치즈인더트랩〉은 독자들을 서서히 사로잡으며 전무후무한 '로맨스릴러(로맨스와 스릴러 장르를 결합하여 만든 신조어)'로 자리잡았다.

치즈인더트랩 by 순끼

네이버웹툰
2010.7.~2019.12.   총 308화
단행본 출간 (시즌1~2: 재미주의/위즈덤하우스, 시즌3~4: 바이브릿지)
드라마 제작 (tvN, 2016), 영화 제작 (2018)
오디오 드라마 제작 (2011~2012)
2014 오늘의 우리만화, 2017 부천만화대상 부천시민만화상

#재미 #캠퍼스 #로맨스 #스릴러 #로맨스릴러 #미스터리 #긴장감

쌉니다 천리마마트

만화 잡지에 연재할 때부터 꾸준히 〈역전 씨네마〉나 〈몬스터즈〉 같은 코미디를 시도했지만 큰 주목을 받지 못했던 김규삼은 네이버웹툰 초창기인 2006년부터 2011년까지 연재한 〈입시명문 사립 정글고등학교〉로 작가 인생의 새로운 전기를 마련하게 되었다. 한국의 입시지상주의와 그로 인해 발생하는 온갖 병폐를 블랙 코미디의 형태로 마음껏 버무린 〈입시명문 사립 정글고등학교〉는 빠른 속도로 화제가 됐고, 김규삼은 한국 웹툰을 선도하는 새로운 작가로 이름을 올리게 됐다.

〈쌉니다 천리마마트〉는 〈입시명문 사립 정글고등학교〉에서 뽐냈던 김규삼 특유의 블랙 코미디 센스를 고등학교라는 공간을 넘어 한국 사회를 배경으로 펼쳐 낸 작품이다. 동시에 출판만화 시절 작품에서 갈고 닦았던 정통 코미디 감각을 증폭해 펼쳐 낸 작품이기도 하다.

주인공 정복동은 작중의 거대 재벌 '대마그룹'에 큰 앙심을 품고 있다. 대마그룹의 창립 멤버로서 회장의 최측근으로 높은 명성을 지니고 있었지만, 한순간에 헌신짝 버리듯 좌천을 당했기 때문이다. 그룹에서 애물단지 취급을 받는 천리마마트의 사장으로 쫓겨난 정복동은 조금씩 복수 계획을 세운다. 바로 마트가 막대한 적자를 만들어 내 최종적으로는 대마그룹 전체가 폭삭 망하는 전략이다. 하지만 그렇게 정복동이 세운 모든 계략들은 역설적으로 재벌 기업이 지닌 특권을 포기하는 정책이다. 천리마마트를 궁지에 빠뜨리려 할수록 천리마마트는 더욱 사회적으로 눈에 띄고 성장하는 기업이 되고 만다.

당시 한국 사회에서 논란이 되던 '재벌의 문어발식 경영'을 포인트로 잡은 〈쌉니다 천리마마트〉는 매 화 등장하는 정복동의 기상천외한 계략으로 한 번 웃음을 자아내고, 그 계략 속에 한국 기업의 온갖 비리와 추태를 담아 뒤집고 비비 꼬며 시원한 웃음을 선사했다. 이제는 〈하이브〉나 〈비질란테〉 등의 SF로 더 잘 알려지고 있지만, 김규삼이 자신의 코미디 센스를 성숙시켰던 〈쌉니다 천리마마트〉는 여전히 재벌로 인한 문제가 사라지지 않은 한국 사회에서 씁쓸하면서도 한편으로는 통쾌한 웃음을 선사하는 작품이다.

쌉니다 천리마마트 by 김규삼

네이버웹툰
2010.8.~2013.10.   총 161화
단행본 출간 (미우)
드라마 제작 (tvN, 2019)

#재미 #코미디 #풍자 #재벌 #대기업 #경제 #경영 #블랙코미디
#오피스

어쿠스틱 라이프

때로 만화 주인공들은 작중 시간의 흐름에 따라 나이가 들어간다. 명탐정 코난이나 노진구처럼 전혀 나이를 먹지 않는 주인공들도 많지만 생활툰 주인공들은 예외다. 약간의 시차는 있으나 현실과 작품의 시간은 거의 동일하게 흐른다. 작품 속 인물들이 시간의 흐름과 함께 인생의 여러 단계를 경험한다. 난다의 〈어쿠스틱 라이프〉는 12시즌을 거치며 10년 가까운 시간이 흘렀다. 연애하고 결혼하고 아기를 갖는 주인공 난다의 시간이 흐르는 동안 지켜보던 독자들의 시간도 흘렀고 독자들도 나이를 먹었다. 그야말로 인생을 함께 산 만화다.

그 시간 동안 작가 난다도, 주인공 난다의 말하기 방식도 꽤나 달라졌다. 독자들의 보는 눈도 마찬가지다. 시간은 흐르는데 작가가 발전이 없다면 독자는 떠난다. 사회의 조류가 바뀌고 어떤 특정한 시점과 관점이 강조되는 때가 왔을 때 만화의 방향이 실망스러워지는 일은 꽤 자주 일어난다. 정말 행복하게도, 〈어쿠스틱 라이프〉는 그 나름의 온도를 유지하면서도 시대의 흐름 속에서 늘 좋은 방향을 지향해 왔다.

"남들 눈에 비루해 보일지라도 나는 내가 그린 선이 좋다"(142화)는 주체성을 유지하면서도 '매 시즌 변화하는 세상의 관점을 담아내며 성장'했다는 심사평(오늘의 우리만화)을 들을 수 있었던 것은 이 때문이다. 개인과 사회의 변곡점이 어우러져 변화하는 것들이 작품 속에 섬세하게 담겼다. 가령 쌀이의 존재가 인지되고서, 또 2016년 무렵의 페미니즘 리부트 이후로, 또 고양이 집사가 되고 난 후로 일어난 변화들은 그 자체로 웹툰과 생활툰의 역사에 기록해야 할 만한 지점들일지도 모른다. 개인적으로 무인도에 갈 때 꼭 챙겨가고 싶은 작품으로 꼽는다.

어쿠스틱 라이프 by 난다

카카오웹툰
2010.8.~2018.10.   총 264화
단행본 출간 (문학동네)
2018 오늘의 우리만화

#의미 #생활툰 #일상 #여성서사 #페미니즘 #결혼 #육아
#반려동물

닥터 프로스트

시즌 1의 첫삽을 뜬 2011년, 〈닥터 프로스트〉는 전문가의 세계를 진지하게 담은 첫 웹툰이었다. 공들인 취재를 바탕으로 심리학의 세계를 흥미로운 캐릭터와 이야기 속에서 풀어냈다는 것만으로도 충분한 성과일 것이다. 하지만 시즌이 더해짐에 따라 모든 것이 진화하고 성과도 배가되었다. 이후 다른 전문가물이 속속 등장했지만, 전문가 장르물이 담아낼 수 있는 진폭을 이만큼 다채롭게 드러내며 변모한 작품은 아직 없다.

상담자와 내담자의 형태를 기본으로 여러 병증을 담아내며 시작한 〈닥터 프로스트〉는 프로스트(백남봉) 교수와 윤성아 조교, 천상원 교수, 문성현 선배 등 주변 인물들의 이야기를 차곡차곡 쌓아간다. 시즌 1과 2는 대학교를 배경으로 에피소드별로 진행되지만, 시즌 3부터는 배경과 플롯 모두 완연히 달라진다. 특히 시즌 4는 개인의 심리가 아닌 사회 심리를 겨냥해 집단적 정체성을 대상으로 터지는 혐오 범죄를 정면으로 다룬다. 개별 시즌의 온도를 이만큼 극명히 달리하면서도 통일성을 유지하는 것은 입체적인 캐릭터와 올곧은 메시지의 힘이다.

프로스트는 "자신의 그림자를 직시하며 앞으로 나아가는" 삶을 말하며 타인의 삶에 도움을 제공하지만, 매우 오랫동안 자기 자신의 그림자를 직시하지 못했다. 〈닥터 프로스트〉는 그가 그림자를 더 똑바로 바라보게 되는 과정을 시간을 들여 천천히 쌓고 결국 그가 앞으로 나아가기를 선택하는 것까지를 그려낸다. 단연 백미라 할 시즌 4는 프로스트의 여정을 통해 그 말의 의미를 사회적으로 되새기게 한다. 규모와 형식을 통틀어, 한국 웹툰 사상 가장 깊은 고민과 공부가 투여된 작품이라 해도 과언이 아니다. 게다가 재미있다.

닥터 프로스트 by 이종범

네이버웹툰
2011.2~2021.9   총 268화
단행본 출간 (문학동네)
드라마 제작 (OCN, 2014~2015)
오디오 드라마 제작 (2013~2014)
모바일 게임 제작 (2019)
2021 오늘의 우리만화, 2021 올해의 합정만화상 특별언급

#의미 #심리학 #천재 #질병 #전문가 #사회심리 #혐오

김철수씨 이야기

인터넷 커뮤니티 '오늘의 유머'에서 활동하던 수사반장은 이 작품으로 본격적으로 데뷔했다. 〈김철수씨 이야기〉는 윤태호의 〈야후〉 이후 간만에 등장한 SF적 시선으로 한국 근현대사를 바라본 하나의 시도였다. 김철수는 세상에서 철저하게 버림받은 존재다. 태어나는 순간부터 부모에게 환영받지 못한 채 버려지고, 어린 시절을 보낸 고아원에서는 학대에 시달리며 한 쪽 눈의 시력을 상실했다. 이윽고 '국민학교' 시절에는 5.18의 한가운데에 휘말려 죽을 위기를 겪고, 중학교를 졸업한 뒤 바로 취업을 한 뒤에는 6월 항쟁에 휘말려 경찰에 체포되는 일도 겪는다. 그야말로 한국 현대사의 어두운 면들로 꽁꽁 뭉친 '포레스트 검프' 같은 존재다.

그러나 다행인지, 불행인지 김철수의 두뇌는 무척이나 영특하다. 단순히 똑똑하다는 수식을 넘어 작중에 묘사되는 김철수의 재능은 인류사를 몇 번이고 들었다놓았다 할 정도로 천재적이다. 하지만 어린 시절부터 격동의 한국 근현대사 속에서 무수한 상처를 입은 김철수는 서서히 인류를 멸망시킬 계획을 착수하기 시작한다. 다른 생물에게는 단 한 점의 피해도 주지 않고, 자신을 비롯해 철저하게 인류만을 지구 상에서 없애기 위한 거대한 프로젝트다.

하지만 더욱 역설적인 것은 김철수가 끊임없이 사회를 증오하며 온 인류에 대한 복수를 다짐할수록, 그는 우연과 필연이 겹치며 의도치 않게 주변 사람들에 희망을 주는 존재가 되고 만다. 과연 김철수의 인류 멸망 프로젝트는 어떤 결말을 맞이하게 될까. 곡절로 가득한 김철수의 삶처럼 연재가 그리 순탄치 않았던 〈김철수씨 이야기〉는 긴 연재 기간을 최대한 활용하여 김철수의 인생으로 한국 현대사의 격정적인 순간을 인상적으로 드러냈다. 마치 SF가 접목된 대하 드라마 같은, 긴 여운을 남기는 독특한 작품이다.

김철수씨 이야기 by 수사반장

카카오웹툰
2011.10.~2012.12. (~2부)
레진코믹스
2013.10.~2016.12.　　　　　　　총 194화
단행본 출간 (영컴)
2017 대한민국 만화대상 문화체육관광부 장관상

#의미 #미시사 #현대사 #SF #인류멸망 #시대극

미생

웹툰 가운데 가장 유명한 작품을 꼽으라면 〈미생〉은 반드시 첫머리로 회자될 것이다. 웹툰도 단행본도 많은 독자들을 만났고, 2014년에 방영한 드라마도 듬뿍 사랑받았다. 프로 바둑 기사를 꿈꾸다 좌절한 고졸 학력의 장그래가 대기업 원 인터내셔널 계약직으로 첫발을 딛으며 시작한 〈미생〉은 새로운 이야기의 장을 개척해 만화 장르와 독자의 폭을 넓힌 이정표로 자리매김했다. 사회적으로도 미생(未生)인 사회초년생, 계약직 노동자 등에 대한 담론을 이끌어내며 지금껏 만화가 미치지 못했던 사회적 영향력까지 보여 주었다. 드라마화 과정에서는 원작 만화에 대한 존중과 영상 매체의 차별점을 두루 드러내며 IP 확장의 모범이라 할 결과물을 만들어냈다. 2012년부터 2014년까지의 〈미생〉 시즌1은 그야말로 신드롬이었다.

시즌1이 만들어 낸 대기업급의 성과를 뒤로 하고, 시즌2는총원 6명의 중소기업으로 단출하게 시작한다. 원 인터내셔널 영업 3팀 출신의 3인방(오상식, 김동식, 장그래)을 핵심으로, 퇴직한 부장 김부련이 사장을, 역시 원 인터내셔널 출신인 김동수가 전무를 맡았다. 여기에 조아영 경리까지 채용하며 바둑에서 완생을 만들어낼 수 있는 최소의 수인 돌 6개가 채워진다. 남은 일은 돌들이 함께 제자리에 집을 짓고, 더 큰 집을 모색하는 일이다.

중소기업이 무대가 되며 관심은 비교적 줄어든 듯 하지만, 〈미생〉의 주제의식은 시즌2에서 더 확장되고 견고해졌으며 현실성은 한결 서늘해졌다. 〈미생〉은 이제 회사원 개인인 장그래의 성장과 사활을 다룬 이야기에서 사회적 행위의 핵심 주체로 여겨지는 회사의 성장과 사활을 담는 이야기로 변모했다.

〈미생〉은 매 회차의 첫 자리를 대국으로 장식하는데, 각 시즌의 총 회차 수는 대국의 바둑돌 수와 조응한다. 시즌1의 대국은 145수로 마무리되었고 웹툰도 마찬가지였다. 시즌2의 대국은 236수까지 진행된 더 긴 한 판이다. 시즌1보다 100수 가량 더 길게 펼쳐질 온길 인터내셔널의 행보가 어떻게 이어지고 마무리될지, 시간 들여 지켜보지 않을 도리가 없다.

미생 by 윤태호

카카오웹툰
1부: 2012.1.~2013.7. 총 147화   2부: 2015.11~
단행본 출간 (초판: 위즈덤하우스, 재판: 더오리진)
드라마 제작 (tvN, 2014, 일본 후지TV, 2016, 중국 저장위성TV, 2020)
웹영화 제작(다음, 2013)
2012 오늘의 우리만화, 2012 대한민국 콘텐츠대상 만화부문 대통령상
2013 대한민국 국회대상 오늘의 만화상

#의미 #바둑 #성장 #대기업 #중소기업 #오피스

카산드라

〈카산드라〉는 멸망 직전 트로이의 공주였던 카산드라를 중심으로 한 이야기다. 〈일리아스〉 속 신화를 인간의 이야기, 여성의 이야기로 다시 쓰는 작업이기도 하다. 2012년 무렵 아직 만화의 여성서사에 대한 이야기가 수면 위로 떠오르기도 전에, 매력적인 여성 캐릭터와 함께 현재까지도 유효할 만한 여성서사로 등장했던 작품이다.

카산드라는 곧 다가올 미래를 예언하지만 사람들에게 신뢰받지 못하는 예언자다. 신화에서는 카산드라에 대한 사람들의 불신이 아폴론 신의 저주 때문이라고 거론되지만, 〈카산드라〉의 해석은 전혀 다르다. 여성이 존중받지 않던 시대에 여성의 예언이었기 때문에 묵살되었던 것이다. 그나마 공주이자 신관이었기에 발화는 되었지만, 그녀의 옳은 말들은 그 사회 속에서 힘을 발휘하지 못했다. 그럼에도 불구하고 카산드라는 말하기를 멈추지 않는다. 〈카산드라〉는 실패가 예정되어 있음에도 싸우는 사람의 이야기다.

카산드라의 진짜 적은 여성혐오적 사회이지만, 인물로 구현된 적은 헬레네다. 흥미롭게도 〈카산드라〉의 헬레네는 여성혐오 사회에서 여성이 간교하게 살아남기 위해 필요한 능력을 상상할 때, 바로 그 능력들만으로 구현된 듯한 인물이다. 따라서 카산드라와 헬레네는 여성혐오 사회에 대응하는 다른 유형의 여성을 대표하는 것처럼 보이기까지 한다. 전장에서 칼을 맞대고 싸우는 이들은 주로 헥토르와 아킬레스, 파리스 등 남자 영웅들이지만, 그 배후에서 카산드라와 헬레네가 벌이는 전쟁이 더 치열하다. 이들의 안타까운 전쟁을 지켜보다 보면, 둘 모두가 승리하고 살아남는 미래를 기원하게 된다. 원전이 존재하는 작품이지만, 이미 여러 작은 줄기가 달리 흐르고 있는 만큼 이후의 큰 줄기까지 달라질지도 모른다는 기대가 완전히 허황되지는 않을 것이다.

공교롭게도 웹툰 〈카산드라〉 역시 주인공 카산드라 못지않게 곡절을 겪었다. 작가의 개인 사정으로 시즌2까지만 카카오웹툰을 통해 발표하고 블로그에 부정기적으로 연재를 이어간 지 8년이 지났다. 지금은 블로그에서도 볼 수 없게 됐는데, 다행히 카카오웹툰에서 연재를 재개하기로 했다는 소식이 들렸기 때문이다. 기다리는 동안 이하진 작가의 복귀작인 에세이 만화 〈도박 중독자의 가족〉을 웹툰으로든 책으로든 읽어 보는 것도 좋다. 참고로 〈카산드라〉 외전 〈아베나〉는 지금도 블로그에서 읽을 수 있다.

카산드라 by 이하진

카카오웹툰
2012.5.~

#의미 #여성서사 #역사 #페미니즘 #신화 #전쟁

모두에게 완자가

〈모두에게 완자가〉는 레즈비언 커플의 일상을 담은 생활툰이다. 작가 자신의 연애담의 시작과 끝이 자세히 묘사된다. 작품 안에는 레즈비언 커플의 알콩달콩한 연애담, 성소수자로서의 고민 등 작가 자신의 정체성이 담겨 있다. 작가는 작품 안에서 성소수자로서, 성소수자 커플로서 자신이 살아가며 마주하는 순간들을 담담한 어조로 풀어 나간다.

이 작품에는 성소수자로서 불가피하게 겪을 수밖에 없는 여러 고민들이 그려진다. 자신의 정체성을 다른 이에게 밝히는 커밍아웃이나, 자신의 뜻과 다르게 자신의 정체성이 타인에 의해서 밝혀지는 아웃팅은 주요한 소재 중 하나다. 이것들은 남들과 다른 정체성으로서 '함께' 살아가는 과정에서 벌어지는 불가피한 일들이기 때문이다. 또한 성소수자로서 겪을 수밖에 없는 어려움에 대해서도 다룬다. 법적 보호를 받지 못하는 동성애자 커플이 겪는 어려움이나, 성소수자에 대한 막연한 혐오나 차별 같은 것들이 다뤄진다.

그렇다고 이 웹툰이 무거운 내용만 다루고 있는 것은 아니다. 기본적으로 개그물의 형식을 차용하고 있어서 누구나 재미있게 읽을 수 있다. 특히 작가인 완자와 완자의 파트너인 야부,

작가의 친동생인 쏘가리, 빠가사리 등 주변 인물들을 캐릭터화 하여 친밀하게 느낄 수 있도록 배치한 점이 돋보인다.

이 작품이 연재를 시작한 것은 2012년이다. 그 이후로 오랜 시간이 흐른 지금에도 성소수자들이 처한 상황은 별반 달라진 것 같지 않지만 성소수자에 대한 논의들은 그때보다 지금 더 활발해졌다. 그런 점에서 이 작품은 시대를 앞서간 작품이라 할 수 있다.

비슷한 맥락에서 게이 커플의 일상을 다룬 생활툰 〈이게 뭐야〉도 있다. 카카오웹툰에서 7년 동안 연재된 〈이게 뭐야〉는 게이 커플의 '평범한' 일상을 그린 작품으로, 전체연령대를 대상으로 한 〈모두에게 완자가〉와 달리 '19금'으로 창작됐다. 표현 방식과 수위는 서로 다르지만, 둘 다 성소수자가 살아가고 사랑하는 모습을 솔직하게 드러낸 생활툰이다.

모두에게 완자가 by 완자

네이버웹툰
2012.6.~2015.2. 총 269화
단행본 출간 (재미주의)

#의미 #LGBTQ #페미니즘 #생활툰 #차별 #혐오 #코미디

방과 후 전쟁활동

2006년 〈삼봉이발소〉로 데뷔한 하일권은 한동안 한 인물의 성장과 좌절을 진지하게 다루는 작품을 주로 선보였다. 그러면서도 코믹한 포인트를 놓치지 않으며 톡톡 튀는 분위기를 꾸준히 유지했다. 동시에 원색과 명암을 적극적으로 활용하는 하일권 특유의 그림체가 함께 어우러지며 때로는 애니메이션을 보는 듯한 느낌을 주기도 했다. 심지어 〈방과 후 전쟁활동〉이 나오기 직전에 연재했던 〈목욕의 신〉은 전작들보다 진지한 기운을 한껏 낮추고 코믹한 요소를 끌어 올리며 독자들에게 큰 웃음을 선사하는 코믹 성장물에 가까운 웹툰이었다.

그런 하일권의 스타일에 익숙했던 이들에게 〈방과 후 전쟁활동〉은 하나의 사건과도 같은 작품이었다. 이전 하일권의 작품도 진지한 기운이 강했지만, 이 작품은 진지하다 못해 무척이나 암울한 기운이 물씬 넘치는 작품이 되었다. 갑작스럽게 전세계가 정체 모를 외계인들에게 속속 습격당하는 가운데 졸업을 앞둔 고등학생 3학년 학생들은 '입시 가산점'이라는 보상 하나만을 믿은 채 펜을 버리고 총을 들게 된다. 칙칙했던 고등학생 일상에서 공부를 하는 대신 총을 드는 경험이 아이들에게는 처음에는 그저 일탈처럼 여겨진다. 그러나 전쟁은 단순한 일탈이 아니다.

점점 가까이 다가오는 죽음의 공포와 온갖 불합리한 일들의 연속은 현실의 잔혹함을 강하게 일깨우고, 설상가상으로 전쟁터에 내몰리기 전에 발생한 문제적 관계들은 극한의 환경 속에서 졸지에 '학도병'이 되고 만 학생들을 더더욱 미치게 만든다.

　하일권의 전작들도 결코 밝기만 한 것은 아니었지만, 〈방과 후 전쟁활동〉은 SF적인 요소가 뒤섞인 전쟁 현장이라는 극단의 상황에 내몰린 학생들의 공포와 패닉을 밀도 있게 묘사하며 이전의 작품에서는 쉽게 찾아볼 수 없었던 어두운 감각을 효과적으로 자아냈다. 그러면서도 전작들에서 묻어 나왔던 한국 사회의 여러 어두운 구석을 장르 안에 담아 내는 감각은 더욱 풍부하게 살리며 극한의 경쟁과 불신에 쉽게 내몰리는 청소년 사회의 현실을 SF 스릴러로 풀어 낸 독특한 작품이 되었다. 인지도 면에서는 하일권의 작품 중 첫머리에 두기 어려울지 모르나, 〈방과 후 전쟁활동〉은 하일권이라는 작가와 그 작품 세계에서 새로운 전기로 기록해야 할 놀라운 작품이다.

방과 후 전쟁활동 by 하일권

네이버웹툰
2012.11.~2013.12.　　　　　　　　총 50화
단행본 출간 (재미주의)
2013 오늘의 우리만화

#묘미 #SF #전쟁 #서바이벌 #스릴러 #학원물

용이 산다

2011년 네이버웹툰에 〈내 어린고양이와 늙은 개〉를 연재하며 본격적으로 데뷔한 초는 그로부터 2년 뒤, 전작과는 전혀 다른 분위기의 작품으로 돌아왔다. 같은 점은 오직 인간이 아닌 존재를 주인공으로 일상을 다룬다는 점뿐. 반려동물과의 잔잔한 일상을 다룬 전작과 달리 후속작 〈용이 산다〉는 오로지 인간의 상상과 창작 속에서만 존재하는 용이라는 존재가 너무나도 자연스럽게 인간들과 부대끼며 사는 판타지 일상물이었다.

물론 용이 인간으로 변신할 수 있다는 설정은 판타지 소설 〈카르세아린〉을 비롯해 이미 수많은 작품에서 마르고 닳도록 써먹은 소재다. 그러나 〈용이 산다〉가 일반 독자들은 물론 판타지에 익숙한 독자들까지 사로잡을 수 있었던 것은 설정을 도구로 사용하는 것을 넘어, 정말로 용과 인간이 한 동네에서 함께 살게 될 때 어떤 일들이 일어날 수 있을지를 재치 있는 상상과 표현으로 빠져들도록 만든 작가의 역량 덕분이다.

〈용이 산다〉의 주인공 '김용'을 비롯한 모든 용들은 10살 정도가 되면 인간으로 모습을 바꿔 인간 세상 속에서 살 수 있다. 작품의 분위기가 워낙 코믹한 덕분에 놓치기 쉽지만, 용이 인간의 모습으로 사는 것은 단순히 즐기기 위한 것이 아님이 작중에서 지속적으로 암시된다. 용은 강력한 힘을 지닌 존재고, 역설적으로 바로 그때문에 인간들에게 계속 사냥당한 슬픈 역사가 있기 때문이다.

용은 인간의 눈을 피하기 위해 사람의 모습으로 변신해서 살아야만 하다. 그러나 그 조차도 쉬운 것은 아니다. 용의 인간 변신은 "풀메이크업에 하이힐을 신고 2시간쯤 서 있는 불편함"이라는 대사가 나올 정도로 체력을 크게 소모하는 대작업이다. 하지만 어쩔 수 없다. 용으로서 진정한 모습을 드러내는 순간 용은 지금 사는 인간 사회 속 터전에서 쫓겨날지도 모른다. 인간들이 눈치채지 못하는 사이, 용은 안간힘을 써 인간 사회에서 인간과 부대끼며 살아간다.

아무리 겉모습은 같아 보여도 극중에서 인간과 용은 서로 살아왔던 환경이나 상식, 가치관, 그리고 살아가는 나이도 모두 다르다. 우연하게 자신의 옆집에 김용이 산다는 걸 알게 된 인간 '최우혁'을 비롯해 작품 속의 인간들은 때로는 그런 모습을 웃겨 하고, 때로는 자신들의 이치와 맞지 않는 모습에 화를 내기도 한다. 직접적으로 이야기를 꺼내지 않아도, 그렇게 울고 웃는 인간과 용의 모습에서 서로 다른 존재가 어떻게 함께 살아갈 수 있을지를 고민하고 한 편의 일상으로 그려냈다.

용이 산다 by 초

네이버웹툰
2013.7.~2020.2.   총 206화
단행본 출간 (북폴리오)

#재미 #판타지 #코미디 #일상물 #재해석 #공생

아만자

"'당신은 곧 죽습니다.' 그렇게 얘기해 줬다면 좀 더 실감이 났을까." 사망률이 95%에 이른다는 4기 위암 환자가 된 주인공은 이제 죽음을 직면한 채 살아야 한다. "짧으면 세 달, 길면 기~차"하고 농을 치기도 하지만, 그는 숫자로 환산된 자신의 남은 생을 실감한다. 죽음과 잇닿은 삶이란 이전의 삶과는 다를 수밖에 없다. 삶의 모든 요소들이 다르게 지각되어 죽음 앞의 삶에 적용된다. 제한된 시간에 대한 관념이 정신을 지배하고 병원이 일상의 공간이 되는 것과 같은 명백한 변화와 함께, 언어와 감각 그리고 감성 등 모든 인간적인 부분에서 격변을 경험한다.

이러한 파도를 〈아만자〉는 일상의 세계인 현실과 모험의 세계인 내면, 두 세계를 거쳐 그려 낸다. 서사 속에서 두 세계는 번갈아 출현하는데, 죽음에 가까워질수록 각각의 세계에 머무는 시간과 방식 그리고 두 세계의 관계가 지속적으로 변화한다. 처음에 많은 시간을 보내는 곳은 현실 세계다. 암 선고를 받고 가족과 마지막 집밥을 먹고 항암치료를 받는 등 현실적인 암 환자의 일상이 그려진다. 초반부에서 농담과 정보를 버무려 독자에게 재미를 느끼게 하고 상황에 대한 이해를 도모하는 곳도 이곳 현실 세계다. 무엇보다 그의 병실, 그의 현실에는 고통이 있다.

육체의 신음, 표정과 비명이 너무나 핍진하다.

하지만 어느 순간 〈아만자〉는 독자를 현실과는 먼 다른 세계로 초대한다. 신비롭고 알 수 없는, 정체를 파악하기 어려운 숲이다. 〈아만자〉의 초반 흡입력을 현실 세계에서 찾을 수 있다면, 중후반부터의 흡입력은 단연 숲에서 찾아야 할 것이다. 본적 없는 귀여운 괴물들이 등장하고, 알 수 없는 곳으로 무언가를 찾아가야 하는 이 세계야말로 어느 암환자의 투병기를 특별하게 만드는 지점이다. 두 세계를 병행해 지켜보며 독자는 삶과 죽음을, 아픔과 기쁨을 새로이 인식하게 된다. 이렇게 〈아만자〉는 암과 죽음을 담은 이야기에서 독특한 읽기와 이해를 만들어 낸다.

이후 〈D.P. 개의 날〉, 〈사람의 사이로〉 등 걸출한 작품을 빚어 낸 김보통의 놀라운 데뷔작이다. 일본에서 단행본으로 번역 출간되었고, 한지원 감독의 아름다운 애니메이션과 선우정아의 감상적 음악이 곁들여진 웹드라마로도 만들어졌다.

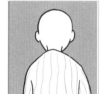

아만자 by 김보통

올레마켓웹툰
2013.9.~2014.10.   총 110화
단행본 출간 (예담)
웹드라마 제작 (카카오TV, 2020)
2014 오늘의 우리만화, 2015 부천만화대상 부천시민만화상

#의미 #투병기 #모험 #암 #질병 #동화

먹는 존재

〈먹는 존재〉는 얼핏 제목만 보기에는 2010년대 중반부터 생겨난 신조어 '먹방'처럼 맛있는 음식을 탐미하는 작품처럼 보인다. 하지만 주인공 '유양'은 단순한 미식가가 아니다. 음식은 물론 자기 앞을 가로막는 온갖 이상한 존재들까지 모두 게걸스럽게 삼켜내는 진정한 '먹는 존재'다.

유양은 등장하는 순간부터 평범하지 않다. 명문대를 나와 회사를 들어가 온갖 갑질을 당할 때, 유양은 참는 대신 사장의 면상에 굴을 던지고 급기야는 '마지막 굴'이라며 걸죽한 가래까지 내뱉는다. 회사를 옮겼어도 불 같고 직설적인 성격은 바뀌지 않고, 자신이 회사 생활과 맞지 않음을 깨닫고 소설가의 길을 택한 뒤에도 그 특성은 변하지 않는다. 그는 사람을 가리지 않고 자기가 생각하기에 이상하거나 마음에 들지 않는 것들에 독설을 아낌없이 퍼붓는다.

〈먹는 존재〉가 유양의 성격 묘사에서 그쳤다면 일종의 사이다 서사로 머물렀을 것이다. 하지만 〈먹는 존재〉는 여기서 더 나아가, 사회의 불합리에 불화하는 이들이 어떻게 타인과 함께 살아갈 수 있는지를 되묻는다. 유양이 클럽에서 만나 술김에 치른 '원나잇' 끝에 연인 사이가 된, 작품의 또 다른 주인공 박병은 유양과는 정반대의 존재다. 스트레스를 받아도 남에게 아무 소리 못하고, 매사에 성실하고 유순하기 그지 없다. 아무리 살펴봐도 맞는 구석이 없어 보이는 유양과 박병을 이어내는 것은 다름 아닌 음식이다. 함께 밥을 먹으면서 둘은 서로를 알아가게 되고, 이윽고 서로의 고민과 취향을 함께 먹으며 이해하는 또 다른 '먹는 존재'로 발전한다.

각자 좋아하는 음식도, 끌리는 음식 맛도 제각각이다. 설령 누군가에게는 대중적인 입맛이라도, 다른 누군가에게는 도저히 손에도 대고 싶어 하지 않는 맛이 될 수도 있다. 〈먹는 존재〉는 그런 다양한 존재들을 인정하는 동시에 어떻게 서로 이어질 수 있는지를 그려 낸 인상적인 작품이다.

먹는 존재 by 들개이빨

레진코믹스
2013.12.~2016.4.   총 62화
단행본 출간 (애니북스)
웹드라마 제작(2015)
2014 오늘의 우리만화

#별미 #음식 #드라마 #로맨스 #페미니즘

송곳

〈송곳〉은 연재 당시 한국 웹툰에 있어 이질적인 작품이었다. 노동 문제는 한국 만화에서는 잘 다뤄지지 않았던 주제고, 웹툰에서는 거의 처음 다뤄지는 소재였다. 사람들은 누구나 살기 위해 노동을 한다. 그러나 한국 사회에서 노동자들은 법적으로 주어진 권리조차도 제대로 인정받기 쉽지 않다. 그러한 현실을 바꾸기 위해 노동자들은 투쟁에 나서지만, 한국 사회는 여전히 노동자들의 투쟁을 부정적인 시선으로 바라보는 일이 많다. 대중을 상대로 하는 작품에서 노동자들의 싸움을 전면으로 꺼내는 것은 어려울 수 밖에 없었다.

최규석은 이러한 장벽을 정면으로 돌파하는 방식을 선택했다. 마치 작가의 전작 『공룡 둘리에 대한 슬픈 오마주』에서 보여 준 것처럼 열악하고 버거운 노동의 현실을 직접적으로 드러내는 리얼리즘의 길을 택한 것이다. 〈송곳〉이 묘사한 풍경은 때로는 불편하고 쓸쓸한 감정을 독자에게 전달하지만, 〈송곳〉에서 보여 준 노동의 현실은 실제 한국 사회에서 발생하는 온갖 노동 문제에 비하면 새발의 피에 불과했다. 노조를 결성했다는 이유로 온갖 신체적, 정신적 폭력을 행사하는 일이 암암리에 벌어지고 여전히 노동자보다는 기업을 더욱 우대하는, 그야말로 "디스 이즈 코리아 스타일"이 횡행하는 게 엄연한 현실이기 때문이다.

"서는 데가 바뀌면 풍경이 바뀐다"는 극중 노동상담소장 구고신의 말처럼, 사람들의 시선은 결국 자신이 아는 범위에 한정되기 마련이다. 이를 극복하고, 비루하고 때로는 비참한 어떤 현실을 드러내기 위해 최규석은 〈송곳〉을 통해 한국에 존재하는 또다른 풍경을 적극적으로 보여 주었다. 동시에 노동 문제에 얽혀 있는 다양한 대상들을 세밀하게 그려 나가며, 한국에서 노동 문제가 어떤 식으로 만연하고 다시 흘러가는지를 짚어냈다. 이전보다는 개선되었지만 여전히 과제가 산적한 한국의 노동 환경에서 한동안 〈송곳〉은 한국의 노동 현실을 이해하는 참고서가 될 것이다.

송곳 by 최규석

네이버웹툰
2013.12.~2017.8   총 116화
단행본 출간 (창비)
드라마 제작 (JTBC, 2015)
2014 오늘의 우리만화
2016 대한민국 콘텐츠대상 만화부문 문화체육관광부 장관상
2018 부천만화대상 대상

#의미 #노동 #르포르타주 #실화기반 #리얼리즘

칼부림

2000년대 초 한국 출판만화가 빠른 속도로 쇠퇴하면서 종래 한국 만화에 존재하던 수많은 요소들이 명멸했다. 한국 역사를 소재로 삼은 역사 극화가 보이지 않기 시작한 것도 그때부터다. 우리에게 익숙한 과거의 이야기를 접목해 쉽게 이해할 수 있는 내용을 펜이 아닌 붓 터치와 박력 있는 연출로 전달하던 역사 극화는 긴 시간 중장년 독자들을 중심으로 사랑을 받아 왔다. 고우영을 비롯해 이두호, 이희재, 박흥용 등으로 이어져 왔던 장르의 맥은 시대와 환경의 변화 속에 사실상 한국에서 찾아보기 어려운 장르가 되었다.

그러던 중 갑자기 〈칼부림〉이 등장했다. 그것도 그간 다뤄진 적이 많지 않았던, 그러나 조선 후기의 상황을 적나라하게 보여 주는 '이괄의 난'(1624년)을 중심 소재로 삼는 작품이었다. 근래의 만화에서 쉽게 찾기 어려웠던 세밀하면서도 강약이 두드러지는 극화풍의 그림체는 치밀하게 구현해 낸 조선시대에 대한 고증과 결합하며 좋은 평가와 함께 큰 반향을 낳았다. 이러한 평가에 힘입어 이괄의 난까지 다루기로 했던 목표를 정묘호란, 병자호란까지로 확장했다.

하지만 힘이 넘치는 작화만으로 작품의 인기를 다루는 것은 부족하다. 작품의 힘은 '이괄의 난'이라는 문제적 사건을 정면으로 깊게 돌파하는 것에서 나오기 때문이다. 인조반정을 이끈 공신 중 한 명이었던 이괄이 일으킨 반란은 실제 역사적으로 따져봐도 혼란 그 자체였다. 긴 시간 이어지며 나라를 피폐하게 만든 전쟁의 후유증이 쉽게 가시지 않음을 보여 주는 하나의 상징과도 같은 사건이었다. 고일권은 이 사건이 지니고 있는 복잡한 속성에 주목하며, 조선 전기의 질서가 무너진 상황에서 발생한 혼돈의 분위기를 진하게 작품에 녹여냈다.

오랜 전쟁과 한 차례의 반정으로 조선 전기 시대의 질서는 이미 무너져 내렸다. 그 안에서 〈칼부림〉에 등장하는 모든 등장인물들은 생존을 위해 필사적으로 칼을 휘두르며 살생을 이어나간다. 쉽게 대의를 말하지 않고, 인의를 내세우기 어려운 진흙탕의 세계를 〈칼부림〉은 끝없는 전투에 물들어가는 주인공의 모습으로 서서히 드러낸다. 〈칼부림〉이 오랜 기간 그려나가는 조선 피카레스크는 과연 어떤 결말을 보여줄 수 있을까. 웹툰 업계를 다룬 2022년 드라마 〈오늘의 웹툰〉에서도 고일권 작가의 그림을 한국 웹툰의 상징격으로 등장시킬 만큼 독자들에게 많은 사랑을 받고 있는 이 작품이 확실한 유종의 미를 거둘 수 있길 바란다.

칼부림 by 고일권

네이버웹툰
2013.12.~

#별미 #조선시대 #시대극 #액션 #전쟁 #반란

미쳐 날뛰는 생활툰

　'생활툰'이란 과연 어떤 장르일까. 장르에 붙은 이름만으로 단순하게 생각하면 생활툰은 약간의 각색이 있더라도 전적으로는 작가가 직접 경험한 '생활'에 바탕을 두어야 한다. 그러나 개인의 생활은 아무리 독특하더라도 대체적으로는 비슷하며, 설사 특별한 경험을 겪은 적이 있더라도 작품으로 오랫동안 풀어내기는 결코 쉽지 않다. 어찌보면 생활툰은 작가와 독자가 암묵적으로 합의를 하기에 유지되는 장르기도 하다. 작가 자신을 소재로 캐릭터와 에피소드를 만들지만, 이 모습이 완벽한 작가의 삶은 아니라는 것을 말이다.

　하지만 생활툰이 그러한 동의를 기반으로 구축되었다 하더라도, 창작자의 입장에서는 매번 독자들이 흥미로워 할 '일상 이야기'를 발굴하고 다시 이를 만화로 그리며 수많은 종류의 압박을 받을 수밖에 없다. 〈미쳐 날뛰는 생활툰〉은 그 압박이 작가의 창작과 삶에 어떤 영향을 미치는지를 짧지만 간명하게 그리는 작품이다.

　시각디자인과에 다니는 대학생인 주인공 '김닭'은 졸업을 앞두고 빠른 만화가 데뷔를 위해 좋아하던 판타지 장르를 접고 생활툰을 준비하게 된다. 우여곡절 끝에 김닭의 웹툰은 다행히도 데뷔를 목전에 둔 아마추어 웹툰이 올라가는 코너인 '베스트 도전'에 들어갈 정도로 서서히 인기를 얻게 되지만, 정작 김닭의 삶은 나락으로 떨어진다. 주간 연재로 인해 제출해야 할 과제도 제때 내지 못하고 급기야 휴학까지 하게 될 정도로 일상생활이 피폐해진 것은 물론 독자들의 인기를 끌기 위해서 주변 사람들의 모습을 필요 이상으로 과장되게 표현한 결과 친구나 동료, 심지어는 가족과의 신뢰도 잃게 되었다. 하지만 더욱 김닭을 괴롭게 하는 것은 자신의 삶을 갈아서 작품을 그리고 있음에도 불구하고 생각 이상으로 작품의 인기가 오르지 않는다는 것이다.

〈미쳐 날뛰는 생활툰〉은 생활툰을 그리는 작가와 일상생활의 괴리 속에 작가가 어떻게 무너지는지 세밀하게 조명하는 작품이다. 동시에 2020년대 현재에도 여전히 주간 연재를 기반으로 움직이는 웹툰 창작의 어려움을 함께 담아내며 창작자로서 살아가는 것의 고단함까지 작품으로 녹였다. 장르가 놓인 논쟁적인 지점은 물론, 어떠한 환경에서 좋은 작품이 나올 수 있는지까지 짚은 수작이다.

미쳐 날뛰는 생활툰 by Song

네이버웹툰
2014.3.~2020.11.   총 35화

#별미 #생활툰 #에세이 #창작 #고통

멀리서 보면 푸른 봄

자신에게 주어진 삶이 기쁘기만 한 사람이 얼마나 있을까? 타인이 보기에는 좋아만 보이는 어떤 이의 삶에도 나름의 곤란은 있을 것이다. 멀리서 봤을 때는 아름답고 좋아만 보여도, 가까이서 보면 아닐 수도 있는 거니까. 〈멀리서 보면 푸른 봄〉은 청춘의 모습이 멀리서 보면 푸른 봄처럼 보이지만, 가까이에서 보면 차가운 겨울일 수도 있다고 말한다.

남수현은 교수로부터 '괴물'소리를 듣는 인물이다. 대학생활을 즐길 여유도 없이 아르바이트를 몇 개씩 하면서도 장학금을 놓치지 않기 위해 공부도 게을리 하지 않는다. 경찰이었던 수현의 아버지는 범인 검거 중에 사고사를 당했고, 수현은 어머니와 동생을 책임지면서 가장 역할을 짊어진 채 살아간다.

겉보기에는 부족할 것 하나 없어 보이지만 가족과의 관계가 좋지 않은 여준. 준의 부모는 천재인 형 준완과 그렇지 못한 준을 늘 비교했고, 준은 가족으로부터 사랑 대신 차가운 시선을 받는다. 또한 준에게 다가오는 이들은 많지만 진심으로 대하는 친구는 없다.

조별 과제를 계기로 수현과 준은 서로 가까워지고, 준의 원룸에 수현이 들어와 함께 살게 된다. 다른 환경에서 자라 왔기에 사사건건 충돌하지만, 서로를 이해하면서 가까워진다.

〈멀리서 보면 푸른 봄〉은 수현과 준 사이에서 벌어지는 일들을 통해 겉으로는 찬란하게만 보이는 청춘의 이면을 그린다. 삶에 있어 가장 빛나는 때라고 흔히 말하는 20대의 순간. 즐거운 우정의 순간이나 찬란한 연애의 순간처럼 빛나는 순간들의 뒷면에는 저마다의 고뇌가 있다. 〈멀리서 보면 푸른 봄〉은 캐릭터들을 통해 불안정한 20대의 시절을 탁월하게 묘사해 낸다.

작품이 일관되게 보여 주는 20대의 어두움은 생활고 때문에 학교를 자퇴한 민우를 통해 가장 극명하게 드러난다. 민우는 돈을 벌기 위해 창고에서 일을 하던 중 화재로 목숨을 잃고 만다. 자신의 삶을 지탱하기 위해 불안정한 노동을 해야만 하는 20대의 모습은 청춘의 모습이 아름답기만 한 것은 아니라고 말한다. 지금 이 순간의 괴로움에 절망하고 있는 20대에게든, 이미 훌쩍 지나가 버린 20대의 순간을 회상하는 이들에게든 추천할 만한 작품이다.

멀리서 보면 푸른 봄 by 지늉

카카오웹툰
2014.4.~2022.6   총 267화
단행본 출간 (책들의정원)
드라마 제작 (KBS, 2021)

#묘미 #20대 #헬조선 #N포세대 #청년담론 #캠퍼스 #로맨스
#장기연재

데미지 오버 타임

이제는 한국에서도 좀비를 다루는 작품들을 쉽게 찾아볼 수 있게 되었지만, 2010년대 초중반까지만 하더라도 한국 대중문화에서 좀비는 보기 어려운 존재였다. 그나마 만화의 영역에서 이경석의 〈좀비의 시간〉이나 주동근의 〈지금 우리 학교는〉 같은 시도가 호평을 받으며 서서히 시야를 넓히고 있었다.

선우훈의 첫 장편 연재작 〈데미지 오버 타임〉은 군대를 무대로 좀비에 대한 이야기를 꺼내는 작품이었다. 하지만 작품은 '좀비물'이라는 장르 바깥으로 확장한다. "귀신보다 사람이 더 무섭다"는 속설처럼 선우훈은 현재까지도 한국에서 가장 폐쇄적이고 온갖 문제와 부조리로 넘쳐나는 군대에 초점을 맞췄다. 그것도 마치 레트로 게임에서나 볼 법한 느낌의, 픽셀을 하나씩 찍어서 만들어 낸, 2차원도 완전한 3차원의 세계도 아닌 '2.5차원'이라 불리는 조감도의 세계로 지옥도를 구현했다.

조감도가 원경에서 전체적인 모습을 한눈에 볼 수 있도록 구현한 기법인 것처럼, 〈데미지 오버 타임〉 속에 구현된 픽셀 조감도의 세계는 작중에서 일어나는 상황을 독자가 한 걸음 떨어져서 볼 수 있도록 만들었다. 이런 구도는 등장인물에게는 좀비가 마구 날뛰는 믿기지 않는 상황 속에서 눈 앞의 모습도 쉽게 볼 수 없게 만들지만, 독자들은 조감도를 통해 등장인물이 있는 공간에서 어떤 일들이 일어나는지를 재빨리 파악할 수 있게 한다. 마치 호러 영화의 한 장면을 보는 것처럼, 작가는 작품을 보는 이들로 하여금 등장인물들의 때로는 답답하고 때로는 안타까운 모습에 관조하면서도 몰입할 수 있도록 연출했다.

작품의 시작부터 끝까지 좀비는 왜 갑자기 확산됐는지 이유를 알 수 없는 정체불명의 질병이다. 그러나 좀비 이상으로 등장인물들을 억압하고 끝내는 대다수를 파멸로 몰아가는 '군대'라는 제도와 그 공간은 모두가 인지하면서도 끝내 바꾸지 못하는 대상이다. 여전히 불합리가 관행으로 포장되는 군대라는 공간에서 선우훈은 '좀비물'이라는 장르와 도트의 시선을 결합해 차가우면서도 섬뜩한 현실의 공포를 이끌어냈다.

데미지 오버 타임 by 선우훈

카카오웹툰
2014.6.~2015.6.   총 53화
단행본 출간 (유어마인드)
2015 서울국제만화애니메이션페스티벌(SICAF) 코믹어워드
주목할작가상

#별미 #서바이벌 #군대 #좀비 #전쟁 #예술

좋아하면 울리는

내가 좋아하는 누군가가 나를 좋아하는지 스마트폰 애플리케이션으로 알 수 있다면 어떨까. 〈좋아하면 울리는〉의 세계에서는 '좋알람'이라는 앱으로 마음을 알 수 있다. 작동 방식은 간단하다. 익명이긴 하지만, 내가 좋아하는 사람과 가까이 있으면 그의 '좋알람' 앱에 내 마음이 울린 핑크빛 하트 아이콘이 뜬다. 만약 일정 범위 안에 그와 나 단둘만이 있을 때 내 '좋알람'의 하트 아이콘이 핑크빛으로 가득 차 있다면, 그 역시 나를 좋아하는 것이다. 하지만 그가 날 좋아하지 않는다면 내 하트 아이콘은 비어 있을 것이다.

이 앱이 등장한 이후로 연애는 무척이나 달라졌다. '좋알람'의 하트는 '좋아하는 마음'을 표시해 주는 절대적이고 객관적인 표지가 되었다. 마음은 이제 '좋알람'을 통해서만 증명된다. 아무리 좋아한다고 말하더라도, 그 마음을 다른 방식으로 표현하더라도, '좋알람'의 핑크빛 하트 아이콘 없이는 좋아하는 마음을 증명할 수 없다. SF 소설가 테드 창의 말처럼 지금은 없는 새로운 기술이 보편화된 가상 사회를 그리며 '그 변화를 살피는 것'을 SF라 한다면 〈좋아하면 울리는〉은 꽤 충실한 SF다. 그 속에서 인물들이 마주치는 사건들을 통해 '사랑'이라는 것에 대한 면밀한 탐구가 진행된다는 점도 훌륭하다.

　이런 세계관 속에서 주인공 김조조가 황선오, 이혜영 사이에서 좋아한다는 일에 대해, 또 사랑에 대해 고민하며 펼치는 이야기가 〈좋아하면 울리는〉의 서사를 이룬다. 여기에 좋알람 개발자의 선물과 개입, 그리고 좋알람이라는 시스템에 대한 사회적 반응이 엮이며 서사는 갈수록 풍성해진다.

　이외에도 〈좋아하면 울리는〉에는 이야깃거리가 많다. 〈언플러그드 보이〉, 〈오디션〉 등으로 출판만화 시대에 엄청난 인기를 모았던 천계영 작가의 웹툰, 거의 대부분의 공정을 3D 모델링을 통해 제작한 작품, 웹툰 최초로 넷플릭스 오리지널 드라마로 제작된 작품 등. 게다가 작가가 지병으로 인해 더 이상 만화 작업에 손가락을 쓰기 어렵게 된 후로는 목소리로 내리는 명령으로 작품을 완결했다는 점도 놀랍다. 이에 더해 최근에는 '좋알람' 세계관을 공유하는 좋알람 유니버스도 발표했다. 여러 의미에서 기념비적인 작품이다.

좋아하면 울리는 by 천계영

카카오웹툰
2014.9. ~2022.5.　　　　　　　　　총 211화
단행본 출간 (예담)
드라마 제작 (넷플릭스, 2019~2021)
예능 제작 (카카오TV, 2022)

#묘미 #SF #드라마 #로맨스 #사랑

전자오락수호대

가스파드의 데뷔작인 2012년 웹툰 〈선천적 얼간이들〉은 그야말로 한동안 잔잔하던 생활툰의 호수에 매우 커다란 짱돌을 던진 것 같은 작품이었다. 과장된 묘사를 적극 활용한 강력한 코미디 생활툰 〈마음의 소리〉도 시작은 차분했는데 〈선천적 얼간이들〉은 마치 헤비메탈을 연상시키듯 처음부터 끝까지 파워풀한 리듬으로 밀어붙이며 독자들을 열광시켰다. 작중에 등장하는 작가와 친구들이 펼치는 기행도 이 작품에 대한 인기를 높이는 것에 한몫했다.

하지만 〈선천적 얼간이들〉의 연재는 2013년 10월에 끝났다. 다들 작가의 차기작을 궁금해 하던 중, 1년 만인 2014년 10월에 새로운 작품 〈전자오락수호대〉가 막을 올렸다. 〈선천적 얼간이들〉에서도 심심치 않게 등장한 소재인 게임을 전면에 내세웠다는 점에서 흥미롭기도 했지만, 첫 작품이 큰 인기를 모은 생활툰이었다는 점에서 본격적인 장르물 연재가 과연 얼마나 성공할 수 있을지 걱정하는 반응도 있었다. 결과적으로 〈전자오락수호대〉는 2014년부터 2021년까지 무려 7년 반 동안 연재하며 꾸준하게 인기를 모은 장수 웹툰이 됐다.

어떻게 〈전자오락수호대〉는 스테디셀러가 될 수 있었을까?

가장 큰 요소는 작가가 게임이라는 하나의 영역에 진심으로 애정을 가지고 다가간 모습이 작품에 담뿍 녹아들었다는 점이다. 작중에는 오락실의 고전 게임부터 현대의 모바일 게임까지 수많은 게임이 끊임없이 등장한다. 어떤 게임은 오랫동안 인기를 얻기도 하지만, 또 다른 게임은 주목도 받지 못한 채 사라지고, 한때는 뜨거운 인기를 누렸지만 이젠 추억 속에만 남은 게임이 되기도 한다. 그리고 흥행 여부를 떠나 게임을 만들기 위해 고군분투하는 수많은 게임 개발 노동자들이 있다.

작가는 다양한 장르적 특성과 애환을 지닌 게임의 구조를 〈전자오락수호대〉에 적용했다. 게임을 즐기는 이들은 몇 번이고 재도전한 끝에 게임을 클리어하며 성취감을 얻지만, 이를 달성하기까지 얼마나 수많은 움직임이 필요한지를 자신만의 어드벤처로 드러낸 것이다. 그런 애정이 담겼기에 개성 가득한 캐릭터와 세계관의 모습도, 긴 연재 기간 동안 지치지 않는 경쾌한 리듬도 멈추지 않았다. 그야말로 애정이 만들어 낸 작품이었다.

전자오락수호대 by 가스파드

네이버웹툰
2014.10.~2021.4.   총 270화
단행본 출간 (재미주의)
모바일 게임 제작 (2018)

#묘미 #게임 #코미디 #장르 #어드벤처

Ho!

　〈연옥님이 보고 계셔〉를 비롯한 억수씨의 만화들은 겉보기에는 코믹한 일상 드라마 같다. 하지만 억수씨의 진가는 그 일상을 조금씩 뒤틀어 낼 때 진가를 발휘한다. 초반에 의미 없이 지나갈 것 같았던 장면과 캐릭터들이 조금씩 자신의 존재를 드러내고, 등장인물들은 점차 성장할수록 마냥 아름답지 않은 현실과 마주하며 삶의 무게를 느낀다. 허나 작품이 하염없이 밑으로 가라앉는 것은 아니다. 각각의 인물이 녹록지 않은 인생의 장벽을 대하는 모습을 통해 어떠한 삶이 가능한지를 보여 주는 것이 억수씨가 그리는 웹툰의 매력이다.

　〈Ho!〉는 이러한 작가의 스타일을 로맨스적 요소와 묶어내면서 더욱 깊이 있게 풀어내는 작품이었다. 독특하게도 작품은 1화에서 이미 이 작품의 결말이 어떨 것임을 개략적으로 드러낸다. 28살의 비장애인 남성 '김원이'와 21살의 청각장애인 여성 'Ho'는 서로에게 빠져든 커플이고, 연애 끝에 결혼까지 했다는 것을 처음부터 독자에게 제시하는 것이다. 일반적인 로맨스 작품이 결말을 최대한 가리며 사랑하는 이들 앞에 놓인 여러 사건들을 차곡차곡 풀어나가면서 완급을 조절한다면, 〈Ho!〉는 이와는 정반대의 길을 선택한 셈이다.

이미 어느 정도 결말이 정해져 있는 작품이지만 억수씨는 오히려 이러한 연출을 이용해 Ho와 김원이의 로맨스는 물론 그 주변의 이야기를 허투루 지나치지 않는다. 서로 사랑하는 사이일지라도 한국 사회에서 장애인으로 살아가면서 발생하는 온갖 장벽들은 이들 커플에게도 예외는 아니다, 약자에게 가혹하고, 남들과 다른 길을 선택하는 이에게 공격적인 이 사회는 좀처럼 이들을 가만히 내버려 두지 않는다.

그런 어두운 모습이 그려지고 있을 때, 결말을 먼저 보여 주는 선택은 연재 내내 독자에게 일말의 희망이 되었다. 이러한 냉혹한 세상 속에서 이 둘은 어떻게 만나, 연인이 되고 마침내 부부가 될 수 있었을까. 결말은 정해져 있지만 그 결말은 결코 당연한 것이 아니었음을, 그 길로 나아가기 위한 여러 노력과 응원이 있었음을 작가는 넌지시 드러내었다. 그렇게 한국 사회에 살아가는 모든 주변의 존재들에게 진심으로 희망을 전달하는 작품이 되었다.

Ho! by 억수씨

네이버웹툰
2014.10.~2015.9.   총 41화
단행본 출간 (거북이북스)
2015 오늘의 우리만화

#의미 #로맨스 #장애 #성장 #다양성

시동

〈시동〉은 청소년들의 첫 시작을 그린다. 주인공인 고택일과 우상필은 자신보다 어리고 힘없는 아이들의 삥을 뜯고, 술을 마시고 담배를 피며 하루하루를 보낸다. 그러던 어느 날, 택일은 돌연 어디론가 떠나야겠다는 마음을 먹고 버스 터미널에 가서 1만원으로 갈 수 있는 곳 중에서 아무 곳이나 표를 끊어 달라고 청한다. 그렇게 원주로 가게 된 택일은 중국집 배달 일을 시작하고, 많은 사람들을 만나며 인생을 배운다. 그러는 동안 때때로 자신을 때리는 엄마를 이해하고, 원주를 떠나 엄마 곁으로 돌아간다.

문제아가 어딘가로 가서 누군가를 만나 갱생하는 류의 이야기는 다소 전형적이다. 〈시동〉은 이 전형적인 이야기를 '사람 냄새' 나는 이야기로 독특하게 그린다. 캐릭터들은 과장되지 않고, 자신에게 주어진 하루하루를 자신들의 방식대로 살아내며 그 과정에서 자신이 있어야 할 곳을 향해 나아간다.

삶이 그렇듯, 일상 속에서는 크고 작은 일들이 벌어진다. 그런 것들을 저마다의 방식대로 해결해 가는 이야기가 잔잔하게 펼쳐진다. 이 과정에서 캐릭터들은 살아 움직이고, 독자들은 그런 캐릭터들을 보면서 자신의 삶을 반추한다. 고택일과 우상필,

거석이 형 등 이야기 속 캐릭터들은 어느 순간 우연히 걸린 "시동"에 의해 자기만의 방식을 찾고, 결국 자신의 자리를 찾아가는 것이다.

이 작품에서는 조금산 작가 특유의 시니컬함을 잘 볼 수 있다. 냉소적인 캐릭터들이 표현하는 서로에 대한 애정은 보는 이를 슬며시 미소 짓게 만든다. 전작인 〈세상 속으로〉의 캐릭터들이 카메오로 등장하는 것 또한 이 웹툰의 재미 중 하나다.

시동 by 조금산

카카오웹툰
2014.10.~2015.10.   총 46화
단행본 출간 (더오리진)
영화 제작(2019)

#재미 #비행청소년 #가출 #가족

조선왕조실톡

　　〈조선왕조실톡〉은 조선왕조실록을 토대로 역사적 사실을 카카오톡 메시지를 주고 받는 방식으로 풀어 나가며 쉽고 명료하게 전달한다. 조선시대의 역사라는 방대한 사료들은 이 작품을 통해서 재미있는 이야기가 된다. 세종이 고기를 좋아했다는 것이나, 문종의 세자빈 순빈 봉 씨가 소쌍이라는 여인과 간통하여 폐위되었다는 이야기 등이 다양하고 재치 있게 펼쳐진다. 작가는 이 작품을 위해 조선왕조실록은 물론, 승정원일기(承政院日記), 비변사등록(備邊司謄錄), 일성록(日省錄) 등 다양한 사료를 참고했다고 한다.

　　작품 안에서 역사 속 다양한 인물들은 캐릭터로 재현된다. 그런 점에서 인물의 고유한 특징을 추출하여 만든 프로필 사진은 이 웹툰의 백미다. 각 인물은 프로필 사진을 통해 하나의 캐릭터가 되어 친근하게 독자에게 다가간다. 다양한 요소를 통해 흥미를 돋운 연출 덕분에 '역사'라는 다소 무거울 수 있는 주제는 가볍게 즐길 수 있는 개그 섞인 이야기가 된다. 또한 세로 스크롤을 통해 전개 가능한 웹툰의 형식을 최대한 활용해, 역사 속 인물들의 대화를 전달함으로써 이야기의 가독성과 몰입감을 끌어올렸다.

무적핑크는 〈실질객관동화〉와 〈실질객관영화〉 등의 작품을 통해 이미 만들어진 이야기를 자신만의 시각으로 재해석하는 작업을 보여 준 바 있다. 〈조선왕조실톡〉과 같이 역사 속 이야기를 재구성한 〈삼국지톡〉 역시 작가 특유의 시선이 인상적인 작품이다.

조선왕조실톡 by 무적핑크

네이버웹툰
2014.12.~
단행본 출간 (위즈덤하우스)
드라마 제작 (MBC에브리원, 2015~2016)

#별미 #역사물 #조선시대

여중생A

　레트로는 한국 문화에 있어 무시할 수 없는 유행이 된 지 오래다. 2012년 드라마 〈응답하라 1997〉을 기점으로 무수한 작품에서 과거에 대한 이야기가 꾸준히 이어져 왔다. 레트로를 표방하는 작품 상당수에는 기묘한 공통점이 있다. 과거에 유행한 트렌드를 복제하는 것은 능숙하지만 정작 과거에 담겨 있던 심리는 너무나도 쉽게 현대의 것으로 대체된다는 것이다. 이로 인해 과거를 살았던 사람들의 맥락 역시 해피엔딩이라는 레토릭에 묻혀 쉽게 사라졌다. 배경은 과거이지만, 과거는 도구를 넘지 못하게 되는 셈이다.

　허5파6의 〈여중생A〉는 이러한 과거 배경 작품의 한계를 넘어 과거의 흐름과 맥락에 지긋하게 다가서기를 시도하는 작품이다. 작가의 전작이자 데뷔작이었던 〈아이들은 즐겁다〉가 여덟 살 아이들의 시선에 맞춰 일상을 재구성했던 것처럼, 〈여중생A〉는 2000년대 초반 중학교 아이들의 삶에 밀착하여 들어간다. 그것도 정형화된 하이틴 청춘 로맨스가 아니라 조금은 어둡지만 그 당시 어디엔가는 존재했을 중학생 청소년의 이야기를 포착하여 접근해 나간다. 이는 단순한 외견적인 재현을 넘어, 당대를 살았을 사람들이라면 공감하고 이해할 수 있도록 섬세한 대사와 스토리 전개를 통해 더욱 확실한 실체를 형성한다. 작품의 등장인물이나 사물을 그리는 선은 무척이나 간결하지만, 오히려 이 간결한 선이 독자로 하여금 더욱 자신의 이야기를 이입하기에 쉽도록 이끈다.

　희망찬 이름과는 달리 매일 가난과 가정폭력에 시달리며 고통을 겪는 중학생 장미래에게는 오로지 인터넷 게임 원더링 월드가 유일한 삶의 낙이다. 현실에서는 딱히 친구도 없고 자신감도 없지만, 게임 속에서 미래는 '다크'라는 닉네임으로 온라인 동료와 함께 퀘스트를 해결해 나가는 소중한 존재가 된다. 컴퓨터와 게임으로 도피하던 중 우연한 계기로 게임 속 세계가 현실과 연결되고, 미래는 조금씩 세상 밖으로 용기를 내어 한걸음씩 나아가기 시작한다. 그렇게 〈여중생A〉는 온라인과 오프라인을 교차하며, 동시에 2000년대 초반이라는 시공간을 넘나들며 한 개인과 그 주변의 이야기를 그리는 독특한 성장극으로 자리매김하게 되었다.

여중생A by 허5파6

네이버웹툰
2015.2.~2017.10.　　　　　　총 124화
단행본 출간 (비아북)
영화 제작 (2018)
2016 오늘의 우리만화, 2018 부천만화대상 독자인기상

#의미 #2000년대 #온라인게임 #성장 #에세이 #레트로

아 지갑놓고나왔다

제목만 보면 마치 귀여운 생활툰 같다. 어린아이가 놀이터에서 흙을 파는 장면으로부터 시작되니, 더욱 그렇다. 그러나 사실 이 아이는 죽은 혼령이다. 이 아이는 자신의 엄마인 '선희'에게 돈을 가져다주려고, 놀이터에 떨어진 동전이 없는지 찾느라 온힘을 다해 흙을 파헤치는 중이다.

이 혼령의 이름은 '노루'다. 엄마와 단둘이 살았던 노루는 갑작스러운 교통사고로 사망했다. 어린 노루가 죽어서까지 선희를 챙기는 건, 생전에도 노루가 선희의 유일한 '보호자'였기 때문이다. 선희는 사람의 얼굴을 닭이나 백조 등 '새'로만 인식한다. 그런 선희가 유일하게 사람의 얼굴로 마주하는 이가 바로 선희의 딸 노루다. 일찍 철이 든 노루는 어른스럽고, 선희는 여전히 아이와 같다.

그런데 선희는 왜 사람들을 조류로 인식하게 된 걸까? 여기에서부터 만화는 좀 더 무거워진다. 선희는 어린 시절 친족 성폭력을 겪었고, 그로 인해 부모님이 이혼한 바 있다. 가해자로부터 제대로 된 사과 한 번 받지 못한 선희는 납득되지 않는 변화들 속에 강제로 내던져 진다. 그러던 중 딸 '노루'를 임신하게 되고, 미혼모로 아이를 낳아 키운다. '새'와 '인간'의 얼굴을 가르는 중요한 지점들이 이 가운데 속속 드러난다.

〈아지갑〉 이전에도 성폭력 피해자를 주인공으로 다룬 만화는 있었지만 성폭력 사건 자체에 매몰되거나 피해자의 전형적 모습을 재현하는 것에 머문 경우가 많았다. 반면 〈아지갑〉은 피해자에 대한 클리셰를 전복할 뿐만 아니라, 성폭력 사건을 해결하는 그 제반의 과정과 혼란에 집중한다. 성폭력 사건을 새로운 시각으로 다뤄내고, 나아가 입체적인 캐릭터들을 내세워 흡입력 있는 전개를 펼쳐냈다. 특히 이승과 저승을 오가며 선희의 자아를 마지막의 마지막까지 들추어 내는 집요함에는 감탄할 수밖에 없다.

엄마의 회복을 위해 딸은 왜 저승으로 향해야만 했을까. 자아와 '비로소' 화해하기 위해 선희는 무엇을 뛰어넘어야 하는가. 〈아지갑〉의 질문들은 그 자체로도 흥미롭지만, '미역의효능' 작가만이 가진 특유의 수묵화풍 그림체와 더해져 기묘한 매력을 더한다. 2017년 부천만화대상에 이어 오늘의 우리만화에 선정된 '2관왕'으로 여성서사의 저력을 톡톡히 보여 주었다.

아 지갑놓고나왔다 by 미역의효능

카카오웹툰
2015.3.~2017.5.   총 87화
2017 오늘의 우리만화, 2017 부천만화대상 대상

#의미 #여성서사 #친족성폭력

호랑이 형님

〈호랑이 형님〉은 흰산을 지키는 호랑이 산군과 그를 둘러싼 신과 영물들의 이야기이다. 산군은 동쪽 산을 지키는 신령인 영웅왕의 자식들을 지킨다. 반면, 영웅왕과 적대하는 붉은 산의 세력들은 산군이 지키는 아이들을 빼앗으려 한다. 아이들을 지키려는 이들과 이들을 빼앗아 힘을 얻으려는 적대 세력의 갈등이 이 웹툰의 주된 서사다.

이 작품에서는 조선시대를 배경으로 한 광범위한 세계관 안에서 여러 세력과 다양한 인물들이 자신들의 이해관계 아래에서 협력하고 반목한다. 한편에서는 산군을 비롯해 자신의 영역을 수호하는 호랑이들의 이야기가, 다른 한편에서는 붉은 산의 수인들을 비롯해 호랑이가 아닌 다른 영물들, 인간들의 이야기가 펼쳐진다.

호랑이의 천적인 추이들이 자신들의 생존을 위해 호랑이들의 영역인 흰산에 침범하는 에피소드는 이 웹툰의 매력을 보여준다. 추이들은 살아남기 위해 흰산에 와서 호랑이들을 죽인다. 흰산을 수호하는 영웅왕은 흰산에 사는 호랑이들을 지키기 위해 추이를 학살한다. 흰산 호랑이들의 입장에서 추이는 악이지만, 추이 입장에서는 흰산 호랑이들과 영웅왕이 악인 셈이다. 입장에 따라 선악이 달라지는 것이다. 이처럼 이 웹툰에 등장하는 캐릭터들은 명료하게 선악을 구분할 수 없고, 그래서 흥미롭다.

〈호랑이 형님〉에 등장하는 캐릭터들은 각자에게 주어진 입장과 상황 아래 해야 할 일을 한다. 이 과정에서 이들은 서로 충돌하고, 수많은 이들이 죽는다. 이처럼 〈호랑이 형님〉은 생존을 위해 각자의 상황에 책임지는 캐릭터들을 흥미롭게 그린다.

한국의 설화나 중국의 산해경 등 다양한 고전 설화에서 등장하는 여러 괴수들과 영물들의 이야기가 다양하게 버무려져 있는 것도 이 웹툰의 재미이다. 작가가 만들어 낸 광대한 세계관 안에 설화의 영물, 괴수들이 녹아 들어가 있다. 각 캐릭터의 작화를 보는 맛 또한 적지 않다. 특히, 무케의 귀여움은 깨알 같은 재미를 준다. 긴 호흡으로 천천히 읽어볼 만한 작품이다.

호랑이 형님 by 이상규

네이버웹툰
2015.3.~
2015 오늘의 우리만화
2015 대한민국 콘텐츠대상 한국콘텐츠진흥원장상

#재미 #역사 #판타지 #호랑이 #영물 #동물

유미의 세포들

〈유미의 세포들〉을 안 본 독자는 있어도, 한 회만 본 독자는 없을 것이다. 다음 화가 궁금해서 견딜 수 없게 하는 마력이 있기 때문이다. 이 작품의 묘미는 주인공 유미를 포함해 등장인물들의 매력에 '야금야금' 빠져드는 데에 있다. 밉기만 했던 캐릭터도 어느 순간 이해가 되고, 아무리 봐도 '비호감'이었던 이의 반전 매력을 발견하며 매료된다. 물론 계속해서 호감형이었던 캐릭터가 한순간에 비호감으로 전락하기도 한다.

〈유미의 세포들〉의 기본적인 콘셉트는 한 사람 안에 거주하는 수많은 세포가 서로의 욕망대로 행동의 키를 잡으려 하는 모습을 보여 주는 것이다. 한 사람의 머릿속에서 일어나는 복잡한 사고와 욕망의 메커니즘 말이다. 사람의 욕구가 셀 수 없이 다채로운 만큼, 세포도 다양하다. 먹는 걸 좋아하는 '출출세포', 야한 짓을 좋아하는 '응큼세포', 직장인 자아를 유지하게 하는 '직장인 세포', 사랑을 관장하는 '사랑 세포' 등. 유미 안에 사는 이 세포들은 유미가 마주한 상황을 돌파하기 위해 다양하고 복잡한 상호작용을 일으키는데, 이는 곧 유미의 행동으로 이어진다.

배고픈 '출출세포'가 닭강정을 먹기 위해 유미의 비밀금고를 부수면, 유미는 친한 친구에게 비밀을 술술 털어놓게 된다. 기분 좋고 신나는 날이면 '아드레날린' 밴드가 유미의 세계에 찾아와 세포들을 대상으로 공연을 열기도 한다. 세포의 세계를 풍부하게 구성한 〈유미의 세포들〉은 독자들에게 큰 공감을 샀다. 독자들은 저마다 유미의 모습을 보며 자신을 투영하고, 내 안에서는 어떤 세포가 가장 힘이 셀지 추측해 보기도 한다.

〈유미의 세포들〉은 웹툰사에서도 중요한 의미를 가진 작품이다. 모바일 SNS에서 주로 사용되는 가로 스크롤을 사용한 '컷툰'의 대표작이기 때문이다. 컷툰은 작품 전체의 서사가 있기는 하지만 한 화 안에서 어느 정도 서사적 완결을 갖춘다. 30개의 칸 안에서 〈유미의 세포들〉은 새로운 형식에 맞는 스토리텔링을 구사한, 말하자면 컷툰의 '교과서'라 할 만하다.

유미의 세포들 by 이동건

네이버웹툰
2015.4.~2020.11.   총 511화
단행본 출간 (위즈덤하우스)
드라마 제작 (tvN, 2021~2022)
웹소설 제작 (네이버 시리즈, 2018)
모바일 게임 제작 (2018~2021)
2016 오늘의 우리만화
2018 대한민국 콘텐츠대상 만화부문 대통령상
2021 부천만화대상 우수만화상

#재미 #연애 #로맨스 #성장 #심리 #세포 #오피스

죽어도 좋아♡

    지독한 악질 상사에게 핍박받으며 회사생활을 하는 평범한 회사원 이루다에게 어느 순간부터 평범하지 않은 일들이 일어나기 시작한다. 얼토당토않은 이유로 죽는 것으로 유명한 개복치 게임처럼 루다의 악질 상사 백 과장이 죽는 것이다. 그런데 백 과장이 죽으면 루다의 하루도 그날 0시부터 다시 시작한다.

    다시 시작된 날에도 백 과장은 막말을 일삼는 등 악행을 멈추지 않는다. 이 때문에 상처 받은 사람이 생기고, 피해자의 원한 때문인지 과장은 트럭에 치이기도 하고 감전을 당하기도 하고 벌에 쏘이기도 하는 등 다양한 이유로 죽음을 맞는다. 이 과정을 요약하면 이렇다. '과장이 악행을 저지른다→과장이 죽는다→하루가 리셋된다.' 말도 안 되는 이 타임 루프의 굴레 속에서 루다의 '삶'은 과장의 '생명'과 직결돼 있다.

    이제 루다는 백 과장을 살려야 한다. 백 과장을 살리지 못하면 그 하루를 반복해야 하기 때문인데, 이는 얼핏 비슷해 보이는 두 가지 의미를 지닌다. 오늘을 또 살아야 한다는 것, 그리고 내일을 경험할 수 없다는 것. 전자는 지겨움과 고통의 문제이며, 후자는 내일이 열려야만 경험할 수 있는 희로애락의 박탈이라는 문제다. 이를테면, 생리통이 심한 오늘 하루를 또 살아야 하는 일이고, 내일로 예정된 '썸남'과의 데이트를 즐기지 못하는 일이다. 그러니 루다는 백 과장의 생명을 살려야 오늘의 삶을 무사히 보내고 내일의 삶을 살릴 수 있다.

루다가 과장의 악행을 막아야 하는 것은, 타인을 위해서라기보다는 자신의 삶을 위해서다. 루다는 내 삶을 위해 타인들의 문제를 껴안아야만 한다. 나쁜 놈이 혐오 발화를 지속하는 것도, 그 혐오 발화에 누군가 상처 입는 일도 루다에게는 그저 '남의 일'일 수 없다. 내 삶에 아무런 영향도 미치지 않는 '남의 일'이라면 방관할 수도 있겠지만, 남들의 언행이 내 삶에 현격한 영향을 끼치는 이상 그것은 '나의 일'이다. 여기에 〈죽어도 좋아♡〉의 탁월함이 있다. 남의 일을 내 일로 바라볼 수 있도록 등 떠미는 것이 문학의 과제이자 기능이라 할 때 이 만화는 지극히 문학적이다.

죽어도 좋아♡ by 골드키위새

카카오웹툰
2015.4.~2016.10.   총 61화
단행본 출간 (생각정거장)
드라마 제작 (KBS, 2018)
2015 오늘의 우리만화

#묘미 #판타지 #여성서사 #타임루프 #오피스 #우정 #이타심 #페미니즘

잠자는 공주와 꿈꾸는 악마

한국 웹툰 작가 중 최고의 스토리작가를 고르긴 어렵지만, 모든 작품에서 그 자신만의 색깔을 멋지게 드러내는 스토리작가를 꼽는다면 단연 '마사토끼'다. 〈빵점동맹〉, 〈커피우유신화〉, 〈가후전R〉, 〈킬더킹〉, 〈왓치가이〉 등 웹툰만 30편에 이르는 가운데 거의 모든 작품에 마사토끼만의 인장 3종 세트가 찍혀 있다. 독특한 상황에 처한 개성적 인물, 그 인물이 매력적인 적과 벌이는 심리 배틀, 어느새 뒤통수를 얼얼하게 만드는 반전 플롯까지. 그럼에도 자기복제라고 느껴지지 않을 만큼 작품마다 특색이 살아 있다는 것까지 포함해, 마사토끼는 정말 놀라운 이야기꾼이다.

〈잠자는 공주와 꿈꾸는 악마〉는 마사토끼의 포트폴리오 중에서도 가장 독특한 작품이 아닐까 싶다. KIRTY의 그림도 훌륭하게 개성 있지만, 독특성은 어디까지나 마사토끼 작품군 내에서 포착되는 것이다. 마사토끼 치고는 감정의 무게가 무척 무거운 대사가 한 예다. "내가 누구인지를... 내게 소중한 존재를... 그리고 무엇보다도 기필코 그것들을 기억해야만 한다는 사실 자체를." 또 이런 대사는 너무나 희망적이다. "누군가를 소중히 여김으로써 기쁨을 만드는 힘. 누군가의 마음을 들뜨고 기쁘게 만드는 파워. 분명 그것이 영혼…인간이 지닌 최강의 힘일 거야."

　놀라운 것은 이 작품이 심리 배틀을 중심으로 하면서도 앞서 예로 든 감정적이고 희망적인 대사들이 서사 속에 녹아 자연스럽게 한국 사회의 어떤 기억들을 떠올리게 만든다는 점이다. 마사토끼 특유의 3종 세트가 주는 재미 외에도 문학의 본령 중 하나일 '돌려 말하기'가 티 나게 담겼다는 점, 이것이 〈잠자는 공주와 꿈꾸는 악마〉만의 독특한 지점이다.

　이처럼 '돌려 말하는' 이야기로 끌어들이는 첫 에피소드는 악마와의 가위바위보다. 귀여운 소녀 외양의 악마가 갑자기 나타나 소원을 들어줄 테니 가위바위보를 하자고 제안한다. 100판 중에 한 번이라도 지면 자신의 패배로 하겠다는 조건을 들이대면서. 사고로 인해 식물인간 상태로 누워 있는 동생을 위해 이우민은 승부에 응한다. 당신이라면 어떻게 할까? 만약 악마와의 승부에 응한 당신이라면, 낯익은 기억을 향해 어느새 걷게 되고 말 것이다.

잠자는 공주와 꿈꾸는 악마
by 마사토끼(글) KIRTY(그림)

레진코믹스
2015.6.~2016.3.　　　　　　　　　총 48화

#재미 #판타지 #드라마 #남매 #심리배틀 #기억

나는 귀머거리다

생활툰은 독자들이 보지 못한 일상을 상상하고 이해할 수 있게 한다. 〈나는 귀머거리다〉는 이러한 생활툰의 특성에 가장 부합하는 작품이다. 제목에서 드러난 대로 이 작품은 청각장애를 다룬다. 작가이자 작품의 주요 화자인 라일라는 특별할 것 없는 일상을 산다. 잠을 자고, 학교에서 수업을 듣고, 영화관에서 영화를 본다. 그런데 여기 청각장애가 개입되면 어떨까. 가령 라일라의 가족들이 열쇠를 두고 와 집에 들어가지 못하는데 라일라만 집에 있다면? 가족들은 라일라에게 자신이 여기 있음을 알리기 위해 나뭇가지를 주워 창문 사이로 집어넣거나, 시장에서 사 온 고구마를 창문 틈으로 집어 던지는 등 온갖 수단과 방법을 동원한다. 〈나는 귀머거리다〉는 곰곰이 생각할 필요도 없는 일상이 장애로 인해 얼마나 난처해지는지를 라일라의 일상을 통해 보여 준다.

위와 같은 에피소드는 다소 코믹하지만, 다른 상황은 맘 편히 웃을 수만은 없다. 중고등학교 시절 라일라는 장애학생 수업 지원 도우미가 지원되지 않아 하루에 열 시간 이상 교실에 우두커니 앉아 들을 수 없는 수업을 들어야 했다. 대학에 진학하고서야 처음으로 도우미와 함께 수업을 들으며 라일라는 교수님의 농담에 다른 학생들과 함께 웃을 수 있었다. 그에게 필요한 건 비단 교재나 수업 노트가 아니라 한 공간에서 같이 웃을 수 있는 경험이었다.

이 웹툰은 누구에게나 평등하리라 여겨진 상황 속에 내재된 차별의 순간들을 꺼내 놓는다. 자막이 제공되지 않아 스크립트를 달달 외워 본 한국 영화, 다들 아는 주변인의 애칭을 그만 몰랐던 경험 등. 라일라의 일상은 우리 사회의 무심한 폭력성을 깨닫게 한다.

〈나는 귀머거리다〉는 장애인 당사자가 그려 포털에 연재한 첫 번째 생활툰이다. 이 수식어 자체도 중요하지만, 독자들이 활발히 참여해 컨텍스트를 풍성하게 이뤄내고 있는 작품이라는 점에서도 의의가 있다. 매화 댓글란에는 자신의 경험을 풀어 놓거나 장애에 대해 미처 몰랐던 부분을 이야기하는 댓글이 수두룩하다. 하나하나 주옥 같은 이야기가 많으니 댓글도 꼭 한 번 들여다보길 권한다.

나는 귀머거리다 by 라일라

네이버웹툰
2015.8.~2017.7   총 200화
단행본 출간 (서울미디어코믹스)
2020 서울시 복지상 대상

#의미 #생활툰 #장애 #차별 #소통 #소수자 #일상

고수

1990년대는 한창 '신무협'이라는 이름으로 새로운 무협 장르가 한국에서 시도되던 시기였다. 김용이나 양우생처럼 현대 무협 소설의 기초를 다진 작품들을 그대로 답습하는 것이 아니라, 한국의 젊은 독자들이 흥미롭게 다가갈 수 있고 단숨에 깊게 빠져들 수 있는 작품들이 점차 등장했다. 이러한 흐름에 만화 역시 동참했다. 그 양대 축의 한편에는 2022년 현재까지도 연재 중인 전극진과 양재현의 〈열혈강호〉, 그리고 그 반대편에는 류기운과 문정후의 〈용비불패〉가 있었다. 평소에는 어딘가 맹한 구석이 있지만 할 때는 확실히 진가를 보여 주는 〈용비불패〉 주인공의 모습에 독자들은 열렬히 응답했다.

시간이 흘러 한국에서 웹툰의 시대가 열렸다. 그 사이 류기운과 문정후는 〈용비불패〉의 외전을 그리는 한편, 2011년에는 무협이 아닌 중세 판타지 만화 〈팔라딘〉을 웹툰으로 그렸지만 큰 반향을 얻지 못했다. 동시에 문정후는 학습만화 〈살아남기 시리즈〉에 한동안 참여하며 〈용비불패〉의 오랜 팬들을 아쉽게 했다. 그렇게 오랫동안 무협을 떠나 있던 두 콤비가 2015년 무협 웹툰 〈고수〉로 돌아왔을 때, 소리없는 함성이 여기저기서 울려 퍼졌으리라.

〈고수〉는 두 작가의 이름을 많은 독자들에게 각인시킨 〈용비불패〉의 스타일을 2010년대에 맞게 변용하며 이어나간다. 〈고수〉의 주인공 '강룡'은 〈용비불패〉의 주인공 '용비'처럼 마냥 평소에는 속물적인 성격이며, 결코 정의롭다고 말하기는 어려운 인물이다. 그나마 강룡에게는 스승의 원수에게 복수를 한다는 목표가 있었지만, 너무 오랜 시간이 흐른 탓에 스승의 원수들은 다 세상을 떠난 지 오래다. 목표가 사라진 강룡은 만둣집에서 일하며 하루하루를 보내지만, 복수를 위해 기른 무공은 강룡을 가만 내버려두지 않는다. 강룡은 자신의 일상과 주변 사람을 지키기 위해 힘을 사용하게 된다.

두 작가의 전작 〈용비불패〉가 자유로운 방랑자의 무협을 보였다면, 〈고수〉는 삶의 소중함을 지키기 위한 무협에 초점을 맞춘다. 왕가위의 〈동사서독〉 같이 스타일리시하면서도 개인에게 초점을 맞췄던 1990년대 홍콩 무협 영화처럼 〈고수〉는 1990년대 싹이 터오른 새로운 무협의 씨앗이 2010년대에 이르러 어떤 변주를 이뤘는지를 보여 주는 흥미로운 작품이다.

고수 by 류기운, 문정후

네이버웹툰
2015.9.~2021.4.   총 235화
단행본 출간 (학산문화사)
2016 대한민국 콘텐츠대상 만화부문 대통령상

#재미 #무협 #액션 #코미디 #외유내강

조국과 민족

2013년 레진코믹스에서 〈애욕의 개구리장갑〉을 그리며 본격적으로 웹툰계에 진출한 강태진을 대표하는 수식어는 'B급 감성이 물씬 넘치는 잔혹함'이라 부를 수 있을 것이다. 정식으로 작품을 시작하기 전 1999년 개인 홈페이지에 올린 한 쪽짜리 만화 〈사노라면〉을 비롯, 최근작 〈아버지의 복수는 끝이 없어라〉까지 강태진의 작품은 장르를 가리지 않고 폭력을 강조하는 연출로 가득하다. 이러한 요소는 강태진의 작품을 쉽게 접하기 어렵게 하는 문턱이 되기도 하지만, 제대로 발휘된다면 소재가 지닌 일그러진 모습을 극대화시켜 두드러지게 만드는 효과로 이어지기도 한다.

〈조국과 민족〉은 이를 1970년대 한국이라는 시대상과 연결 지은 작품이다. '10월 유신'이 발생한 지 1년 후인 1973년, 주인공 박도훈은 중학교 반공 표어대회에서 대상을 받은 것을 계기로 장세훈 대령과 처음으로 인연을 맺게 된다. 장 대령은 어두운 가정사를 지닌 도훈을 이용해 조작 간첩사건을 일으키고 도훈은 그 때 권력이 지니는 힘에 매료되고 만다. 장 대령의 도움으로 대학교를 졸업하고 나서 바로 안기부의 고문기술자가 된 그에게는 이제 무서울 것이 없다. 진짜 가족 이상으로 폭력의 힘으로 똘똘 뭉친 장 대령과 동료들이 자신의 뒤에 있는 한 무엇이든지 할 수 있다.

작품은 도훈이 우연하게 만나든 폭력의 힘으로 인생이 바뀌고, 다시 그로 인해 삶이 몰락하는 과정을 그리며 1970년대 한국 사회가 무엇이었는지를 묻는다. 도훈을 비롯한 안기부의 등장인물은 모두 조국과 민족을 지키기 위한 '정보요원'이라고 말하지만 실상은 조국과 민족을 핑계로 폭력을 무자비하게 행사하는 이들에 불과하다. 그들이 사용하는 폭력은 정권에 반기를 든 인사를 철저히 파괴하는 동시에 개인들이 지닌 억압된 심리를 잠시나마 해소하는 카타르시스가 된다.

그러나 그 카타르시스는 어디까지나 무제한의 폭력을 사용할 수 있는 특정한 집단만이 누릴 수 있다. 가부장적 폭력의 희생자였던 도훈은 우연하게 자신이 손에 넣은 폭력으로 복수에 성공할 수 있었지만, 막강한 힘을 손에 넣은 그는 또 다른 유사 가족 관계에서 새로운 가부장이 되며 똑같이 남들에게 폭력을 행사한다. 작품은 이 폭력의 연쇄에 집중하며, 여전히 1970년대의 후유증이 남은 현대 한국 사회를 자극적이면서도 조용히 응시할 수 있게 한다.

조국과 민족 by 강태진

레진코믹스
2015.9.~2016.6.   총 44화
단행본 출간 (비아북)

#의미 #근현대사 #독재정권 #블랙코미디 #시대극 #폭력

오민혁 단편선

오민혁은 2015년 디시인사이드 카툰-연재 갤러리를 비롯한 여러 만화 커뮤니티에 바둑을 소재로 한 웹툰 한 편을 올리며 큰 인기를 얻게 된다. 바둑이 소재가 된 만화는 윤태호의 〈미생〉이나 박기홍-김선희의 〈바둑 삼국지〉 같이 이전에도 꾸준히 있었지만, 오민혁은 반상 위에 바둑돌을 올려놓는 행위 자체를 파고들며 바둑과 인생에 대한 이야기를 깊이 있게 풀어냈다. 이 작품으로 주목받은 오민혁은 곧바로 네이버웹툰에 총 8편의 짧지만 묵직한 단편 웹툰을 연재하게 되었다. 〈오민혁 단편선〉이 등장하는 순간이었다.

〈오민혁 단편선〉은 단편으로서 웹툰이 선보일 수 있는 감각을 최대한으로 활용하는 작품의 연속이다. 바둑이 지니는 도제 관계로서의 면모를 바둑 그 자체와 함께 풀어 낸 〈화점〉은 물론, SF 장르에서 제법 흔하게 사용되었던 '인간과 로봇의 관계'를 살핀 〈달리와 살바도르〉, 도박판을 무대로 짧고 굵은 순정의 로맨스를 선보이는 〈룰렛〉 등 오민혁은 자신에게 주어진 첫 연재 공간을 통해 웹툰 특유의 스크롤 기법이 지니는 스타일을 최대한으로 활용하며 매 에피소드가 끝날 때마다 쉽게 가시지 않는 여운을 남겼다. 그 스타일은 대개 일상적인 행위가 지니는 형태와 이미지를 활용하는 것이었지만, 오민혁이 이미지의 연상을 활용하는 방식은 적절한 리듬과 스토리와 만나 조화를 이루며 결코 뻔하지 않은 감각을 남겼다.

　한편으로 오민혁의 작품이 곧바로 인터넷 상에서 화제가 되었던 것은 특유의 연출과 함께 인간의 관계를 내밀하게 다뤄냈던 점도 있었을 것이다. 각 에피소드마다 주제나 소재는 제각기 다르지만, 에피소드에 등장하는 인물들은 쉽게 서로에게 다가서지 못한다. 설사 다가선다 하더라도 그 순간은 결국 이미 돌이킬 수 없는 순간이 된 지 오래다. 되돌릴 수 없는 회한 속에서 일상 속에서 쉬이 넘겼던 이미지들은 새롭게 재창조되어 주인공들에게, 그리고 독자에게 다가선다. 서로를 쉽게 신뢰할 수 없는 각박한 현실 속에서 오민혁은 이미지 구성과 스토리텔링 모두에 있어 잠시나마 자기 자신을 되돌아보게 하는 작품을 남겼다.

오민혁 단편선 by 오민혁

네이버웹툰
2015.11.~2016.1.　　　　　　　총 8화
단행본 출간 (유어마나)

#별미 #단편 #옴니버스 #드라마 #SF

혼자를 기르는 법

작가 자신의 페르소나를 주인공으로 세우는 대다수의 생활툰과 달리 〈혼자를 기르는 법〉의 주인공은 허구의 캐릭터 '이시다'다. 시다는 대한민국에서 20대 여성 청년이 겪는 이상과 현실의 낙차를 선명하게 보여 주는 캐릭터다. 이시다라는 이름은 높은 사람이 되라는 뜻으로 아버지가 지어준 것이지만, 사무실에서 그는 '시다(막내)'로 굴려진다. 또한 건축사무소에서 일하며 인테리어 디자이너를 꿈꾸지만, 세 들어 사는 입장이라 정작 자신의 집은 취향껏 꾸미지 못한다. 중장비보다 오래 일하고, 현실은 기대했던 것과 너무나 다르지만 시다는 오늘도 굳게 다짐한다. "내가 뭘 갖고 싶은지 절대로 잊지 않을 거야."

〈혼자를 기르는 법〉은 2015년부터 한국을 휩쓴 '페미니즘 리부트'와 같은 궤를 지닌 작품이다. 실제로 작품 연재 시기도 맞아떨어진다. "20대 여성의 서사를 솔직하게 보여 주고 싶었다"는 작가의 말처럼 이 작품은 한국에서 살아가는 20대 여성 청년의 일상을 낱낱이 살핀다. 무작정 독립해 고시원에서 원룸으로 이어지는 주거환경(그마저 명의는 제대로 이전되지 못한다), 모두가 '치사량이 아닌 만큼' 일하는 노동환경, 일상적으로 일어나는 성폭력. 여기에 더해 대한민국의 장녀로서의 애환까지 꼭 꼭 눌러 담겨 있다. 시다는 이 모든 환경에 대해 대체로 체념하거나 자조적인 태도로 일관하지만, 그럼에도 실낱같은 희망을 놓지 않으려 애쓴다.

도시는 시다에게 머물 자리 하나 쉽게 내어주지 않는다. 그렇지만 이런 각박한 생활 속에서도 시다는 때때로 기뻐하고 나름의 의미를 찾아낸다. 반려동물 햄스터인 주윤발, 같은 동네에 사는 언니 오해수, 콜센터에서 일하는 동생 이시리 등 시다 주변의 다양한 여성들이 20대 여성서사를 보다 입체적으로 만들어 낸다. 칸 하나하나에 담긴 시적인 비유와 깊이 있는 독백들이 이 작품의 백미라면, 한 치의 흐트러짐 없이 힘 있게 밀고 나간 결말은 이 작품의 진가를 보여 준다. 홀로 도시 생활을 버텨내는 모두에게 씁쓸한 공감과 솔직한 위로를 보내는 만화다.

혼자를 기르는 법 by 김정연

카카오웹툰
2015.12.~2018.3.   총 87화
단행본 출간 (창비)
2016 오늘의 우리만화

#별미 #생활툰 #페미니즘 #여성서사 #청년 #노동 #명언제조기

가담항설

'거리에 떠도는 이야기나 뜬소문'을 의미하는 고사성어 가담항설(街談巷說)에서 가져온 제목처럼 작품의 시작은 랑또의 이전 코미디 웹툰과 큰 차이가 없어 보인다. 〈야!오이〉의 첫 화에 아무 설명 없이 '말하는 오이'를 등장시켰던 것처럼, 〈가담항설〉도 노비인 주인공 '복아'가 자신이 모시는 도령을 위한 소원을 마을의 신묘한 바위에 빌었더니 뜬금없이 돌이 사람이 되어 벌어지는 이야기이기 때문이다.

2010년 〈야!오이〉로 데뷔한 랑또는 〈악당의 사연〉, 〈SM 플레이어〉 등 비범한 센스로 넘쳐나는 '코미디 전문' 작가였다. 물론 이 작품들에 담긴 코미디를 따져보면 마냥 웃을 수는 없는 씁쓸한 지점들도 있었다. 불쌍하고 너무나 불합리한 순간마저 코미디로 승화시켰을 따름이다. 이렇게 인간의 희로애락을 정면으로 꼼꼼하게 들여다보는 〈가담항설〉의 스타일은 사실 작가의 이전 작품들에 이미 담겨 있었다.

그러나 랑또는 자신의 주특기였던 '맥락 없이 웃기는 코미디'에 서서히 살을 덧붙이고, 각각의 등장인물에게 담긴 이야기를 깊게 파헤쳐 나가면서 묵직한 울림을 만들었다. 아무리 판타지의 세계라도 어찌하여 복아의 소원은 돌을 사람으로 만들 정도의 힘을 가졌을까. 무생물에서 복아의 소원으로 사람이 된 돌한설은 온갖 번뇌로 넘쳐나는 인간의 세상에서 무엇을 할 수 있을까. 무엇을 위해 사람들은 싸우고, 목숨을 잃을 수도 있는 여정을 이어나가는 것일까. 작품이 연재된 약 4년 반의 시간은 그 질문에 나름대로 대답하며 몰입감 있는 서사를 만들고, 여정을 방해하는 적들과 맞서며 발생하는 액션 연출로 흥미로운 리듬을 부여하는 과정이었다.

그 긴 여정 속에서 한국을 비롯한 동양권에서 자주 볼 법한 '설화'와도 같은 이야기는 주인공들을 비롯해 수많은 이들의 희비가 교차하는 너른 서사가 되었다. 설화에 등장하는 무명의 인물들이 끝내 작지만 큰 변화를 만들었듯, 〈가담항설〉역시 설화의 구조를 현대적으로 재해석하며 독자들에게 깊은 감동을 남겼다.

가담항설 by 랑또

네이버웹툰
2016.1.~2020.9.   총 246화
단행본 출간 (위즈덤하우스)
오디오 드라마 제작 (2021~2022)
2018년 오늘의 우리만화
2020년 대한민국 콘텐츠대상 만화부문 문화관광체육부 장관상

#묘미 #설화 #재해석 #동양풍 #액션

공대생 너무만화

"신하는 두 임금을 섬길 수 없다. 왜? 전하량 보존 법칙이 있기 때문에." 이런 이과 개그는 인터넷 커뮤니티나 SNS 등지에서 만들어지고 활발히 공유된다. 이해해야 웃을 수 있기 때문에 개그 코드로서는 마이너하지만, 그만큼 공유하는 이들끼리는 더 애착을 갖기도 한다. 〈공대생 너무만화〉는 이러한 공대 개그를 중심으로 공대 신입생 지우와 수연, 고인물 주연과 주변의 에피소드를 그린다.

작품은 2018년에 완결되었지만, 개별 컷들은 밈이 되어 최근까지도 SNS에서 쉽게 발견할 수 있다. 놀랐을 때 "기하학!"하고 비명을 지르거나 "작용!"하고 외치면 "반작용!"으로 화답하는 건배사 등은 모두 〈공대생 너무만화〉에서 처음 그려진 것이다. 이 작품은 공대 안에서도 컴퓨터공학, 물리학, 기계학 등 다양한 학과에 대한 맞춤형 개그를 선보일 뿐 아니라 공대를 넘어 자연과학대까지 아우르는 포용성을 겸비했다.

그러나 이 만화의 진가는 개그에만 있지 않다. 짧은 머리에 중성적인 옷차림으로 등장하는 지우가 XX 성염색체 보유자라는 사실은 꽤나 늦게 밝혀지는데, 이는 공대 신입생이라는 설정과 중성적 외모라는 작화만으로 캐릭터를 남성으로 인식하게 되는 독자 안의 성 고정관념을 꿰뚫는 설정이다. 또한 성별에 따른 캐릭터를 답습하지 않고 실력 있는 이과 여학생/여성 교수진을 두루 그려내는 등 작중 성평등을 세심하게 고려했을 뿐 아니라 후반부에서는 진일보한 섹슈얼리티를 다루는 등 고정관념에 끊임없이 도전한다.

남을 웃기면서도 타인을 모욕하지 않기란 얼마나 어려운가. 비단 개그 만화뿐 아니라 예능 프로그램의 개그맨들도 남을 비하하는 개그 때문에 논란에 오르는 경우가 적지 않다. 다른 사람의 몸을 주제로 놀리거나 특정 성별과 연령대를 폄하하며 웃음을 자아내기 때문이다. 웹툰계에서도 많은 작품이 이러한 연유로 구설수에 오르내리기도 했다. 이런 맥락에서 보았을 때 〈공대생 너무만화〉는 우리 사회에 흔치 않은 콘텐츠다. 여러 정체성을 폭넓게 아우르면서도, 개그물로서 본연의 재미는 십분 발휘하는.

공대생 너무만화 by 최뻽뺍

네이버웹툰
2016.5.~2018.7.   총 113화

#재미 #공대개그 #이과개그 #캠퍼스 #로맨스 #성정체성

쌍갑포차

〈쌍갑포차〉는 이승과 저승이 만나는 꿈의 세계인 그승을 지배하는 월주신이 이승에서 불합리한 일을 당해 한을 지닌 이들의 한을 풀어주는 이야기다. 월주신은 쌍갑포차를 찾아오는 손님들에게 각자의 사연이 깃들어 있는 음식들을 대접하고 그들의 이야기를 들어준다. 월주신은 쌍갑포차를 찾은 손님들을 위로하면서, "여긴 쌍갑포차야. 쌍갑 몰라? 너나 나나 다 갑이라고. 쌍방 간에 갑." 이라고 말한다. 월주신이 건네는 소주 한 잔은 을의 입장에서 삶의 곤경에 마주친 이들에게 작은 위로가 된다.

구전설화를 재구성하여 만들어 낸 독자적인 세계 안에서 삼신할머니, 저승사자, 염라대왕 등 구전설화의 인물들이 작가가 창작한 월주신, 미별왕, 김발목과 같은 인물들과 어우러진다. 쌍갑포차의 신들은 이승, 저승, 그승을 넘나들며 악한 인간을 벌하고, 선한 인간을 돕는다. 기존의 사회 질서와 이에 따라 정해진 법에 의해 무고한 이들이 억울하게 고통당할 때, 신들은 이들을 돕는다. 월주신을 비롯한 쌍갑포차에 등장하는 신들의 입장에서 인간의 법보다 중요한 것은 하늘의 법, 곧 선한 의지를 지닌 인간들을 지키는 일이기 때문이다.

〈쌍갑포차〉에는 억울한 이들의 한을 풀어 주는 월주신이 늘 등장하지만, 월주신은 인간들의 사연을 듣고 그들을 돕는 역할을 하고, 각 에피소드별로 주인공이 있다. 또한 작품에 나오는 인물들은 한 에피소드가 끝난 이후에도 지속적으로 다른 에피소드에 영향을 미치는 경우가 많다. "약과" 에피소드에서 다른 이와 사랑에 빠져 아이를 임신했다는 이유로 죽을 위기에 처한 이진주 나인은 자신의 친어머니인 최 상궁과 감찰상궁이었던 강 상궁의 도움을 받아 극적으로 목숨을 건진다. 최 상궁과 강 상궁은 "화전" 에피소드에서 다시 등장해 남편이 죽고 별채에 감금되다시피 살아가는 양반집 규수가 새 삶을 살도록 하는 데 도움을 준다. 이렇듯 다양한 에피소드들에 나타나는 인물들이 서로 얽히면서 인연의 소중함을 강조하는 동시에 선한 업보를 쌓는 일의 중요성도 강조되고 있다.

과거와 현재를 넘나들며 월주신이 건네는 위로는 이야기 속의 인물들은 물론 독자들에게도 전해진다. 1970~80년대 영화 포스터를 패러디하거나, 철저한 역사적 고증을 바탕으로 한 이야기라는 점도 〈쌍갑포차〉의 매력 요소 중 하나다.

쌍갑포차 by 배혜수

카카오웹툰
2016.6.~
단행본 출간 (설림)
드라마 제작(JTBC, 2020)
2017 대한민국 만화대상 우수상

#별미 #설화 #동양 #역사 #고증 #근현대사

환관제조일기

　〈환관제조일기〉는 19세기 청나라를 배경으로 한 시대물이
다. 이 만화의 주인공은 아버지의 가업을 이어 도자장이 된 오
룡이다. 도자장은 환관이 되기 위해 온 남성의 성기를 거세하고,
환자가 회복할 때까지 옆에서 돕는다. 이 집을 거쳐 간 사람은
시체가 되거나, 환관이 된다.

　〈환관제조일기〉의 주인공은 오룡이지만, 오룡은 대개 놀러
온 환관의 이야기를 듣는 역할을 한다. 환관들은 궁궐에서 있었
던 이런저런 일을 오룡에게 시시콜콜 전하는데, 이 대화를 통해
19세기 청나라의 여성들이 이 안에서 어떻게 살아남고, 또 죽어
가는지 담담하게 묘사된다. 여기에서는 청나라 황제마저도 전
능을 가진 게 아니며, 오히려 자유를 엄격하게 제한 당한 허수
아비로 그려진다. 그런 황제 뒤에서 섭정을 일삼는 태후 역시
한평생 유폐될 처지였으나 정치적 계략을 통해 간신히 자유를
얻어 낸 것으로 그려진다. '귀부인'들은 여자라는 이유만으로 자
유를 빼앗기고, 사유재산처럼 다뤄지며, 어떻게든 아이를 낳아
자신의 가치를 증명해야 하는 존재다. 이 만화 속에서 누구의
구속 없이 자유로운 이는 도자장인 오룡뿐이다.

　작가는 이야기의 기틀이 되는 몇 가지 설정을 중심에 두고,

그 위에 여러 에피소드를 쌓아가는 형태로 작품을 창작한다. 서로 관련 없어 보이는 여러 에피소드가 하나하나 직조되어 커다란 '시대상'을 그리는 것이 김달 작품의 특징이다. 그중에서도 〈환관제조일기〉는 비관적인 시선으로 시대를 살피며, 역사에 대해 질문한다. 이 만화의 등장인물들은 마카롱이나 크레이프 케이크 등 현대 디저트를 먹으며 시대를 이야기한다. 이런 연출은 무엇을 재현하기 위해 '시대물'이 창작되는지, 시대를 통해 우리가 이해하는 것과 놓치는 것은 무엇인지 생각하게 한다.

〈환관제조일기〉 뿐 아니라, 〈레이디셜록〉, 〈여자 제갈량〉 등 작가의 작품 전반을 아우르는 감성은 '허무'다. 작가는 작중에서 발휘된 통쾌한 연출은 결국 허구라며 스스로 까발리고, 진짜 그 시대가 그랬을 리 없지 않냐는 체념 속에 작품을 마무리한다. 그러나 그런 비관을 한꺼풀 벗겨내면, 오래된 역사 속에 이름조차 남겨지지 않은 이들을 향한 작가의 서글프고 다정한 시선이 숨겨져 있다.

환관제조일기 by 김달

레진코믹스
2016.6.~12.   총 55화
단행본 출간 (레진코믹스)

#별미 #시대물 #청나라 #역사 #환관 #여성서사

여자친구

한국에서 퀴어 로맨스에 속하는 작품은 1990년대부터 꾸준히 순정만화 잡지를 통해 조금씩 전개되었지만, 이들 작품 상당수는 남성 간의 사랑을 그리는 BL에 해당하는 경우가 많았다. 이따금 여성 캐릭터들 간의 미묘한 감정선을 잡는 경우는 있었어도 이는 작품의 일부 구성 요소에 머무를 뿐 본격적인 장르가 되어 수면 위로 올라오는 경우는 많지 않았다. 그랬던 상황이 웹툰이 본격적으로 한국 만화의 중심으로 자리잡으며 조금씩 바뀌었다. 완전한 주류라고 말할 수는 없어도, 레진코믹스를 비롯한 유료 웹툰 플랫폼을 중심으로 BL/GL이 결코 무시할 수 없는 장르군을 형성하게 된 것이다.

〈여자친구〉는 여성 간의 로맨스를 조금은 가볍고 코믹한 톤으로 전개해 나간다. 스토리의 밀도는 다른 작품들에 비해 상대적으로 옅지만, 오히려 그러한 점이 GL에 익숙하지 않은 이들도 큰 부담 없이 작품에 접근하도록 이끈다. 때로는 한국 사람이라면 익숙할 코드의 패러디를 곁들여 가면서 전개하는 덕에 일부 장면이 2022년 현재에도 '짤방'으로 인터넷에서 계속 퍼질 정도로 로맨스보다 코미디가 강한 순간도 적지 않았다.

하지만 〈여자친구〉가 코믹한 시퀀스에만 머물렀다면 오랜 시간 화제가 될 수는 없었으리라. 작품은 차츰 전개되며 독자가 보기엔 그저 웃기게만 보였던 순간이 주인공들에게는 서로에 대해 사랑을 느끼는 순간이었음을 드러내며 자연스럽게 러브 코미디를 진지한 사랑의 이야기로 전환시켜 나갔다. 작가는 깊은 애정을 담아 각각의 캐릭터를 만들어내고, 그렇게 탄생한 캐릭터들은 다양한 형태로 어떻게 퀴어 로맨스가 가능하고 자연스럽게 받아들여질 수 있는지를 말하기 시작한다.

〈여자친구〉 속 주인공들에게 동성끼리 느끼는 연애의 감정은 때로는 우정과 혼동되는 사랑처럼 묘사된다. 하지만 차츰 시간이 지날수록 이는 단순히 오해가 아니라 누군가에게는 태어날 때부터 자연스럽게 형성된 성 정체성임이, 다른 누군가에게는 과거의 아픈 기억이 만들어 낸 연애관이라는 사실이 차츰 드러난다. 〈여자친구〉는 각자가 가진 심리를 단순히 설정으로 가볍게 사용하는 대신, 실제 한국 학교에서 겪을 수 있는 상황과 배합하며 리얼리티를 형성하고, 점차 캐릭터의 행보에 몰입할 수 있게 만들었다. 가볍게 보이지만 결코 가볍지 않은 GL 만화다.

여자친구 by 청건

레진코믹스
2016.8.~2018.7.   총 82화

#의미 #백합 #GL #LGBTQ #로맨스 #학원물 #코미디

구름의 이동속도

〈구름의 이동속도〉는 세상에 마음이 닫혔던 주인공 '홍상완'이 친구들에게 마음을 열고, 그들의 입장을 이해하는 이야기를 담백하게 그린다. 상완은 소위 말하는 흙수저이다. 상완의 아버지는 지병 때문에 병원에 입원해 있고, 어머니와 동생들과 함께 살고 있다. 흙수저를 탈출하려면 공부 밖에 답이 없다고 믿고, 좋은 대학에 들어가기 위해 열심히 공부한다. 그런 상완에게 친구들과의 관계 같은 것은 뒷전이다. 친구들과 어울릴 시간에 더 열심히 공부하는 것이 중요하기 때문이다. 그렇기 때문에 상완에게 친구들이 다가와도 상완은 친구들을 멀리한다. 그런 상완에게 오해준이 다가온다. 그리고 해준과 함께 사진부에 들어간다. 그러면서 그의 학교생활은 이전과 달라진다.

사진부 활동을 하며 해준에게도 변화가 생긴다. 해준은 좋은 사진을 찍으려면 생각하는 것보다 좀 더 가까이 가야 한다는 조언을 받는다. 이는 단순히 사진을 잘 찍는 데만 국한된 조언이 아니었다. 절친한 친구인 유나가 교통사고로 죽은 후 다른 이들에게 가까이 다가가지 못했던 해준은 사진부 활동을 통해 자신을 사랑하지 않는 것 같았던 엄마 역시 해준에게 가까이 다가오는 방법을 알지 못했을 뿐임을 이해하게 된다.

자극적이지 않고 담백한 서사는 이 작품에서 가장 돋보이는 측면이다. 등장인물에게 벌어지는 사건들을 조망하기보다 사건 뒤에 남겨진 이들의 삶의 모습과 그 안에서 자신의 삶을 지키는 모습들이 묘사된다. 이 과정에서 일상의 소소한 이야기들이 오밀조밀하게 그려진다.

작가는 작품 후기에서 이 작품이 "상완과 친구들의 느린 성장기"라고 밝히고 있다. 극적인 사건에 의해서 갑자기 성장하는 게 아니라, 평범한 일상 속에서 이들은 천천히 성장한다. 이들의 성장은 다른 이들을 이해하고 받아들이는 과정에서 일어난다. 이 이야기는 살아가는 과정 안에서 서로를 이해하고 타인과 관계 맺는 방식에 대해서 생각할 거리들을 던져준다. 모든 인간은 혼자서 살아내야 하는 동시에 다른 이들과 함께 살아가야만 한다. 그렇게 하기 위해서 타인을 이해하고 받아들여야만 한다. 관계에 대해서 많은 생각을 하게 만드는 작품이다.

구름의 이동속도 by 김이랑

네이버웹툰
2016.10. ~ 2018.01.　　　　　　총 66화
2018 오늘의 우리만화

#의미 #성장 #고등학생 #일상

불멸의 날들

〈불멸의 날들〉은 과학기술의 발전에 의해 인간이 불멸이 된 세계를 그리고 있다. 빙하기와 제3차 세계대전을 거치며 인류의 수는 줄어들었고, 줄어든 인류들은 대부분 불멸이 되었다. 인간이 죽지 않게 됨으로 인해 세계는 이전과 크게 달라졌다.

보통의 인간들이 대부분 불멸이 되었다고 해서 세상이 더 나아진 것은 아니다. 인간이 죽지 않게 되었다고 해도, 인간으로서 살아가는 고통이 줄어든 것은 아니니까. 오히려 어떤 면에서는 살아가는 일이 더 고통스럽게 변한 측면도 있다. 죽지 않기 때문에, 죽음을 통해서 고통에서 벗어날 수도 없다.

그외에도 흥미로운 설정이 많다. 동성애나 동성혼이 자연스럽게 받아들여진다거나, 젠더에 따른 성 역할의 고정이 거의 없거나 월등히 약해져 있는 점 등이 그렇다. 인간은 죽지 않지만, 동물은 죽기 때문에 동물권에 대한 인식 역시 크게 개선되었고, 동물의 수명이 역시 크게 늘어났다. 이러한 진보적인 세계관이 읽는 이들의 상상을 유도하며 흥미를 자극한다.

그렇다고 이 웹툰이 진보된 세계의 좋은 측면만을 묘사하는 것은 아니다. 불멸이 보통인 세계에서 많은 부작용이 생겨났다. 인간은 죽지 않기 때문에 살인죄는 사라졌지만 크고 작은 범죄들은 더 늘어났다. 웬만해서는 죽거나 다치지 않으니 거리낌없이 범죄를 저지르는 이들이 생겨나는 것이다. 특히 치안이 좋지 않은 하위구역에서 주로 범죄가 발생한다.

이러한 세계관 아래에서 언젠가 죽는 필멸자 두 명이 우연히 만나게 되면서 이야기는 진행된다. 죽음을 숭배하는 사멸교 신자들이 테러를 벌이는 과정에서 '필'과 '멸'이 만난다. 이들은 모두가 불멸자인 세계에서 필멸자라는 사실을 감춘 채 살아간다. 서로가 필멸자인 사실을 알게 된 이들은 동질감을 느낀다. 해결사인 '필'은 불멸자들의 세계에서 누구에게도 마음을 열지 못하지만, 자신과 같은 처지인 '멸'에게만은 마음을 연다. 모두와 다른 존재로서 살아가는 이들은 불멸자들의 세계에서 필멸자로서 고군분투하며 살아간다. 불멸자와 필멸자라는 흥미로운 설정 안에서 죽음을 둘러싼 다양한 사유들을 해 볼 수 있는 흥미로운 작품이다.

불멸의 날들 by 허긴개

레진코믹스
2016.10.~
단행본 출간 (레진코믹스)

#묘미 #디스토피아 #불멸 #필멸 #동물권 #진보

안녕 커뮤니티

죽음을 다룬 만화는 꽤 있지만 노인에 대한 만화는 많지 않다. 죽음은 언제나 곁에 있는 것처럼 여겨지지만, 노년의 삶은 좀처럼 상상하기 어려운 걸까. 〈안녕 커뮤니티〉는 박카스 할머니부터 동성 연인까지, 노년의 삶을 생동감 있고 풍부하게 표현해 낸 '거의 유일한' 만화다.

남편과 일찍 사별하고 혼자 김밥집을 운영하는 세봉, 이름에 컴플렉스를 갖고 있는 쌍연, 학교에서 은퇴한 뒤 남편과 따로 살기 위해 독립한 경욱…. 문안동 골목에서 노년의 삶을 살아가는 이들은 '안녕 커뮤니티'의 멤버다. '안녕 커뮤니티'는 같은 마을에 살던 사진관 김 씨가 고독사한 걸 늦게 알아차린 이웃들이 그의 사후에 만든 모임이다. 이들은 순번을 정해 매일 아침 서로의 안부를 확인한다. 이 모임에서 간사 역할을 하고 있는 방덕수의 며느리 안젤라를 제외하고는 모두 노인이다. 허리고 어깨고 안 쑤시는 곳이 없지만 이들은 아픈 몸을 이끌면서도 새벽 같이 일어나 각자의 일터에 나간다. 폐지를 줍고 김밥을 팔고 만두를 빚는 바쁜 일상 속에도 누군가를 연모하는 마음이 돋고, 홀로 사는 이들은 서로를 의지하며 지낸다. 게다가 이 문안동엔 쪽방촌과 재개발 아파트가 맞닿아 있는 탓에 재건축

이슈가 얽히기도 한다.

이 작품의 가장 큰 매력은 작화와 스토리텔링이다. 열 명 남짓한 캐릭터의 서사가 복잡하게 얽히는 데도 작품이 술술 읽힌다. 노인들의 자녀들까지 두어 명씩 등장하는 데도 얼굴형과 주름 모양, 체형과 걸음걸이, 말씨까지 모두 각자의 성격을 비추듯 특색 있게 그려져 한 명도 헷갈리지 않고 쉽게 구분할 수 있다. 캐릭터 하나하나 얼마나 많은 애정을 담아 창작했는지 작가의 꼼꼼함과 성실함을 엿볼 수 있는 대목이다.

이 작품은 공동체가 어디에 있어야 하는지 질문한다. 구체적인 개인의 얼굴을 하나하나 포착하고, 그들이 살아내는 삶의 장면들을 들추며. 노년에 관한 단 한 권의 책을 추천한다면, 주저없이 이 만화다.

안녕 커뮤니티 by 다드래기

레진코믹스
2016.12.~2019.2.   총 85화
단행본 출간 (창비)

#의미 #노년 #공동체 #커뮤니티 #고독사방지

계룡선녀전

계룡산에서 카페를 운영하는 699살의 바리스타 선옥남. 그는 목욕 중에 옷을 도둑맞아 선계로 돌아가지 못하고 인간 세상에서 살고 있는 선녀다. 위 문장에서 눈치챘겠지만 〈계룡선녀전〉은 선녀와 나무꾼 설화를 재구성하여 만들어 낸 독자적인 이야기다. 이 웹툰에서 그려지는 신과 선인들의 모습은 어딘가 처량하다. 과거에는 신과 선인들이 어디에나 있었지만, 인간의 문명으로 가득 찬 도시에는 신들이 깃들 곳이 사라진다. 대부분의 신은 사라졌고, 소수의 살아남은 신들은 인간과 더불어 살아가기 위해 모습을 바꾼다.

계룡산 중턱에서 선녀다방을 꾸리고 살아가던 옥남의 눈앞에 생물학 교수 정이현과 같은 연구실의 연구원 김금이 나타난다. 게다가 옥남은 두 사람의 눈에 할머니가 아닌 젊고 아름다운 모습으로 보인다. 옥남은 이현을 나무꾼의 환생이라 여기고 이를 확인하기 위해 그들과 함께 서울로 간다. 옥남은 금과 이현의 학교 카페에서 아르바이트를 하며 이현에게 과거 이야기를 묻지만 이현은 이성적으로 이해되지 않는 옥남의 행동을 받아들이지 못하고, 어릴 때부터 동물과 이야기하며 자랐던 금의 마음에는 옥남을 향한 애정이 싹트기 시작한다.

옥남의 남편 나무꾼의 환생을 찾아가는 과정에서 금과 이현의 과거가 드러난다. 파군성 바우새, 거문성 이지라는 선인이었던 이들이 나무꾼, 사슴으로 살아가다가 지금의 모습으로 환생하게 된 사연들이 펼쳐진다. 전생에서 얽혔던 인연은 현생에서도 얽히며 그들을 괴롭게 만든다. 하지만 업보는 결국 풀리고, 각자의 자리로 돌아간다. 과거와 현재를 오가는 탄탄한 스토리 전개는 이 웹툰의 백미다.

이 작품에는 깨알 같은 개그가 곳곳에 숨어 있다. 선녀다방의 메뉴판에 적힌 '안돼요 공주님', '참새의 아침식사', '검은물' 등 커피의 이름만 봐도 절로 웃음이 나온다. 옥남의 딸인 호랑이 점순이가 '점순더범'이라는 필명으로 "도련님의 비밀창호지"라는 BL 소설을 연재한다는 설정도 재미있다. 작가의 전작 〈샌프란시스코 화랑관〉의 주인공 가야의 동생 반야가 소설의 담당 편집자로 등장하기도 한다.

〈계룡선녀전〉은 평범한 사람들 안에 깃든 고귀한 마음을 따뜻한 시선으로 그려 내는 작가 특유의 시선이 인상적인 작품이다. 〈샌프란시스코 화랑관〉과 최근작인 〈율리〉도 함께 읽어보기를 추천한다.

계룡선녀전 by 돌배

네이버웹툰
2017.3.~2018.3.   총 54화
단행본 출간 (위즈덤하우스)
드라마 제작 (tvN, 2018)

#재미 #선녀와나무꾼 #설화 #로맨스 #코미디 #캠퍼스

야채호빵의 봄방학

〈수업시간 그녀〉를 통해 풋풋한 로맨스의 감각을 인상적으로 선보였던 박수봉의 〈야채호빵의 봄방학〉은 전작의 스타일을 유지하면서 더욱 확장시켜 나가는 웹툰이다. 주인공 '이야채'는 의사가 지적할 정도로 심각한 고도비만이지만 사근사근한 성격으로 주변 친구들과 크게 모나지 않은 관계를 유지하는 고등학생 소년이다. 그리고 자신과 소중한 친구들을 위해 매일 어떤 도시락을 만들지 고민하는 사려 깊은 사람이기도 하다.

그러나 티없이 밝아 보이는 야채에게도 고민은 있다. 시간이 지날수록 점차 졸업이 다가오지만 요리를 좋아하는 것 말고는 특별한 장래희망이 아직 없다는 것인데, 부모님은 그저 좋은 대학에 가기만 원할 뿐이다. 동시에 야채의 친구들에게도 결코 쉽게 남에게 이야기할 수 없는 고민들이 한가득이다.

작가는 〈수업시간 그녀〉에서 두 남녀가 서로에게 가지는 감정과 애정을 일상적인 모습의 반복 속에서 조금은 귀여워 보이는 일탈로 흥미롭게 그려냈던 방식을 〈야채호빵의 봄방학〉에서 다시 한 번 사용한다. 특히 이 작품에서 중요하게 사용되는 요소는 바로 '요리'다. 요리를 통해 사람의 마음이 변한다는 콘셉트의 작품은 이전에도 이후에도 수없이 존재했지만, 〈야채호빵의 봄방학〉이 드러내는 묘사는 요리 그 자체의 맛이 마법처럼 사람을 바꾸지는 않아도 요리를 둘러싼 전후 과정이 사람의 마음을 움직일 수 있음을 드러낸다. 바쁜 와중에서도 자신뿐 아니라 친구들이 먹을 도시락을 함께 만드는 야채의 요리는 마음을 툭 터놓고 싶지만 그러기 어려웠던 아이들이 자연스럽게 마음의 빗장을 푸는 열쇠로 작용한다. 그 과정에서 요리를 준비하고 만드는 과정, 다시 그 요리를 도시락에 담아내고 함께 먹는 모든 순간의 감각이 일정한 리듬을 지니며 움직인다.

작품이 연재되었던 약 2년 동안 주인공 야채를 비롯한 등장인물들은 야채와 함께 시간을 보내고 같이 음식을 나누면서 조금씩 성장한다. 그 과정은 마냥 편하지 않고, 때로는 사람을 격정적으로 만들기도 한다. 하지만 그러한 순간의 아픔들은 개인의 고통으로 그치지 않고, 함께 나누고 서로를 위로하며 각자 조금씩 성장해 나간다. 〈야채호빵의 봄방학〉은 그렇게 느릿하지만, 결코 정체되어 있는 것이 아니라 약동하는 청소년들의 일상을 흥미롭게 그려 낸 작품이다.

야채호빵의 봄방학 by 박수봉

네이버웹툰
2017.4.~2018.8.   총 72화
단행본 출간 (영컴)

#묘미 #성장 #학원물 #우정 #요리 #도시락

며느라기

〈며느라기〉는 '며느리 서사'라는 독보적인 영역을 개척한 작품이다. 기혼 여성이 겪는 일상적 부조리를 포착한 이 작품은 연재 당시에도 뜨거운 호응을 받았다. 계정을 팔로우하는 수십만 명의 독자들은 새로운 회차가 게시될 때마다 같이 분노하고 때로는 서로를 응원하는 댓글을 달았다. 〈며느라기〉는 웹툰을 넘어서서 며느리 차별에 분노하는 여성들의 커뮤니티로서 기능했다.

주인공은 새댁 '민사린'이다. 며느리가 겪는 부조리를 조명하는 웹툰이지만, 그렇다고해서 사린의 시가족이 여느 막장 드라마처럼 며느리를 대놓고 구박하거나 폭력을 행사하는 건 아니다. 가족이 다 함께 둘러앉은 밥상에서 사린에게만 식은밥을 준다거나, 명절이나 제사 때 당연한 듯 사린이 전을 부치고, 시어머니 생일날 아침 시누가 먹고 싶어하는 음식을 사린이 직접 차리는 등 일상 속에서 '은은한 차별'이 지속된다. 사린은 스스로를 지키기 위해 고군분투하지만 쉽사리 해결책을 찾지 못한다. 무엇보다 남편 구영은 사린의 마음을 이해하지 못하고 자신의 입장만을 설득시키려 한다. 구영의 무심하고 미지근한 대응 때문에 사린이 감당하는 스트레스는 날로 쌓인다. 막장 드라마처럼 자극적인 장면이 없음에도 불구하고 당황스럽다. 여성 독자들은 구영에게서 자신의 남편을 보는 듯하다며 사린과 동질감을 형성하고, 나아가 친구와 지인의 계정을 댓글에 '소환'하며 울분을 토해 냈다.

그러나 〈며느라기〉에 '당하는' 며느리만 있는 건 아니다. 당당히 자신의 의견을 밝히는 형님 '정혜린'과 사린의 회사 동료들 등은 시가를 대하는 각자의 방식을 내보인다. 이 과정에서 독자들에게 어떤 캐릭터는 반면교사가 되고, 또 다른 캐릭터는 롤모델이 된다.

'웹'에서 웹툰이 시작됐듯, 〈며느라기〉는 SNS라는 새로운 매체 위에서 웹툰을 실험해 낸 대표적인 성공 사례다. 〈며느라기〉는 무명의 SNS 계정에서 시작되었지만, 연재 중반기에 접어들면서는 60만 팔로워들의 지지를 받았다. 일상의 차별을 세심하게 조망하는 시선과 탄탄한 작화에 힘입어 SNS 연재만화 최초로 '오늘의 우리만화'에 선정되기도 했다.

며느라기 by 수신지

SNS 연재
2017.5.~2018.1.   총 33화
카카오웹툰 (재연재) 2022.1.~
단행본 출간 (귤프레스)
드라마 제작 (카카오TV, 2020~2022)
2017 오늘의 우리만화
2018 올해의 성평등문화상 청강문화상

#의미 #생활툰 #SNS #가족 #며느리 #차별

지옥사원

네온비와 캐러멜은 한국 웹툰사에서 빼놓을 수 없는 작가들이다. 캐러멜은 웹툰 초창기인 2005년부터 다음 만화속세상에 〈남아돌아〉 등 귀여운 작화를 선보이며 웹툰을 연재했고, 네온비는 특유의 유머감각과 스토리텔링이 돋보이는 〈결혼해도 똑같네〉 등을 창작했다. 각자 작품을 내는 경우도 있고, 〈다이어터〉처럼 협업해 창작한 작품도 많다. 이들은 현재 캔트웍스라는 에이전시를 설립해 창작 활동을 이어가고 있다.

〈지옥사원〉은 두 사람이 오랜만에 다시 호흡을 맞춘 작품으로, 한마디로 요약하면 '음식이 먹고 싶어 인간 세계로 내려온 악마의 이야기'다. 악마 '쿼터'는 인간 세계로 내려온 전적이 있는 '휴먼다이버'로, 지난 번에 인간 세상에 왔을 때 맛봤던 음식들을 잊지 못한 나머지 지옥 대장들의 눈을 피해 급조한 휴먼다이버를 타고 인간의 몸에 불시착한다. 쿼터에게 몸을 빼앗긴 인간 고순무는 이름처럼 착하고 무른 사람이었고, 누구에게든 친절하고 인정이 많았다. 〈지옥사원〉은 그런 순무의 몸에 정반대의 악마 쿼터가 들어가면서 시작한다.

쿼터는 인간 세계에서 살아남기 위해 사회의 법칙을 관찰하고 공부한다. 무분별하게 악행을 저지르지 않고, 목표 달성을 위해 인정을 배제하고 합리적 방법을 탐색한다. 이 과정에서 쿼터는 '합리성'에 들어맞지 않는 인간 세계의 부조리함을 날카롭게 파악해 낸다. 왜 실력이 있어도 이력이 없으면 채용되지 않는가? 같은 노동인데 왜 블루칼라와 화이트칼라의 급여는 이다지도 차이 나는가? 이 만화의 묘미는 암묵적으로 통용되는 사회적 불합리에 대해 신도 천사도 아닌 악마가 질문을 던진다는 데에 있다.

무엇보다 〈지옥사원〉은 '음식이 곧 계급'이라는 사실을 날카롭게 꿰뚫는다. 부자는 건강한 음식을 먹고 빈자는 불량 식품을 먹는다. 인간 세상의 음식을 원 없이 맛보기 위해 내려왔던 쿼터는 자신이 빙의한 순무의 처지로는 맛있는 음식을 먹을 수 없다 여기고, 대기업인 선호식품에 입사한다. 치열한 대기업 계승전 구도에는 악마의 힘이 동원되기 이른다. 순무도 자신의 몸을 찾기 위해 고군분투한다. 네온비·캐러멜 작가 특유의 과감한 스토리텔링이 돋보이는 수작으로, 특히 시즌 1~2은 흡입력이 굉장해 타임머신을 탄 듯 시간이 '순삭'되니 주의할 것.

지옥사원 by 네온비, 캐러멜

카카오웹툰
2017.5.~
단행본 출간 (위즈덤하우스)

#재미 #빙의 #음식 #대기업 #오피스 #로맨스 #악마 #천상계
#사이다 #전략

프레너미

〈프레너미〉는 친구이자 라이벌로 함께 성장해 가는 두 천재의 이야기다. 야구나 축구 등 인기 종목에 비해 관심이 덜한 테니스를 다룸에도 불구하고 카카오웹툰 최고의 스포츠 만화로 인정받고 있다. 테니스를 잘 몰라도 재미있게 읽을 수 있고, 갈수록 테니스에 호기심이 생기게 만든다. 천재들이 주인공이라 더 그렇겠지만 작가가 천재라는 댓글도 거의 매화 이어진다.

이 작품으로 데뷔한 '천재 작가' 돌석이 창조해 낸 〈프레너미〉의 두 주인공은 주신이와 강산이다. 둘은 성장 환경과 성격 등 많은 것이 다른 고등학생이지만, 두 가지만은 일치한다. 테니스 천재이며, 테니스에 인생을 걸었다는 것. 주신이는 아버지가 사고로 돌아가시고 자신도 경기 중에 부상을 입었다. 이로 인해 마음에 상처를 입고 아들을 과보호하는 어머니의 반대로 인해 테니스를 금지당했다. 주신이는 몰래 테니스 연습을 하고, 라켓을 들고 있지 않을 때에도 테니스를 생각하며 마인드 트레이닝을 하고 전략을 짜곤 했다. 주신이가 다시 라켓을 들게 만든 강산은 테니스 세계랭커인 아버지와 누나의 지원 아래 이미 주니어 레벨에서 최고로 인정받은 선수다. 특히 아버지에게 물려받은 신체와 센스를 바탕으로 적어도 국내에서는 독보적인 천재로서 자부심을 가지고 있었지만, 주신이에게만은 늘 패배한다. 이처럼 상반된 두 천재가 서로 영향을 주고받으며 세계적인 레벨의 선수로 성장해 나가는 것이 〈프레너미〉 서사의 큰 틀이다.

스포츠 만화로서 〈프레너미〉가 가지는 매력은 '멘탈'의 강조에 있다. 육체적 능력은 물론 중요하지만, 현대 스포츠에서는 멘탈 역시 무척 중요하게 다뤄진다. 특히 테니스처럼 1대 1로 마주하는 종목에서는 상대 선수와의 수싸움과 상황에 따라 변화하는 사기와 같은 요소까지도 멘탈의 영역으로 간주될 수 있다. 〈프레너미〉는 이를 극대화해 코트 위에서 벌어지는 정신과 정신의 맞부딪힘, 선수 개개인이 경험하는 정신적 부침을 실감나고 설득력 있게 묘사해 낸다. 뿐만 아니라 청소년인 주인공들의 마음의 성숙도 이야기하기에, 코트 위의 드라마와 코트 밖의 드라마 모두 흥미롭게 담아 낸다.

200화 넘게 연재되는 동안 대화 장면만으로 구성된 회차나 조연들 간의 시합마저도 감탄하게 만들 만큼 긴장감을 유지하는 실력이 탁월하다. 갈수록 흥미롭고 앞으로가 더 기대되는 작품이다.

프레너미 by 돌석

카카오웹툰
2017.5.~
2016년 제4회 다음 온라인 만화공모대전 대상

#재미 #스포츠 #경쟁 #우정 #천재 #심리배틀 #멘탈 #테니스

그녀의 심청

심청전에는 여러 판본이 있는데, 우리가 잘 아는 이야기는 대개 경판본 계열로 핵심 서사가 '효'와 같은 유교적 가치를 중심으로 통합된 판본이다. 반면 판소리 대본으로 쓰이다 소설로 정착한 완판본에는 경판본보다 훨씬 더 구체적인 묘사가 등장하며 주제의식도 하나로만 모이지 않는다. 새로운 인물의 시선으로 심청과 심봉사 부녀를 바라볼 때 만들어지는 감상도 풍부하다. 심청이 죽음으로 실현하려는 '효'에 반대하는 장승상 부인이라는 인물을 국어 교사 겸 웹툰 작가 seri가 발견했다. seri의 문학적 감수성으로 재구성된 이야기와 비완의 유려한 작화가 합쳐져 GL판 심청전, 〈그녀의 심청〉이 탄생했다.

할아비뻘인 남자에게 팔려오다시피 혼인한 양반집 막내딸 장승상 부인은 혼인 전날, 뱃길에서 사고로 물에 빠졌을 때 차라리 죽기를 빌었다. 땅에 떨어진 주먹밥을 씻어 먹으려다 똑같이 죽고 싶다는 원을 빌던 심청이 부인을 발견해 구해 냈다. 승상 부인은 청이에게 집안일을 부탁하고, 빌어먹거나 도둑질해 먹고 살던 청이는 이 횡재에 응한다. 혼인 직후 장승상이 몸져눕는 바람에 고립무원의 처지가 된 승상 부인과 돌봄 노동에 지친 빈민 청이는 그렇게 서로 가까워진다.

이처럼 〈그녀의 심청〉은 열녀여야 하는 여자와 효녀여야 하는 여자가 서로 만나는 이야기다. 사회가 가하는 윤리에 억눌린 두 사람의 마음 나눔과 변화를 그리는 이 작품에는 페미니즘이 우리에게 줄 수 있는 좋은 것들이 멋지게 담겼다. GL 코드뿐 아니라 스릴러와 추리, 액션 등 장르를 넘나드는 고강한 덕력이 고루 구사되어 재미도 전혀 놓치지 않았다.

〈그녀의 심청〉은 온갖 '좋은 말'의 공허함을 드러내는 데도 탁월하다. 심청의 돌봄 노동과 부양 노동 덕에 일하지 않고 살아가는 심학규가 심청의 고생을 "욕심"이라 꾸짖는 장면이 그 예다. "가난해도 마음이 부자이면 된 것", "웃으면서 바르게, 깨끗하게 살라"는 좋은 말들은 심청의 고생을 전혀 모르는 "개소리"다. 그 이상대로 살았다면 "둘 다 진작에 굶어뒈졌"을 거라는 심청의 울부짖음 앞에 공허한 말은 힘을 잃는다. 장승상 부인이 읽었던 책 속 구절이나 심청이 한때 기댔던 승려의 말보다 그녀들이 세계의 무게에 내지르는 비명이 훨씬 뜨겁다. 이처럼 섬세하게 직조된 말과 비명의 주고받음에서 '문학성'이 만화로 표현된 것을 확인할 수 있다. 고전을 재해석한 이 작품은 웹툰의 예술성을 보여 주는 새로운 고전으로도 손색이 없다.

그녀의 심청 by seri, 비완

코미코
2017.9.~2020.6.   총 88화
단행본 출간 (위즈덤하우스)
2018 오늘의 우리만화

#별미 #GL #페미니즘 #재해석 #시대물 #연대

환생동물학교

살아 있는 모든 생명은 언젠가는 죽는다. 사람도, 동물도 마찬가지다. 죽고 난 다음의 일에 대해서는 누구도 알 수 없다. 그렇기때문에, 다양한 이야기 속에서 죽음 이후의 세계에 대한 상상이 주제로서 다뤄져 왔다. 〈환생동물학교〉 역시 죽음 이후의 세계에 대한 상상을 주제로 하고 있다.

그렇지만 이 웹툰은 사람이 아닌 동물의 죽음 이후를 다루고 있다는 점이나 죽은 동물들이 환생을 위해 새로운 종의 습성을 학교에서 배운다는 설정이 독특하고 흥미롭다. 환생을 앞둔 인간, 동물, 곤충 등은 자신이 원하는 다른 종으로 환생하기에 앞서 환생하고자 하는 종의 습성을 환생동물학교에서 배운다. 환생동물학교에 온 이들은 새로운 삶을 위해서 기존의 습성을 버리고, 새로운 종으로서 살아갈 일들을 익힌다.

환생동물학교에는 많은 반이 있는데, 요주의 반이라고 말해지는 AH-27반을 중심으로 이야기가 전개된다. AH-27반은 고양이, 개, 고슴도치, 하이에나 등 다양한 종의 학생들이 사람으로서 환생하기 위해 교육을 받고 있는 반이다. 이 반이 요주의 반이라고 불리는 이유는, 학생 모두가 평생 한 주인 밑에서 살아왔기 때문이다. 주인을 잊지 못한다는 것이 환생을 하기 위한 교육에 장애가 되는 것이다.

사람으로 환생을 하려면 꼬리가 없어져야 한다. 꼬리가 사라지게 하기 위해서는 각자가 신경 쓰던 문제를 직접 깨닫고, 스스로 해결해야 한다. 과거에 붙들린 어떤 마음을 내려놓을 때에야 꼬리가 사라지는 것이다. 새로운 챕터로 나아가기 위해서, 과거의 습성, 기억, 인연 등을 놓아야만 하는 것이다. 새로운 시작을 위해서는 과거에 있었던 일들을 완전히 털어내야만 한다. 제대로 끝을 맺어야만 앞으로 나아갈 수 있기 때문에.

특유의 귀여운 그림체와 반려동물에 대한 애정 어린 마음들이 담뿍 느껴지는 내용들은 읽는 내내 미소를 짓게 한다. 아기자기한 세계관 안에서 지금 이 순간 행복해지기 위해 필요한 요소들을 곰곰이 생각해 볼 여지를 주는 작품이다.

환생동물학교 by 엘렌 심

네이버웹툰
2017.9.~2018.7.   총 50화
단행본 출간 (북폴리오)
2020 부천만화대상 독자인기상

#묘미 #사후세계 #반려동물 #감동 #힐링

다리 위 차차

로봇도 자살을 할 수 있을까? 한다면 왜 하는 걸까. 〈다리 위 차차〉에는 스스로 죽음을 선택하는 로봇들이 그려진다. 이들은 주인을 위해 기꺼이 위험에 뛰어들거나, 반려동물을 떠나보낸 뒤 스스로 기능을 멈춘다. '차차'는 그런 모든 로봇에 '동기화'할 수 있는 권한이 주어진 특별한 AI다. 이 시대에 마지막 남은 인간형 로봇이기도 하다.

사람들의 자살을 방지하기 위해 개발된 상담 로봇 차차는 사람들이 가장 많이 뛰어내린 다리 위에 늘 앉아 있다. 언제든 상담이 필요한 사람들이 차차를 찾을 수 있도록 그곳에 있었지만, 다리가 폐쇄된 뒤에도 여전히 차차는 다리를 떠나지 못한다. AI 연구자 'B'는 그런 차차에게 무한 동기화 권한을 선물하고, 이 권한을 통해 차차는 여러 로봇 안에 '빙의'한다. 학대 당하는 아이를 구해주는 곰돌이 인형 로봇, 패스트푸드점에서 사람 대신 해고 당한 서비스 로봇 등 로봇들은 자신들만의 방식으로 인류를 사랑하고, 인간보다 더 인간다운 윤리 의식을 발휘한다.

로봇들 위에는 '마더'라는 존재가 있다. '마더'는 인류가 생산하는 방대한 데이터를 수집하고 분석할 뿐 아니라, 스스로 학습하고 실험하기도 하며 인류에 개입하는 초거대 인공지능이다. 인류는 '마더'를 이용해 새로운 인간을 만들어내려 한다. 그 모든 것을 보아 왔던 차차는 다른 로봇들과 함께 인류에 대한 새로운 결정을 내리려 한다.

로봇을 통해 인간성을 질문하는 것은 익숙한 방식이다. 그러나 〈다리 위 차차〉는 조금 다른 시각으로 이 질문에 대답한다. 로봇의 권리, 나아가 로봇이 '대행'하는 인간의 윤리에 대해서. 게다가 이 만화는 작화와 서사가 아름답게 조화를 이루는 작품이기도 하다. 다루는 내용은 기술의 최전선이지만, 이와 정반대로 그림 자체는 아날로그 감성을 듬뿍 살렸다. 연필로 사각사각 그린 듯한 재수 특유의 그림체와 윤필의 따뜻한 서사가 만나 작품의 메시지를 부각시킨다.

다리 위 차차 by 윤필, 재수

저스툰
2017.10.~2018.12.   총 61화
봄툰 (재연재) 2020.03
단행본 출간 (위즈덤하우스, 재판: 송송책방)
2019 SF어워드 만화/웹툰 부문 대상

#별미 #SF #로봇 #AI #인류 #인간성

아기 낳는 만화

〈아기 낳는 만화〉는 포털 웹툰 플랫폼에서는 처음으로 인공 수정, 난임, 출산을 사실적으로 다룬 기념비적인 웹툰이다. 독자들은 이런 내용이야말로 학교에서 배워야 한다며, '성교육 교과서로 지정하자'고 목소리를 높였다. 생활툰으로 창작된 이 작품은 작가이자 작중 주인공인 쇼쇼의 난임 병원에서의 실제 경험담을 기반으로 임신과 출산의 과정을 '적나라하게' 다룬다. 정액 채취방과 소파, 인공수정을 위해 대기해야 하는 침대 등 낯선 경험 속에서 쇼쇼는 "돼지 교배하는 것 같았다"는 등 솔직한 감상을 내보인다.

쇼쇼의 고난은 임신 이후부터 본격화된다. 임신 초반에만 한다는 입덧은 출산 전까지 가시지 않고, 급격한 호르몬 변화 탓인지 얼굴에 여드름과 뾰루지가 돋고, 몸에는 거뭇한 얼룩이 생긴다. 흔히 임신이라고 하면 그저 배가 불러오는 모습 정도만 생각하겠지만, 임신한 여성의 몸은 반갑지 않은 변화를 계속 맞이해야 한다. 변하는 건 몸뿐만이 아니라, 일상이기도 하다. 집중력이 떨어져 책을 읽기도 어렵고, 자궁 조기 수축 때문에 임신 기간 내내 누워지내는 과정에서 쇼쇼는 자꾸만 불안하고 우울해진다.

〈아기 낳는 만화〉의 백미는 임신으로 인한 개인적 변화뿐 아니라 임신에 대한 사회적 시선과 임산부에 대한 직장 내 차별 등까지 두루 다룬다는 것이다. 프리랜서인 쇼쇼가 임신을 맞이하며 겪는 경력단절과 그에 대한 고민, 지하철 임산부석에 대한 고충, '아름다운 D라인'에 대한 비판 등 〈아기 낳는 만화〉에는 한 사람이 아기를 낳기까지 겪어야 했던 사회적 차별이 빼곡하게 기록되어 있다. 임신부에게 커피를 마시면 안 된다, 복숭아를 먹으면 아기 털이 많아진다는 등 과학적으로 입증되지 않은 말을 건네는 '오지랖'도 여기 한몫한다.

〈아기 낳는 만화〉는 임산부에게 무례를 저지르지 않으려면 어떻게 해야 하는지도 안내한다. 따라서 임신을 앞둔 사람들만 읽어야 하는 만화가 아니다. 일각에서는 이 만화가 저출생을 장려하는 것 아니냐고 비판하지만, 이 작품은 오히려 '저출생 사회'를 벗어나기 위해 우리가 어떻게 해야 하는지 고심하게 한다.

아기 낳는 만화 by 쇼쇼

네이버웹툰
2017.12.~2018.6.   총 50화
단행본 출간 (위즈덤하우스)

#재미 #임신 #출산 #경험 #에세이 #저출생 #교육

아비무쌍

〈아비무쌍〉은 노경찬의 소설 〈지천명 아비무쌍〉을 원작으로 하는 무협 웹툰이다. 무협 장르 웹소설을 원작으로 하는 노블코믹스 웹툰이 많이 늘어난 현 시점에서 볼 때 〈아비무쌍〉은 특별한 지점이 있다.

첫째, 원작자가 웹툰의 글 작가를 겸하기 때문에 획득하는 권위가 있다. 원작자가 웹툰 제작에 직접 참여하기 때문에 웹툰에 맞춤한 이야기의 변형이 가능했다. 다른 노블코믹스의 경우에는 사소한 변형에도 원작 팬덤의 원작주의적 반발이 날아들지만, 〈아비무쌍〉은 원작자가 작가이기 때문에 이를 원천적으로 차단했다.

둘째, 웹소설이 아닌 소설이 원작이다. 물론 웹소설로도 연재되었지만 기본적으로 출판 소설이 원작이다 보니 부분과 전체의 조화가 상대적으로 뛰어나다. 이는 웹소설과 출판소설 사이의 위계가 존재해서라기보다는 연재 시스템과 관련되어 상당수의 웹소설에 나타나는 문제로 이해되어야 한다. 그래서 웹소설은 완결 후 단행본으로 다시 펴낼 때 개고 과정을 거치기도 한다. 또한 〈아비무쌍〉은 일간 연재에 따른 회차별 플롯의 규격화가 일어나기 전이어서 웹툰의 회차들 역시 다채로운 전개방식을 보여 준다.

　마지막으로, 원작이 있는 작품이지만 글/그림으로 나뉘어진 전통적인 분업 형태에 더 가깝기도 하다. 제작의 모든 단계에서 서로 직접 소통하는 것에 열려 있기 때문에 가능한 완성도의 상승을, 여타 웹소설 원작 웹툰들과 비교해 볼 만하다.

　물론 작품 고유의 특장점도 많다. 하나만 꼽자면 주인공 노가장의 개성과 입체성이다. 노가장은 세 아이를 건사하기 위해 일하는 가장이다. 처음 아버지로서의 정체성을 가장 중시하여 방어적으로 무림인이 되기를 거부하던 노가장은 이후 아버지이자 단체의 리더이자 무림인으로서 정체성을 확장해 나간다. 여러 정체성에 책임감을 갖고자 하는 주인공의 모습이 개연성이 있는 정도를 훌쩍 뛰어넘어 마음을 두드린다. 네이버웹툰에 〈고수〉가 있다면 카카오웹툰에는 〈아비무쌍〉이 있다고 이야기될 만큼 무협 장르 독자들에게 수작이자 최고 인기작으로 인정받고 있다.

아비무쌍 by 노경찬, 이현석

카카오웹툰
2017.10.~

#재미 #무협 #액션 #소설원작 #부성애

안녕은하세요

영은은 언제나 헤실헤실 웃고 다닌다. 무방비하게 웃는 얼굴 때문에 사람들은 영은이 잘 지내는 줄 알지만, 그렇지 않다. 선의로 도와준 남자 중학생이 내내 치근덕거리는 탓에 직장을 그만두게 되었고, 어린 시절부터 오랫동안 같이 지냈던 '남자사람친구' 국민은 영은에게 과하게 집착한다. 설상가상으로 엄마는 갑작스럽게 졸혼을 선포했다. 안팎으로 쏟아진 충격과 괴로움에 영은은 과감히 가방을 짊어지고 떠난다. 떠나고 싶을 때마다 짐을 쌌지만, 정작 한 번도 들쳐 멘 적 없는 가방이다.

도망치는 영은에게 기꺼이 탈출구가 되어준 것은 보금이다. 오랫동안 연락이 끊겼다가 얼마 전 길거리에서 우연히 마주친 영은의 첫사랑이다. 그러나 보금의 상황도 썩 좋지만은 않다. 원가족과 헤어져 고모와 단둘이 사는 보금은 행여나 고모에게 폐가 될까 늘 전전긍긍한다. 영은과 보금 모두 원가족에게 깊은 상처를 갖고 있고, 언제나 자신을 억눌러 왔다. 꾹꾹 참아 온 감정을 이윽고 터뜨리는 시간 속에서 보금과 영은은 서로의 안식처가 되어준다.

〈안녕은하세요〉는 가족으로부터 독립하려 애쓰는 20대 여성들의 서사다. 이 과정에서 레즈비언이라는 성 정체성도 사건을 전개하는 발화점이 된다. 〈안녕은하세요〉를 창작한 작가 검둥은 이전에도 〈따라바람〉, 〈나의 침묵에〉 등 퀴어 서사를 수준 높게 그려 낸 바 있다. 특히 검둥은 인간관계 안에서 언제나 '참는' 캐릭터를 자주 그리는데, 이를 통해 세밀한 감정선을 보여 준다.

검둥의 작품은 억눌리고, 양보하고, 강제로 밀려난 이들을 조명하면서도 어둡고 무거운 주제를 다루면서도 명랑하고 귀여운 분위기를 잃지 않는 게 매력이다. 〈안녕은하세요〉 역시 가정 폭력, 성추행, 아웃팅 등 심각한 주제를 다루지만, 영은과 보금의 발랄한 '케미'로 독자를 보다 가볍게 다음 화로 이끈다.

안녕은하세요 by 검둥

저스툰
2017.12.~2019.4.   총 74화
카카오웹툰 (재연재) 2022.4.~

#의미 #LGBTQ #GL #로맨스 #페미니즘 #가족 #독립

나 혼자만 레벨업

마블 시네마틱 유니버스처럼 영화, 드라마, 만화, 게임 등 여러 매체를 넘나들며 엄청난 수익을 거두었거나 거둘 것이 기대되는 지식재산권을 슈퍼 IP라고 부른다. 〈나 혼자만 레벨업〉은 한국 웹툰의 대표적인 슈퍼 IP다. 게임 개발은 이미 착수되었고, 애니화도 예정되어 있다. 웹소설과 웹툰 모두 어마어마한 성공을 거두었다. 둘을 합해 2021년 12월 기준 전세계 누적 조회수가 150억 뷰에 육박한다. 같은 시기 해외 어느 나라에서고 가장 유명한 한국 웹툰이라 해도 과언이 아니다.

〈나 혼자만 레벨업〉 IP의 흥행 규모가 이만큼 커진 데에는 웹툰의 힘이 컸다. 웹소설도 성공적인 작품이었지만, 해외 시장의 쟁쟁한 경쟁작들 사이에서 도드라질 정도의 서사였다고 말하기는 어렵다. 하지만 웹툰은 압도적인 작화와 연출로 서사를 넘어서는 성취를 이루어 냈다. 외전을 제외하고 총 243화인 웹소설 분량을 179화로 압축하면서도 보여 주기에 좋은 전투 장면들은 더 늘렸다. 가령 최후의 전투를 웹소설은 총 4편에 담았는데 웹툰은 6편에 담았다. 원작의 문자언어로 된 전투 묘사를 만화의 언어로 숨 막힐 만큼 웅대한 스타일로 연출해 내며 필요한 세부들과 연결고리들을 충실하게 담은 것이다.

물론 원작에 담긴 성장의 테마와 네크로맨서라는 독특한 설정도 무시할 수 없다. E급 헌터였던 성진우가 세계관 최강자가되어 멸망을 향해 치닫는 세계를 구하는 이야기는 폭발적인 '성장'을 찾는 독자들의 감수성을 자극한다. 특히 한 사람이 곧 군대가 되는 네크로맨서 설정은, 외롭더라도 혼자 플레이하는 것이 가장 편하다는 것을 여러 상황에서 실감하는 세대에게 특히 환영 받았다. 〈나 혼자만 레벨업〉이 네크로맨서라는 판타지 직업을 전경화하는 첫삽을 뜬 후, 수많은 후속작들이 같은 설정을 들고 나왔다. 하지만 이것이 원작의 공만은 아니다. 그림자 군대를 실감나게 표현하여 설정에 꼭 맞는 옷을 입힌 유려한 디자인과 표현은 웹툰 〈나 혼자만 레벨업〉이 원조다.

액션과 판타지를 좋아하는 웹툰 입문자에게라면 가장 먼저 추천할 수 있을 작품이다. 2022년 7월, 웹툰 작화를 담당한 장성락 작가가 뇌출혈로 별세하며 고인의 유작이 되었다.

나 혼자만 레벨업
by 장성락 (그림) 현군 (각색) 추공 (원작)

카카오페이지
2018.3.~2021.12.　　　　　　　　　총 179화
단행본 출간 (디앤씨웹툰비즈)
애니메이션 제작 (일본, 2023)
2020 서울국제만화애니메이션페스티벌(SICAF) 코믹어워드
글로벌이슈상
2021 대한민국 콘텐츠대상 문화체육관광부장관상

#재미 #액션 #판타지 #네크로맨서 #먼치킨 #헌터 #노블코믹스

우두커니

〈우두커니〉의 주인공 승아는 동갑내기 남편 영우와 아흔이 머지않은 아버지와 함께 살고 있다. 아버지 연세 50이 넘어 낳은 막내딸 승아는 스스로 아버지의 사랑을 무척 많이 받았다고 생각한다. 결혼하고도 아버지를 모시고 살아가려는 건 그 때문이다. 쉽지 않은 일이건만 남편 영우도 장인과 함께 사는 삶을 감내하고 있다. 이런 세 사람의 삶에 문득 치매가 찾아왔다.

치매는 소설과 영화, 만화 등의 서사 장르에서 적잖이 다뤄져 왔다. 눈물을 쏟아내는 최루탄으로 배치되거나, 생에 대한 애착과 아쉬움을 담아내는 장치로 쓰였다. 하지만 논픽션으로 치매가 찾아올 때에 그것은 더 이상 어떤 장치가 될 수 없다. 치매가 이야기를 위해 쓰이는 것이 아니라 삶이라는 이야기 전체가 치매를 중심으로 재조직된다. 〈우두커니〉는 그런 작가의 실제 경험을 바탕으로 했다.

'치매가 찾아온 삶'이 통째로 담기면 선택의 폭은 톤 정도일지도 모른다. 그 삶을 따뜻하고 유머러스한 톤으로 담아 낸 오카노 유이치의 〈페코로스, 어머니 만나러 갑니다〉(라이팅하우스) 같은 작품도 있지만 〈우두커니〉의 톤은 그보다 차분하고 솔직하다. 〈우두커니〉는 치매를 받아 안은 가족의 이야기를 승아와 영우의 시선을 빌어 덤덤하게 그려 낸다. 그들이 배우고 견디고 생각하고 안타까워하는 모든 경과가 과장 없이 진솔하게 담긴다. 아픔을 그대로 아픔으로 그려내면서도 그 안에 찾아오는 아주 작은 위안을 놓치지 않는다.

작은 위안은 치매를 삶에 받아들일 만하게 돕는다. 치매 전문병원에서 검사를 받던 날, 승아를 소개해 달라는 의사의 요청에 아버지는 말을 더듬다 마침내 "동생"이라고 답한다. 당황한 승아와 달리 의료진은 아버지에게 따뜻하게 웃어준다. 전문가가 지은 웃음은 부부의 마음도 누그러뜨린다. 〈우두커니〉는 이처럼 치매를 보다 덜 무겁게 삶에 받아들일 수 있는 방식을 찾아내고 고안하며, 치매가 찾아온 삶의 면면을 담담하게 보여 주었다.

우두커니 by 심우도

카카오웹툰
2018.3.~2019.4.   총 43화
단행본 출간 (심우도서)
2020 부천만화대상 대상

#의미 #치매 #가족 #질병 #경험 #돌봄 #투병기

익명의 독서 중독자들

〈익명의 독서 중독자들〉은 '덕후의, 덕후에 의한, 덕후를 위한' 만화다. 제목에 드러난 것처럼 이 만화는 책 덕후를 다룬다. 등장인물들은 '익명의 독서 중독자 모임'의 회원으로, 이들은 철학이나 예술은 물론 정치 및 스포츠 이론 등까지 분야를 막론하고 책을 읽는다. 이들은 누구보다도 책 목차 구성에 진심이고, 베스트셀러를 혐오하며, 뒤죽박죽 놓인 책장에 안정감을 느낀다. 어떤 상황이 맞닥뜨리든 진지하고 깊이 있는 문장을 곧바로 떠올려 내지만, 정작 회원 중 한 명이 속 깊은 이야기를 꺼낼라치면 괜히 못 견뎌 한다. 한마디로 말해, 사회성은 부족하고 덕력은 최강인 사람들이다.

〈익명의 독서 중독자들〉은 다른 만화가 범접하기 어려운, 독특한 개그관을 갖고 있다. 예를 들어 한 회원은 아귀찜 가게를 운영하며 고급 호텔 디저트를 파는데, 그 디저트가 하필 조직폭력배 두목의 사랑을 받는다. 그래서 조직폭력배 두목은 남들에게 들켜선 안 될 은밀한 만남을 가질 때, 꼭 이 아귀찜&디저트 가게를 찾는다. 상반된 두 속성을 아무렇지 않게, 혹은 매우 진지하게 섞어 놓는 건 이창현/유희의 특징이다.

그중에서도 이창현/유희가 지닌 가장 큰 특기는 의미심장한

듯 허무하고 어처구니없이 웃기는 미묘한 개그 감각이다. 말하자면 '숭고한 병맛'이랄까. 〈익명의 독서 중독자들〉은 전작 〈에이스 하이〉에서 충격적으로 선보인 두 작가 특유의 개그 감각을 책이라는 소재와 결합하여 극대화했다. 만화 속 회원들은 철학서의 문장을 척척 꺼내 놓고, 국내에 실제 있는 출판사의 표지 디자인 감각을 대놓고 '깐다'. 등장인물들이 언급한 책을 찾아보는 것도 이 작품을 읽는 재미 중 하나다. '알아 뒤도 쓸 덴 없는 작가 주석'도 소소한 재미를 더한다.

다른 회원의 실패한 개그에는 가차 없으면서도, 정작 자신들은 어떤 말을 해야 고상하면서도 센스 있는 사람으로 여겨질지 늘 유머를 고민하는 '독서 중독자'들. 그러다 결국 농담 건넬 타이밍을 놓쳐 버리기 일쑤지만, 이 작품이 구사하는 유머 타이밍만큼은 언제나 옳다. 게다가 이 작품 종반에는 독서 중독자들이 가진 '반전'까지 드러난다. 머리를 비우고 깔깔 웃고 싶지만, 독서의 '품격'은 갖추고 싶다면 무조건 이 만화다.

익명의 독서 중독자들 by 이창현, 유희

카카오웹툰
2018.3.~2018.10.   총 31화
단행본 출간 (사계절)

#재미 #고품격하이개그 #병맛 #개그물 #독서

모지리

초창기 웹툰이 개인 홈페이지를 기반으로 연재되었다면, 최근의 독립 웹툰은 인스타그램이나 개인 블로그 등에서 연재된다. 독자적인 웹툰 연재를 통해 다양한 지속 가능성의 길을 모색하는 잇선의 〈모지리〉는 작가의 개인 블로그를 통해 연재된 작품이다. 잇선은 '모지리' 시리즈를 블로그에서 연재한 뒤, 텀블벅에 총 네 권의 단행본 제작 프로젝트를 게시하여 도합 6600만 원에 달하는 후원금을 모은 바 있다. 뿐만 아니라 2018년부터 'send note/모지리 다이어리'라는 이름의 정기 만화 구독 서비스를 진행해 왔다.

〈모지리〉는 기존 웹툰 플랫폼에서 보기 드문 캐릭터와 자유분방하고 솔직한 대사를 선보이는 작품이다. 첫 화부터 등장하는 캐릭터 스몰볼은 자살을 고민한다. 자살을 시도하는 게 취미인 뚜리빼 삼촌도 등장한다. 가난하니 매일 돈을 벌기 위해 쳇바퀴 돌 듯 일해야 하지만 그렇다고 삶이 더 나아지리라는 희망도 없다. 〈모지리〉에 등장하는 리찌, 솜솜이, 까슬이 모두 비슷한 삶의 형태를 공유한다. 이들은 이런 삶 속에서 애써 힘내려 하지 않고, 남을 위로하거나 가식섞인 말도 일절 하지 않는다. '쫄보라서 그렇잖아'라며 상대를 후벼파고, 부자들을 갈아 먹고 싶다는 솔직한 속내를 아무렇지 않게 내보인다. 정치적 올바름과는 거리가 너무나 먼 장면들이지만, 이들의 '적나라한' 대사는 오히려 많은 독자에게 열띤 공감을 샀다.

잇선의 작품은 섣불리 위로하지 않고, 이야기의 마지막까지 자조적인 태도를 취한다. 흥미롭게도 그런 태도가 오히려 독자들에게 솔직한 위로를 전달한다. 〈모지리〉는 죽고 싶어 하는 마음을 가진 사람에게 '넌 너만의 가치가 있어'라고 외치지 않고, "죽어도 돼. 근데 너가 있어야 내가 좀 더 재밌어"라고 속삭이는 친구와도 같다. 하지만 뭘 하든 돈 한 푼 없는 척박하고 가난한 환경 속에도 사랑은 꽃피고, 희망은 전멸했지만 우정이라도 있다. 자본주의 사회의 진정한 우화라 할 수 있다.

모지리 by 잇선

작가 개인 블로그
2018.5.~2019.11.   총 38화
단행본 출간 (독립출판)

#별미 #독립만화 #자유분방 #자조 #솔직 #우화

새벽날개

〈새벽날개〉는 막 스무 살이 된 구준풍이 오토바이를 타며 인생을 배우는 이야기이다. 아버지를 일찍 잃고, 어머니에게 버림받은 채 고모, 이모의 집에 얹혀 살던 준풍은 독립하여 배달대행 일을 하게 된다.

준풍은 일하는 중에 우연히 엄마를 만나지만 다른 가정이 있는 엄마를 아는 체조차 하지 못한다. 이를 계기로 준풍은 배달대행 일을 그만두고 여행을 떠난다. 준풍은 여행을 하다가 제비를 쫓기로 한다. 제비는 오토바이 타는 모습이 그림 같기로 배달대행 기사들 사이에서 유명한 라이더다. 하지만 그가 누구인지, 무슨 일을 하는지 모든 것이 베일에 가려져 있다. 준풍은 제비가 자신에게 무엇인가를 가르쳐줄 수 있다고 확신하며 그를 찾아 나서고, 제비의 사연을 듣게 된다.

제비 이희수는 혼혈이라는 이유 때문에 공무원 시험에서 매번 떨어졌다. 어머니가 사재를 털어 우체국을 세워 준 덕분에 별정 우체국장이 되어 살아간다. 준풍은 어려움 속에서도 자신이 하고자 하는 바를 잃지 않고 자신의 삶을 애써 지켜가며 살아온 희수의 이야기에 깊은 감명을 받는다.

이 웹툰은 배달대행 일을 하는 준풍의 모습을 실감나게 그려 내면서, 배달대행기사의 노동 환경을 현실적으로 묘사한다. 배달기사의 노동에 포함된 수많은 위험에 대한 묘사 역시 디테일하다. 이는 준풍에게 배달대행 사무실을 소개해 준 친구 병호가 오토바이 사고로 목숨을 잃는 에피소드에서 극명하게 나타난다.

"삶을 살아내는 일은 제한된 능력으로 산을 넘어야 하는 일과 같다." 준풍이 사람들을 만나며 삶의 의미를 찾아가는 모습들을 따라가다 보면, 독자는 자기 나름대로 어떻게 사는 게 잘 사는 것인지에 대한 답을 찾을 수 있을지도 모른다. 그런 점에서 이 작품은 삶의 의미에 대한 어른의 조언이라고도 할 수 있다. 원로 만화가가 청년에게 건네는 삶의 조언들이 깊게 아로새겨 있기 때문이다.

1959년생 원로 만화가 박흥용은 〈구르믈 버서난 달처럼〉, 〈내 파란 세이버〉 등 굵직한 작품들을 남긴 작가다. 만화 시장이 출판만화에서 웹툰으로 이동하는 흐름에서 원로 아주 적은 수의 원로 만화가들만이 웹툰에 정착했다. 단단한 내공을 가진 원로 만화가의 작품을 만날 수 있어서 다행이다.

새벽날개 by 박흥용

카카오웹툰
2018. 5.~2019. 2.   총 41화

#의미 #성장 #노동 #배달 #오토바이 #꿈

아티스트

〈아티스트〉는 '마영신 유니버스'라는 표현이 매우 잘 어울리는 작품이다. 작품의 주요 등장인물들이 마영신의 지난 단편 작업들에서 나왔던 것은 물론, 작품의 연출이나 전개 역시 마영신이 청년 백수들의 운 없는 하루를 다룬 첫 데뷔작 〈뭐 없나?〉이후로 약 10년간 이어나갔던 스타일의 연장선상 위에 놓여 있기 때문이다.

마영신의 만화들에 나오는 주인공들은 〈19년 뽀삐〉 같은 일부 예외를 제외하면 구질구질한 군상들의 집합체이다. 〈아티스트〉의 주인공 3명 역시 마찬가지이다. 40대를 넘겼지만 여전히 철이 없는 것은 물론 오랜 시간 무명으로 활동하며 때로는 지질한 말을 하는 음악가 '천종섭', 나름 성실하게 활동하지만 예술가로서의 자의식 때문에 친구나 동료는 물론 가족과도 쉽게 불화하는 소설가 '신득녕'은 모두 나이를 먹었지만 제대로 된 성공을 일구지 못한, 소위 '뜨지 못한 아티스트'의 전형과도 같은 모습이다. 하지만 이 두 명 이상으로 심각한 주인공이 존재한다. 수많은 독자들에게 큰 충격과 공포를 남긴 덕분에 〈아티스트〉의 연재 종료 이후에도 〈곽경수의 길〉이라는 단독 주연 스핀오프를 낳게 한 화가 '곽경수'는 소위 '꼰대'에 '노답'이라는 수식이 모자랄 정도로 끊임없이 자신의 욕망과 권력욕을 위한 온갖 문제적 행동을 반복한다.

이들의 젊은 시절을 살짝 다뤄 낸 스핀오프 '곽경수의 길'에서는 그래도 풋풋한 모습을 보였던 그들은 어찌하여 이런 한심한 인간들이 되고 만 것일까. 〈아티스트〉는 소위 '예술가'라는 자의식에 사로잡혀 이상한 행동을 벌이는 이들의 행태를 현미경처럼 콕콕 짚어냈지만, 동시에 문제를 단순히 온전한 개인들의 것으로만 볼 수 없음을 말한다. 청년의 순수함은 쉽게 현실과 부대끼며 비릿한 자아가 되고, 자신이 선택한 예술가의 길을 그나마 증명할 수 있는 성공에 대한 집착은 크고 작은 사건을 부르게 됨을 〈아티스트〉는 넌지시 이야기한다. 인간 군상의 지질함을 매우 가까운 시선으로 드러내면서, 그럼에도 불구하고 그 구질구질한 모습을 결코 한 인간의 것으로만 말할 수 없음을 지속적으로 말했던 마영신만이 할 수 있는 작업이다.

아티스트 by 마영신

카카오웹툰
2018.6.~2020.4.   총 69화
단행본 출간 (송송책방)
2019 오늘의 우리만화

#의미 #예술가 #군상극 #찌질이 #블랙코미디

연의 편지

중학생 소리는 학교폭력을 당하는 친구를 도와주다 집단 따돌림을 당한다. 도왔던 친구마저 전학을 가자, 소리 역시 학창 시절 가장 중요한 교우 관계, 혹은 우정에 큰 상처를 입은 채로 전학을 선택한다. 전학 첫날에도 이전 학교에서 당했던 따돌림이 여전히 떠오른다. 친구여야 할 존재들이 소리는 두렵기만 하다. 책상 아래에 붙어 있는 편지를 발견하기 전까지는 분명 그랬다. 하지만 열 통의 편지를 연이어 찾아가며 소리에게 우정이 다시 찾아온다. 동순이라는 친구가 생겼고, 수수께끼의 편지 발신인도 오래전부터 친구인 것만 같다.

〈연의 편지〉는 발신인 불명의 편지를 통해 소리와 독자들을 신비한 우정의 세계로 이끈다. 추리와 판타지를 결합해 그려진 이야기 속에서 편지들을 찾아가다 보면 소리의 결핍은 어느새 채워지고, 덩달아 독자의 마음도 뭉클해진다. 지브리 애니메이션이 떠오르게 하는 파스텔톤의 깔끔한 작화나, 공간을 탁월하게 묘사하고 활용하는 연출도 그 과정을 거든다. 하지만 어쩌면 가장 눈여겨보아야 할 점은 작품의 길이일지도 모른다.

많은 웹툰이 100화가 훌쩍 넘도록 연재되는 때에, 〈연의 편지〉는 단 10화만에 완결됐다. 열 편의 편지에 조응하는, 단행본

한 권 분량이다. 그런 만큼 꽉 짜인 구성에 군더더기가 없다. 규모에 맞게 준비된 모든 것이 완벽에 가깝다. 작화와 이야기, 연출 등 만화의 모든 영역에서 굉장한 완성도를 지닌 작품이다. 웹툰 시대에 제한된 규모 안에서 극한의 완성도를 추구할 때에야 도달할 수 있는 최선의 결과물이라 해도 틀리지 않다.

단행본으로 읽어도 웹툰으로 읽어도 훌륭하다. 짧은 만큼 부담없이 시작할 수 있고, 또 여러 차례 다시 보는 일도 전혀 이상하지 않다. 제한된 시간과 돈을 투자해 가장 많은 것을 받아갈 수 있는 웹툰이라 해도 과언이 아니다. 웹툰 초심자도 최고수도 모두 만족시킬 수 있으며 모든 연령대의 독자가 안전하게 읽을 수 있는, 깊은 만큼 품도 넓은 작품이다.

연의 편지 by 조현아

네이버웹툰
2018.8.~2018.10.   총 10화
단행본 출간 (손봄북스)
모바일 게임 제작 (2019)
2019 오늘의 우리만화
2019 중국국제만화축제 금룡상 해외특별상

#묘미 #판타지 #여성서사 #학교폭력 #우정

좀비딸

영화, 드라마, 만화 할 것 없이 좀비는 자주 등장하는 소재다. 미디어에 나오는 좀비들은 살아 있는 사람을 물거나 해쳐 좀비로 감염시킨다는 기본 설정을 대체로 공유하지만 세부적인 특정 면에서는 작품에 따라 좀비를 그려내는 시선이 조금씩 차이 나는데, 그 가운데에서도 〈좀비딸〉은 좀비를 '시체'가 아닌 '동물'에 비유한다. 자기보다 더 센 강자에게 바들바들 떨기도 하고, 사람을 보면 냉큼 달려들어 공격하기도 하는 습성을 지녔다. 다만 일반 야생동물과 차이가 있다면 고기보다 내장을 더 선호한다는 것 정도. 〈좀비딸〉의 주인공 '이정환'은 탈출 과정에서 좀비가 된 딸 '수아'를 '야생동물'로 보고, 〈야생동물 길들이기〉라는 책을 따라 어떻게든 수아를 교육해 같이 살기로 한다. 효자손 하나로 적(?)들을 무참히 굴복시킬 수 있는 정환의 어머니 '김밤순' 여사와 이 웹툰의 마스코트 고양이 '김애용', 어린 시절 때부터 오랜 친구이자 수의사인 '동배'도 함께다.

"세상에 마지막 남은 좀비가 바로 내 딸이라면?" 듣기만 해도 가슴 철렁한 질문으로 시작하는 이 웹툰은 눈물을 펑펑 쏟게 하는 휴먼드라마이지만, 이 작품의 진가는 이윤창 특유의 개그 코드에 있다. 조그마한 체구로 집채만 한 냉장고를 거뜬히 나르는 김밤순의 의외성이라든가, 시도 때도 없이 등장하는 고양이 애용의 시크한 개그감이 무거운 분위기를 가볍게 커버한다. 심지어 좀비가 된 수아가 학교에 가는 내용은 어느 좀비물에서도 만나 본 적 없는 참신한 전개다. 같은 반 아이들은 수아에게 이질감을 느끼면서도 자신들만의 방식으로 수아를 이해하며 조금씩 친밀해진다.

〈좀비딸〉은 좀비도 원래 사람이었다는 설정을 끝까지 밀고 간다. 대체로 좀비 장르 작품에서 좀비에게 연민을 품는 것은 곧 '사망 플래그'나 다름없다. 생존자를 위험에 처하게 하는 민폐가 되거나, 그 좀비에게 스스로 목숨을 잃는다. 그러나 〈좀비딸〉은 좀비가 사람이었던 이상, 그에게 연민을 품는 건 당연한 일이며 그것이 오히려 세상을 변화시킬 수도 있다는 극적인 서사를 보여 준다. 좀비 장르의 클리셰를 깨뜨린 〈좀비딸〉은 연재 내내 상위권에 머무르며 인기를 증명했고, 2019년에는 대한민국 콘텐츠대상 만화부문에서 입상하기도 했다.

좀비딸 by 이윤창

네이버웹툰
2018.8.~2020.5.   총 91화
단행본 출간 (영컴)
애니메이션 제작 (EBS, 2022)
2019 대한민국 콘텐츠대상 만화부문 한국콘텐츠진흥원장상

#의미 #좀비물 #클리셰깨기 #개그물

극락왕생

유시진의 〈마니〉나 말리의 〈도깨비 신부〉, 주호민의 〈신과 함께〉 등 한국의 전통적인 설화와 사후세계를 바탕으로 한 작품들은 꾸준히 등장했다. 하지만 〈극락왕생〉은 그전까지의 작품들과 소재적인 측면에서는 비슷할 수 있어도, 연출과 전개에 있어서는 전혀 다른 신선함과 파격적인 모습을 선보였다. 2018년 최초 연재 당시 오픈마켓 형식의 독립 웹툰 플랫폼인 딜리헙을 통해 많은 독자들의 사랑을 받았다는 점까지 고려하면 〈극락왕생〉은 정말 빠른 속도로 한국 웹툰의 역사에 큰 획을 그은 작품이라 봐도 무방하다.

〈극락왕생〉은 기본적으로 여성 버디의 퇴마를 위한 고군분투를 보여 주고 있다. 하지만 이 기본적인 틀거리 안에 담아 놓은 요소들은 그간 웹툰에서 쉽게 찾아볼 수 없었던 것들의 연속이다. 불교적 세계관의 중요한 핵심인 '윤회사상'과 페미니즘, 그리고 근래 여러 담론들이 등장하고 있는 '여성서사'를 어떻게 실현할 것인지에 대한 고민이 골간으로 탄탄하게 구축된 것은 물론, 실제 독자들이 접하는 창작의 결과물로서도 무척이나 매력적으로 구성되어 있다. 세밀하게 그려진 사후세계의 모습과 이승과 저승이 뒤섞이는 기묘한 비일상의 순간들에 절로 감탄하게 되고, 우연과 필연을 통해 함께 맞서고 움직이는 등장인물들의 행로는 적절하게 완급이 조절되어 있어 작품에 대한 몰입도를 높인다. 동시에 등장인물들을 허투루 도구적으로 사용하지 않고, 각각의 매력을 느낄 수 있도록 설계한 것도 흥미를 더욱 돋군다.

어떤 의미로 〈극락왕생〉은 도전과 실천이 낳고, 다시 시대가 함께 만든 결과물이라고도 볼 수 있을 것이다. 판타지는 2020년대 현재에서는 웹툰에서 꽤 쉽게 찾아볼 수 있지만, 사후세계는 물론 한국의 역사와 결코 분리하기 어려운 불교적인 세계관을 적재적소에 녹여 넣은 작품은 무척이나 드물었다. 동시에 〈극락왕생〉이 등장한 시기는 한동안 잠잠했던 페미니즘에 대한 움직임이 여러 시대의 맥락을 거치면서 다시 등장하고, 한편으로는 웹툰 창작의 새로운 구조를 갈구하는 움직임이 대두하는 상황이었다. 고사리박사는 자칫 잘못하면 쉽게 통제할 수 없는 여러 맥락을 자신이 재해석한 불교의 사후세계관을 기반으로, 이전까지의 일상과는 다르지만 새롭게 만들어 나갈 판타지적 일상으로 유려하게 재구축해 냈다.

극락왕생 by 고사리박사

딜리헙
2018.11.~2020.1.   총 22화
카카오웹툰 (컬러편집판 재연재) 2021.12.~
단행본 출간 (문학동네)
2019 대한민국 콘텐츠대상 만화부문 문화체육관광부 장관상
2020 올해의 합정만화상 본상 국내작품부문

#묘미 #사후세계 #불교 #판타지 #여성서사

어둠이 걷힌 자리엔

많은 변화가 일어나고 있는 경성. 보통 사람들은 보지 못하고 듣지 못하는 존재들의 이야기를 듣고, 그들의 억울한 사연을 풀어주는 골동품 중개사 두겸의 사무소가 있다. 두겸과 인연이 있었던 영물인 치조 님의 이야기를 중심으로 둘의 인연과 그것에 의해서 파생된 사건들을 풀어나간다.

인연은 우연적인 순간에 온다. 그 순간을 흘려 버리면, 인연은 이어지지 않는다. 하지만 인연이 온 순간을 소중히 여기고, 그 관계를 중요하게 여긴다면 인연은 이어진다. 이야기의 핵심 축을 이루는 두겸과 치조 님의 인연 역시 그렇다. 두겸은 치조 님 덕분에 목숨을 구하고, 그로 인해 보통 사람들은 보지 못하고 듣지 못하는 것들의 이야기를 들을 수 있게 된다. 두겸은 이 능력을 바탕으로 인간이 아닌 존재와 그 때문에 곤란을 겪는 인간들을 돕는다.

두겸은 그 과정에서 지극히 인간적인 부정적인 측면—원(怨)—에 대해 깊이 이해하게 된다. 나쁜 마음들이 모이고, 나쁘게 얽히면, 원망하는 마음이 생긴다. 원망은 원한을 만들기도 하고, 그런 마음들이 모여 원귀가 생기기도 한다. 원망은 힘이 강하지만, 원망이 지나간 자리에 애틋한 마음이 피어나기도 한다.

〈어둠이 걷힌 자리엔〉이라는 제목은 그런 점에서 의미가 있다. 어둠이 걷힌 자리에는 빛이 오니까.

　　인간이 아닌 존재를 통해서 인간 안에 깃들어 있는 복잡하고 다양한 마음들을 세밀하게 그려내고 있는 흥미로운 작품이다. 전작인 〈묘진전〉에서 보여 준 인간 심리에 대한 세밀한 묘사가 이 작품에서 더욱 빛을 발하고 있다. 주인공 묘진과 주변 인물 중심의 이야기였던 전작과 비교해서 보면 그 재미가 더욱 클 것이다.

어둠이 걷힌 자리엔 by 젤리빈

카카오웹툰
2019.1.~2020.10.　　　　　　　총 62화
단행본 출간 (손봄북스)
소설 제작 (흐름출판)

#묘미 #근대 #경성 #영물 #설화 #인연 #원망

황제와 여기사

"짐은 대제국 아크레아의 황제 룩소스 1세. 여자아이가 태어나도 사과하지 않는 세계를 만들 남자다." 원작 웹소설을 기반으로 창작된 웹툰 〈황제와 여기사〉는 여자아이로 태어난 수모와 박해, 탄압과 부조리 등을 깊이 있게 다룬 작품이다. 주인공인 폴리아나는 재혼한 아버지에게 버림 받아 전쟁터에 나가는데, 여성이라는 이유로 아군 진영에서조차 차별과 따돌림 등 야만적인 폭력과 혐오에 시달린다. 이에 굴하지 않고 실력으로 살아남고자 했던 폴리아나는 아이러니하게도 아군이 아닌 적군에게 처음으로 그 실력을 인정받는다. 적국이었던 아크레아의 황제 룩소스 1세가 폴리아나를 인정하고 기사로 등용한 것이다.

제목에서 엿볼 수 있듯 룩소스 1세와 폴리아나가 로맨스의 주인공이다. 어떤 상황에서든 긴장감을 놓지 않고 기사로서의 역할을 훌륭히 수행해 내는 폴리아나에게 룩소스는 사랑과 존경의 감정을 느낀다. 그러나 룩소스가 폴리아나에게 사랑을 고백하는 데에는 숱한 장벽이 존재한다. 단순히 신분 차이 때문만은 아니다. 기사로서 서약한 폴리아나는 후궁이나 황후가 되기보다 계속 기사로 남고 싶어한다.

〈황제와 여기사〉는 판타지 세계를 배경으로 하지만 현대 사회와도 겹쳐 읽힌다. 여성이 이뤄내는 성과는 곧잘 폄하되는데 과오는 오히려 더 신랄하게 비난 당하는 건, 현실이나 작품 속이나 매한가지다. 게다가 여기에서도 사랑은 여성의 경력과 '맞교환'해야 한다. 기사로서의 경력 단절이냐, 사랑이냐. 폴리아나도 여기에서 자유롭지 않다. 그래서 황제는 폴리아나를 위해 새로운 사랑의 방식을 찾아내려 한다.

최근 로맨스 판타지 장르의 작품들은 계급제, 전쟁, 마법 등의 장치를 활용해 현대 사회에 존재하는 불평등의 장면을 보다 선명하게 보여 준다. 그중에서도 〈황제와 여기사〉는 로맨스 판타지의 장르적 문법, 클리셰와도 분투하는 작품이다. 특히 웹소설과 달리 웹툰에서는 가혹한 폭력 신들이 다소 순화되었고, 주인공인 폴리아나의 외모도 웹소설과 다소 다르다. 여기에는 작화에 대한 작가의 고민이 깊이 담겼다. 원작 웹소설과 비교해 가며 보는 것도 각색가와 원작자의 의도를 교차하여 읽을 수 있는 좋은 감상법이다.

황제와 여기사
by TEAM 이약 (만화) 안경원숭이 (원작)

카카오페이지, 카카오웹툰
2019.1.~
단행본 출간 (디앤씨웹툰비즈)

#재미 #로맨스판타지 #클리셰깨기 #미남황제 #성차별
#노블코믹스 #황실 #전쟁 #기사

안녕, 엄마

엄마와 딸의 관계만큼 복잡한 이야기가 또 있을까. 〈안녕, 엄마〉는 엄마를 떠나보낼 때야 드디어 엄마와의 관계를 직면하는 딸 '은영'의 이야기를 다룬다. 은영은 엄마와 평소 살가운 인사는커녕 연락도 제대로 나누지 않다가 갑작스럽게 부고를 전해 받는다. 얼결에 장례식을 마쳤지만, 여전히 멍한 은영의 앞에 갑작스레 돌아가신 엄마가 나타난다. 영혼의 모습으로.

은영은 남겨진 엄마의 일기장을 통해 지금까지 미처 몰랐던 엄마의 모습을 재발견한다. 엄마의 자취를 조심스럽게 따라가는 전개 자체는 신선하지 않지만, 장면을 섬세하게 그려내는 아름다운 작화와 꾹꾹 눌러 쓴 대사가 작품 특유의 감정선을 만들어 낸다. 엄마를 이해하는 일은 은영에게 스스로의 마음마저 돌아보는 여정이 된다. 엄마를 막연히 싫어한다고 여겼던 지난 시간 속에서 은영은 자신이 엄마를 마음 깊이 사랑하고 있었다는 사실을 깨닫는다.

〈안녕, 엄마〉는 은영과 엄마 영선을 다루는 것 외에도, 은영의 할머니이자 영선의 엄마와 영선과의 관계를 비추기도 한다. 삼대에 걸친 모녀 이야기는 다시 엄마와 딸의 관계성을 보다 풍부하게 그려 낸다. 할머니의 집에서 도망치듯 떠난 영선의 이야기와 그런 영선을 미워하면서도 마음속에 계속 품고 있던 할머니의 모습은 고집스럽고 단단한 애증을 표상한다.

"우리에게 사랑이 존재했음에 위로받기를." 사랑은 애틋하면서도 지긋지긋하고, 밀어내려 하면서도 멀어지고 싶지는 않은 이중적인 마음 사이에 놓여 있다. 〈안녕, 엄마〉는 누구든 회피하고 싶어 하는 복잡한 모녀 관계에 현미경을 갖다 대듯 선명하게 마음의 결을 비춰냈다. 또 은영뿐만 아니라 친구 희선과 그의 어머니 등 다양한 모녀 관계를 풍부하게 표현했다.

〈안녕, 엄마〉를 그린 김인정은 전작 〈사랑스러운 복희씨〉에서도 감성적이고 아름다운 분위기를 만들어 낸 바 있다. 김인정의 작품에는 자극적인 사건이 없고 처음부터 끝까지 절제되고 섬세한 감정선이 이어진다. 그렇다고 독자들이 느끼는 감상마저 절제된 건 아니다. 감정을 쥐어짜는 신파를 동원하지 않으면서도 독자의 눈물샘을 자극하는 것이 김인정 고유의 특기다. 작품을 따라가다 보면, 나도 모르는 사이 작품 속 분위기에 슬그머니 스며들었음을 느끼게 될 것이다.

안녕, 엄마 by 김인정

카카오웹툰
2019.3.~2019.6.   총 18화
단행본 출간 (거북이북스)

#묘미 #가족 #모녀관계 #죽음 #감동 #힐링

정년이

목포의 한 마을에서 장사를 하던 윤정년은 우연히 모든 배우가 여성으로 구성된 국악 뮤지컬인 국극을 본 후 국극 배우가되기 위해 나선다. 한때 세상을 떠들썩하게 만든 소리꾼이었지만 홀연히 소리판을 떠나 조용히 살고 있던 엄마에게 부자가 되어 돌아오겠다며 집을 나온 정년이는 당대 최고의 극단인 매란국극단의 연구생으로 들어가게 된다. 큰 돈을 벌자는 마음으로시작했지만, 타인을 연기하는 재미를 알면서 국극의 매력에 점점 빠져든다.

공연에 필요한 분장용 화장품과 화장 도구를 개인적으로 구입해야 했던 정년이는 돈을 마련하기 위해 다방에서 아르바이트를 하다 이 작품의 주제의식을 분명히 보여 주는 인물인 고사장을 만난다. 정년이는 고 사장이 여성에게 치근덕대는 모습을 좋지 않게 봤지만, 고 사장이 여자라는 사실을 알게 되고 그를 바라보는 시선이 달라진다. 고 사장은 각각의 젠더별로 고정된 성역할이 연기에 불과하며, 이것에서 벗어나야 한다고 주장한다. "사람들은 여자와 남자를 연기하며 살지. 국극 배우처럼.하지만 평범한 삶 어느 날, 어떤 사람은 느끼고 말아. 피곤하다,답답해, 이건 내가 아냐. 이 지긋지긋한 연극 때려치우고 싶어.

하지만 그래도 될까? 돼. 내가 그 증거야." 정년이는 고 사장의 말에 영감을 받아 춘향전 무대에서 방자 캐릭터를 성공적으로 연기한다.

〈정년이〉는 국극 배우로 거듭나는 정년이 한 사람의 성장 서사만을 그려 내지 않는다. 짝선배 백도앵, 라이벌 허영서, 룸메이트 홍주란, 정년이의 1호 팬 권부용 등 여러 등장 인물들이 정년이의 성장을 돕는데, 주연만 돋보이는 것이 아닌 협업이 중요한 국극처럼 작품 안에서도 캐릭터들이 서로 자신의 역할을 하며 이야기를 풍성하게 만든다.

〈정년이〉는 매란국극단이라는 가상의 국극단을 배경으로 1950년대 크게 인기를 끌었던 대중문화 장르였던 국극을 실감나게 묘사한다. 여성이 잔뜩 등장할 수밖에 없는 작품을 90년대생 여성 작가들이 함께 탄생시켰다. 작가들은 1950년대의 〈정년이〉를 경유해 젠더 역할이 여전히 구분되어 있는 사회의 모순을 꼬집는다.

정년이 by 서이레, 나몬

네이버웹툰
2019.4.~2022.5.　　　　　총 137화
단행본 출간 (문학동네)
창극 제작 (2023)
2019 오늘의 우리만화
2020 올해의 양성평등문화상 문화콘텐츠부문

#의미 #여성서사 #페미니즘 #국극 #예술 #대중문화 #근현대

ONE

이은재의 〈ONE〉과 〈TEN〉은 같은 인물과 세계관을 공유하는 연작이다. 학교폭력을 서사의 중핵으로 하여 정면 승부한다는 점도 같다. 폭력을 적나라하게 그림으로써 학교폭력을 둘러싼 행위자들과 구조의 문제를 동시에 가시화한다.

〈TEN〉의 주인공 김현은 학교폭력 피해자다. 하지만 큰 폭력의 연속 끝에 내지른 작은 저항 행위가 가해자 패거리 중 한 명을 크게 다치게 하고 만다. 매우 현실적으로 학교폭력을 묘사하고 고발하는 것처럼 보이던 〈TEN〉은 이 시점부터 무모해 보이기까지 하는 이야기로 기어를 전환한다. 김현은 소년원 대신 '무명고'로 전학을 간다. 현실에서는 있을 수 없는, 하지만 현실의 학교를 빗댄 공간임에 분명한 무명고에서는 학교폭력 가해자들의 갱생을 위해 무제한에 가까운 폭력이 허용된다. 그리고 폭력으로 정점에 오를 때에야 이 학교를 '졸업'할 수 있다. 김현은 살아남기 위해 복싱을 배우고, '힘'에 대한 나름의 철학을 지닌 강한 친구들과 함께 졸업을 향한 여정을 시작한다. 학교의 갱생 수단으로서의 폭력, 폭력에 탐닉하고 힘의 논리에 물든 '일진' 유(類)의 무명고 학생들의 출구 없는 폭력, 그리고 김현 무리의 반(反)폭력으로서의 폭력이 그 여정 속에서 논쟁되고 저울질된다.

이어진 〈ONE〉은 우등생인 주인공 김의겸이 화풀이처럼 빠져드는 대항 폭력까지 논쟁의 장에 올려 놓는다. 동시에 김의겸의 화의 원인인 가정폭력을 학교폭력과 중첩해 그려냄으로써 청소년들의 삶에 도사린 이중·삼중의 폭력을 눈앞에 드러낸다. 〈TEN〉에서 무명고를 졸업한 주인공들이 카메오처럼 등장해 김의겸과는 다른 선택이 가능함을 보여 주기도 한다. 요컨대 〈ONE〉은 폭력에 대한 작가의 궁리가 〈TEN〉과 다른 방식, 다른 강조점을 통해 구현된 작품이다. 여전히 정면승부다.

그 자체로 폭력인 학교와 가정, 힘에 대한 헛된 환상, 더 나아가 폭력을 관음하는 독자들의 시선까지도 〈ONE〉과 〈TEN〉은 가상의 폭력을 경유해 고발한다. 웹툰에서 학교폭력, 그리고 청소년이 경험하는 폭력을 진지하게 다룬 드문 사례다.

ONE by 이은재

카카오웹툰
2019.4.~2020.6.   총 61화
단행본 출간 (송송책방)
2020 오늘의 우리만화

#의미 #액션 #일상 #학교 #학교폭력 #일진

위대한 방옥숙

〈위대한 방옥숙〉은 작품 제목의 모티브가 된 스콧 피츠제럴드의 소설 〈위대한 개츠비〉를 연상하게 하는 작품이다. 〈위대한 개츠비〉의 주인공 '개츠비'가 꿈에 그리던 성공을 위해 끝내 부도덕한 일에 손을 댔던 것처럼, 〈위대한 방옥숙〉의 주인공 방옥숙도 마찬가지다. 그녀의 이름은 한자로 모두 집을 뜻하는 '房屋宿'이지만 정작 방옥숙에게는 그럴 듯한 집 한 채 없었다. 어떻게든 성공하기 위해 악착같이 돈을 벌어 아파트를 구입해 과거의 비참했던 생활에서 벗어나지만, 문제는 지금부터 시작이다. 한국에서 집은 주거 공간이 아니라 투자의 대상이기에, 방옥숙은 진정한 성공을 위해서 간신히 구입한 이 집을 원하는 가격에 다시 팔아 어떻게든 부를 불려야만 한다.

작품은 가난에서 벗어나기 위해 피도 눈물도 없는 돈의 화신이 된 방옥숙을 비롯해 집에 몸이 묶인 나머지 눈이 먼 사람들의 이야기를 그려나간다. 그 모습은 마치 이 작품을 그린 두 작가의 전작 〈마스크걸〉이 외모지상주의의 문제를 묘사했던 것처럼 한국 사회의 어두운 이면과 매우 밀접한 관계를 지닌 것들이기도 하다. 〈마스크걸〉이 마치 B급 호러 영화처럼 강렬하고 자극적인 묘사로 독자들을 긴장하도록 만들었다면, 〈위대한 방옥숙〉은 좀 더 유려하게 어느 하나 쉽게 동정할 수 없는 이들의 군상극을 켜켜이 쌓아나가며 독자로 하여금 작품에 담긴 심연 속에서 점차 헤어나올 수 없도록 한다. 이러한 전개를 통해서 만화의 주 무대인 '노블 골드 캐슬' 아파트는 클라이맥스에 가까워질수록 무척이나 소름끼치고 한국 어딘가 실제로 있을 법한 공간으로 드러난다.

방옥숙을 비롯해 노블 골드 캐슬의 '더욱 높은 가치'를 위해 함께하는 부녀회 일원들은 각자가 처한 현실은 달라도 부동산 대박의 꿈을 향해 한 배를 타고 움직인다. 쉽게 등을 기댈 존재조차 없는 이들은 역설적으로 돈을 위해 서로의 손을 잡고 운명의 동반자가 된다. 갈수록 부동산 문제가 극대화되는 시대, 〈위대한 방옥숙〉은 부동산의 수렁에 묶인 한국 사회에서 벌어질 수 있는 가장 그럴싸한 스릴러를 구현한 웹툰일지도 모른다.

위대한 방옥숙 by 매미, 희세

네이버웹툰
2019.5.~2020.8.   총 73화

#의미 #부동산 #스릴러 #서스펜스 #군상극

고래별

안데르센의 〈인어공주〉는 동화에서 어떻게 애절한 비극을 만들 수 있는지를 보여 주는 모범과도 같은 작품이다. 우연한 사고로 인해 바다의 인어공주와 육지의 왕자가 서로를 알게 되고, 이를 계기로 인어공주는 왕자를 연모하는 마음을 품게 된다. 사랑하는 사람의 곁에 머물고 싶어 마녀에게 목소리까지 바칠 정도로 필사적이지만 이 사랑은 순탄하게 이뤄지지 못한다. 결국 주인공은 왕자를 위해 자신의 목숨을 바치며 끝내 사랑을 지킨다. 서로의 마음이 계속 엇갈리고, 결국 비극을 맞이하면서도 주인공에게 있어 소중한 것을 포기하지 않는 자세는 수많은 독자들과 창작자들에게 큰 영향을 미쳤다.

나윤희의 〈고래별〉은 〈인어공주〉의 플롯을 일제 강점기 독립운동의 이야기에 녹여 냈다. 동화 속 인어공주는 군산에서 친일파 집안의 몸종으로 살고 있는 (후천적) 언어장애인 허수아로, 왕자는 유복한 집안에서 태어나 일본 유학까지 다녀왔지만 조선의 현실을 절감하고 독립운동가의 길을 선택한 강의현으로 화했다. 인어공주가 난파에 휘말려 해변에서 정신을 잃은 왕자를 구하며 사랑에 빠졌듯, 수아 역시 독립운동 중 총에 맞아 죽어가던 의현을 구하며 가슴이 두근거리게 된다. 끝내 인어공주가 자신을 구한 것도, 사랑했던 것도 알지 못하던 왕자와 달리 의현은 수아가 생명의 은인이며 자신을 사랑하는 것까지 모두 알고 있다. 그러나 수아와 의현의 사랑은 시대의 어둠에서 결코 자유로울 수 없다.

〈인어공주〉를 모티브로 삼은 이상 두 주인공의 사랑과 여정, 그리고 결말은 원작에서 크게 벗어나지 않는다. 가뜩이나 비극적인 이야기에 일제 강점기라는 역사의 무게가 더해지며 작품의 어두운 분위기는 더욱 짙어졌다. 하지만 그러면서도 작품은 수아와 의현이 서로를 의지하며 어두운 시대를 헤쳐나가는 모습을 통해 일말의 희망을 드러내었다. 동시에 수아의 터전인 '바다'와 의현의 터전인 경성이라는 '도회'를 대비하며 이미지적으로도 일제 강점기의 빛과 그림자를 드러내는 연출은 독립운동이라는 거대하고 엄숙해지기 쉬운 이야기를 젊은 독자들이 더욱 가깝고 친숙하게 다가갈 수 있도록 만들었다. 그렇게 무거운 역사와 동화적인 분위기라는 이질적인 요소를 결합한 이 작품은 애틋한 역사 로맨스로 독자들의 심금에 남았다.

고래별 by 나윤희

네이버웹툰
2019.6.~2021.6.　　　　　　　　총 107화
단행본 출간 (알에이치코리아)
오디오 드라마 제작 (2021~2022)
2020 오늘의 우리만화
2021 대한민국 콘텐츠대상 만화부문 대통령상

#의미 #로맨스 #근현대 #독립운동 #경성 #동화 #비극 #인어공주
#재해석

이대로 멈출 순 없다

학교를 배경으로 다양한 액션, 폭력 장면들이 그려지는 학원폭력물 장르에는 남자 주인공 비율이 압도적으로 높다. 간혹 여성 조연 캐릭터가 수준 높은 액션을 선보이는 경우도 있지만 흔치는 않다. 그런 가운데 〈이대로 멈출 순 없다〉는 정문여자상업고등학교(이하 정문여상)을 배경으로 여고생들 간에 일어나는 학원폭력물을 그리는 웹툰이다. 사상 최악의 쓰레기 문제아 학교라고 소문난 정문여상으로 주인공 '소연'이 전학 가면서부터 이야기가 시작된다. 선생님들은 학생 지도를 포기했고, 학생들은 무리 지어 싸우기 일쑤다. 물류유통과, 회계과 등 소속 전공으로 나누어서 싸우기도 하고, 영화감상부, 배구부 등 동아리끼리 전투를 벌이기도 한다. 말로만 싸우는 게 아니라 치고 받고 싸운다. 이 때문에 이가 나가거나, 깁스를 하고, 정학 처분을 받기도 한다.

대체 왜 싸우는 거냐고? 의리 때문이기도 하고, 오해와 자존심 때문이기도 하다. 제목처럼 '이대로 멈출 수 없기' 때문에, 그녀들은 달려가 싸운다. 일명 '진격의 여고생'이랄까. 이들은 그렇게 싸우다가도, 불투명한 미래를 고민하느라 머리를 싸매고, 될 대로 되라는 심정으로 세상으로 나선다. 아르바이트를 하다 급여를 떼어 먹히고, 모처럼 청춘드라마를 찍나 했더니 금방 막장으로 끝나 버리는 〈이대로 멈출 순 없다〉의 이야기는 누구나 지나쳐 왔던 질풍노도의 십대를 그대로 투영한다.

작화 측면에서 〈이대로 멈출 순 없다〉의 대단한 점은, 똑같은 교복을 입은 또래 여성들이 수십 명씩 등장하는 데도 독자 입장에서 등장인물이 전혀 헷갈리지 않는다는 것이다. 헤어스타일이며, 피부색, 체격, 눈썹 사이의 길이, 눈의 깊이, 캐릭터의 성격과 말투 등 세세한 부분까지 캐릭터 하나하나의 특징을 구체적으로 잡아 낸 덕택이다. 캐릭터의 외형부터 서사까지 여고생이라는 이미지가 여태 소비되어 왔던 성적 대상화의 방식을 무참히 깨부수고, 현실 그대로의 여고생을 그려내는 것이 이 웹툰의 가장 큰 매력이다. 언제든 읽으면 즐거워지는 작품이지만, 특히 캐릭터를 공부하는 사람이라면 이 작품을 꼭 읽어보기를 권한다.

이대로 멈출 순 없다 by 자룡, 골왕

카카오웹툰
2019. 6. ~
2018 제6회 다음웹툰 공모대전 우수상

#재미 #학원물 #여고 #싸움 #청춘 #질풍노도 #개성

그날 죽은 나는

주인공 이영은 어린 시절 관계에서 입은 상처로 타인을 너무 의식하는 사람으로 자라났다. 서아는 어린 시절 경험한 폭력적 관계로 타인을 조종하는 것을 탐닉하는 사람이 됐다. 가해자를 그대로 흉내내는 피해자가 서아라면, 향조는 피해자의 위치를 벗어나지 못해 침잠하는 인물이다. 〈그날 죽은 나는〉은 이미 죽은 소미를 통해 이루어진 이영과 향조의 성장 이야기다.

이영에게 소미는 어린 시절 동경하던 친구였다. 하지만 오랜만에 다시 만난 소미는 말조차 붙이지 못할 만큼 어두워져 있었고 얼마 후 옥상에서 떨어져 죽고 말았다. 그것도 이영의 눈앞에서. 소스라치게 놀란 이영이 올려다본 옥상에는 누군가의 형체가 어른거리지만 이영은 두려움에 입을 다물었다. 그 침묵을 틈으로 서아가 이영에게 접근한다.

향조에게 소미는 살리지 못한 친구였다. 부상으로 양궁선수의 길을 걷지 못해 망가져가던 소미는 서아의 먹잇감이 되고 말았다. 향조는 소미가 아팠다. 이미 부서져 버린 자신을 보는 것 같았고, 유명을 달리한 엄마를 보는 것 같았다. 그래서 손을 내밀려 했건만 향조는 소미를 지키지 못했다. 향조는 이제 자신도 포기할 준비가 되어 버렸다. 그렇지만 서아의 새로운 먹잇감이 된 이영만큼은 돕고 싶었다. 소미를 통해 향조는 이영을 만났다.

이런 틀거리 속에서 제목 속 '나'는 소미다. 〈그날 죽은 나는〉은 소미가 주어인 문장을, 향조와 이영이 완성해 나가는 이야기가 된다. 그런데 문장을 써나가며 둘은 문장의 주어 '나'를 찾아간다. 그날 죽은 '나'는 단수가 아니게 되고, 죽음도 문면 그대로 읽히지 않는다. 나를 포기하는 것이 죽음이다. 그 순간 〈그날 죽은 나는〉은 세계 앞에서 나를 한때나마 포기했던 이들이 관계를 통해 새로운 나를 찾는 이야기가 된다.

잘 지어진 제목은 이야기의 함축이다. 더 잘 지어진다면 제목은 이야기를 다시 보게 하는 힘까지도 지닌다. 이언은 〈그날 죽은 나는〉이라는 제목으로 그 모두를 해낸다. 그리고 더 뻗어나간다. 작품을 모두 읽고 나면 어느 독자에게나 제목과 비슷한 미완의 어두가 주어지기 때문이다.

그날 죽은 나는 by 이언

네이버웹툰
2019.7.~2021.1.　　　　　　　총 70화

#묘미 #여성서사 #학교폭력 #가스라이팅 #학원물 #사과 #연대
#페미니즘 #성장

유색의 멜랑꼴리

유도완과 김진하의 결혼식장. 갑작스레 식장에 난입한 불청객—본인의 친엄마—에게 신부 도완이 부케를 집어 던진다. 신부의 아버지가 어쩔 줄 몰라 하는 사이, 결혼식은 파국으로 끝나 버린다. 막장 드라마 같지만 사실 〈유색의 멜랑꼴리〉는 등장인물의 내면을 섬세하게 조명하는 작품이다. 여기엔 사람과 사람 사이의 선의와 진심, 배려와 용서 같은 것들이 조심스럽게 얽혀 있다.

도완은 어린 시절부터 모든 것을 언니나 남동생에게 양보하며 살았다. 어머니의 관심과 애정은 도완을 향하지 않았다. 미대에 진학했지만 어려운 가정 형편 때문에 곧바로 취업 전선에 뛰어들었다. 늘 자신의 것이 없었던 도완에게, 진하와 영준은 더없이 소중한 인연이다. 하지만 세 사람은 서로를 배려하고 이해하느라 정작 본인들의 진심은 외면하게 되어, 관계가 자꾸 복잡하게 얽혀 버린다. 파혼은 오히려 이 실타래를 하나하나 풀어나가는, 긍정적 전환의 계기가 된다.

도완의 일상에 스펙터클한 변화는 없다. 조금 우울하고, 어중간하게 슬픈 감정 속에서 도완은 성실하고 꾸준하게 일상을 붙잡는다. 그런 도완 주변에는 좋은 사람들이 서서히 모여든다.

아버지와 둘이 덩그러니 살던 집에 영준네 가족이 들어오고, 저명한 화가 고순호가 작업실로 세 들면서 어느덧 따뜻하고 소란스러운 공간이 된다. 상대를 진심으로 걱정하고, 사려 깊게 이해하는 마음들 속에서 도완은 비로소 '보호' 받는다.

〈유색의 멜랑꼴리〉에는 매 에피소드를 시작하기 전에 앞서 컬러칩이 하나씩 제시된다. 이 컬러칩은 그간 도완이 겪어 온 숱한 상처의 색이다. "멍이 든 피부는 오색찬란하잖습니까. 눈에 보이는 상처도 이렇게 화려한데 마음의 상처라고 다를까 싶은 거예요." 이 대사에서 발견할 수 있는 것처럼, 〈유색의 멜랑꼴리〉는 감정의 결을 세심하게 포착해 사려 깊게 담아 낸 수작이다.

유색의 멜랑꼴리 by 비나리

카카오웹툰
2019.7.~2021.2   총 62화

#별미 #결혼 #가족 #갈등 #삼각관계 #로맨스 #컬러칩 #화해

조숙의 맛

〈조숙의 맛〉은 아홉 살 조숙에게 생기는 가족의 변화에 대한 이야기이다. 여름방학이 시작되던 어느 날, 숙이의 엄마가 사라진다. 엄마가 사라진 자리에 새엄마와 남동생이 들어온다. 돌연 엄마가 교체된 것이다. 숙이는 자신에게 생긴 가족의 변화를 받아들이지 못한다. 아홉 살 아이가 받아들이기에는 너무 갑작스러운 일이기 때문이다. 숙이는 가출을 하고, 단식을 한다. 적어도 왜 이런 일이 생겼는지 자신에게 설명하라고 아빠에게 요구하지만 제대로 듣지 못한다.

갑작스러운 가족의 변화 이후 숙이의 여름 방학은 꼬여간다. 친구들의 엄마는 숙이의 부모가 이혼했다는 이유로 숙이와 가까이 지내지 말라고 한다. 그런 숙이의 곁을 친구 묘정은 가만히 지켜준다. 누군가가 자신의 곁에 함께 있다는 것만으로도 숙이는 위안을 얻는다.

숙이는 변화된 상황을 이해하기 위해 SNS 계정인 소피스트캣에게 조언을 구한다. 소피스트캣의 조언을 따라 숙이는 외할머니와 엄마를 만나고, 엄마의 이야기를 듣게 된다. 숙이는 엄마가 엄마의 행복을 위해 자신을 떠나 새로운 가정을 꾸렸다는 사실을 받아들인다. 그리고 엄마에게는 엄마의 이유가 있었다는 것을 알게 된다. 자신이 원하는 바와 다르다고 하더라도 엄마의 선택을 존중할 수밖에 없다는 것을 숙이는 깨닫는다. 아홉 살의 아이가 깨닫기에는 이른 것일지도 모르지만, 결국 '조숙'한 숙이는 가족의 해체와 재구성을 받아들일 수밖에 없다.

그렇다고 숙이의 일상이 완전히 망가지지는 않는다. 숙이의 새엄마와 남동생은 좋은 사람이고, 그들은 새로운 가족으로서 숙이의 곁에 남는다. 그리고 숙이는 자신의 일상을 살아간다. 이는 소피스트캣이 숙이에게 조언을 해 주기 전에 달았던 조건, 곧 방학숙제를 끝내기, 화분에 물 주기, 방 청소하기를 지키는 일이기도 하다. 소피스트캣의 조언은 삶을 살아가는 과정에서 오는 불가피한 불행들을 일상의 작은 것들이 주는 위안과 일상을 풍요롭게 가꾸려는 태도로서 이겨내야 한다는 뜻이다. 갑작스럽게 찾아온 불행을 버텨낼 수 있는 힘은 일상을 지켜내는 데 있기 때문이다. 이 메시지는 화면을 넘어 웹툰을 읽는 독자에게까지 전해진다. 누구든 세상을 살아가며 불행한 일을 마주하겠지만, 그럼에도 일상을 무너트려서는 안 된다.

조숙의 맛 by 이우물

카카오웹툰
2019.7.~2020.3.   총 32화
단행본 출간 (더오리진)

#의미 #성장 #가족 #이혼 #재혼 #어린이 #힐링

남남

〈남남〉은 모녀 사이에서 벌어지는 일들을 그린 작품이다. 이 작품 속의 모녀는 어딘가 특별하다. "대책 없는 엄마와 쿨한 딸의 동거 이야기"라는 로그라인처럼, 이 작품 속에서 그려지고 있는 엄마와 딸의 모습은 색다르다.

더운 여름 날, 남자친구와 싸우고 집에 돌아온 진희는 거실에서 엄마가 자위하는 모습을 본다. 다음날 진희는 중년 여성의 자위와 여성용 성인용품에 대해 검색해 본다. 엄마에게도 엄마의 욕망이 있으니까. 진희의 엄마 은미는 고등학생 때 진희를 임신한 뒤 출산하여 미혼모로서 진희를 혼자 키워 왔다.

은미는 그 사이에 여러 남자를 만났지만, 깊은 관계를 맺지 못했다. 그런 은미에게 애인이 생긴다. 은미의 애인은 은미가 고등학생이었던 시절에 만났던 친구 오빠이자, 진희의 생물학적인 아빠 진홍. 갑작스럽게 나타난 아빠의 존재에 진희는 당황한다. 하지만 진홍을 만나기로 한 것은 은미의 선택이기에 진희는 그들의 관계를 막을 수 없다.

제목에서도 알 수 있듯이, '너는 너고, 나는 나다'라는 이 태도는 이 웹툰의 핵심을 꿰뚫는다. 엄마와 딸이라는 관계는 물론이고, 친구, 애인 등 모든 관계가 결국 남남일 수밖에 없다는 것.

그리고 모든 이들은 각자 나름의 사정을 갖고 있을 수밖에 없다는 것. 다양한 캐릭터들이 자신의 살아가는 이야기들을 풀어 놓고, 이런 저런 이야기들이 보는 이의 삶 안으로 쏟아져 들어온다. 누군가의 다양한 삶의 단면들이 지금의 삶과 연결돼 있다는 점에서 이 웹툰은 많은 사람들의 공감을 받는다. 누적 조회수 4300만 이상의 관심은 거기에서 비롯된다. 특히 자식이나 연인에게 지나치게 집착함으로 인해 자신과 상대방을 힘들게 하는 사람들이 보면 좋을 작품이다.

남남 by 정영롱

카카오웹툰
2019.8.~ 2022.2   총 78화
단행본 출간 (문학동네)
드라마 제작 (2023)
2020 오늘의 우리만화, 2020 올해의 합정만화상 본상 국내작품부문
2021 제4회 골든브릿지 웹툰 어워즈 스페셜브릿지상(특별상)

#별미 #모녀관계 #가족 #페미니즘 #우정

더 복서

〈더 복서〉는 전설적인 복싱 트레이너 K가 천재 소년 유를 만나 벌어지는 이야기이다. K는 유를 복서로서 키우고, 유는 세계 챔피언에 등극한다. 하지만 유는 세계챔피언 전 체급 석권이라는 대업을 이룬 뒤에도 조금도 기뻐하지 않는다. 보통의 스포츠 만화였다면, 주인공 유가 왜 기뻐하지 않는지, 유에게 복싱은 어떤 의미인지, 유는 어떤 인물인지 등 유를 중심으로 이야기를 전개해 나가겠지만, 이 웹툰은 독특하게도 유에 대한 이야기는 부수적으로 다룬다. 오히려 유의 상대 선수들의 모습을 세밀하게 조명한다. 옴니버스식 구성을 연상시킬 정도로 다른 이들의 비중이 높다.

제목인 〈더 복서〉 역시 어느 특정한 복서 한 명이 아닌 수많은 복서들을 가리키는 말이다. 그렇기 때문에 이 작품에서는 여러 명의 복서들에 대한 이야기가 다양한 층위에서 펼쳐진다. 이 과정에서 복싱 자체보다 복싱을 하는 인간에 대한 이야기, 나아가 인간 자체에 대한 이야기가 드넓게 펼쳐진다.

이런 인간에 대한 이야기들을 풀어나가면서 이 만화는 장르의 한계를 아득히 넘어 버린다. 무엇보다 인간에 대한 질문을 던지고, 나아가 삶의 의미를 계속 묻는다는 점에서 이 웹툰 자체가 인간과 인간의 삶의 의미를 다루는 질문으로 거듭난다. 사실 이런 질문들은 웹툰으로 다루기에는 다소 무거운 것이라 느껴질지 모른다. 그럼에도 이 작품은 때로는 가벼운 유머로, 때로는 진지한 물음으로 무거운 주제를 풀어 나가는 데 성공한다. 스포츠 만화로 즐기며 읽기에도, 삶에 대한 성찰적 사유를 위해 깊이 읽기에도 적합한 작품이다.

더 복서 by 정지훈

네이버웹툰
2019.12.~2022.6.　　　　　　　　총 133화
단행본 출간 (대원씨아이)
2020 대한민국 콘텐츠대상 만화부문 한국콘텐츠진흥원장상
2021 오늘의 우리만화
2021 제4회 골든브릿지 웹툰 어워즈 골든브릿지상(대상)

#별미 #복싱 #스포츠 #괴물 #인간 #경쟁

ˎ도롱이

중심인물들 간의 첨예하게 다른 입장이 감탄이 나오도록 부딪히는 걸작 동양 판타지. 중심인물 중 누가 선인이고 누가 악인인지는 읽는 이가 판단할 몫이다.

용에 가까운 영물인 이무기가 도축 당해 약제와 고기로 소비되는 세계. 그 세계에서 이무기 사냥과 양식, 도축을 독점하는 백정 가문의 딸로 태어난 권삼복이 〈도롱이〉의 인간 주인공이다. 어린 시절부터 이무기를 잡고 죽이는 것이 당연한 일이었던 삼복은 처음 만난 자연산 이무기 도롱이와 이야기 나누며 자신의 가문이 이무기에게 원수이자 '나쁜 놈'이라는 것을 깨닫는다. 이에, 990살인 도롱이가 1,000살이 되어 용으로 승천하면 자신도 백정 일을 그만둘 수 있으리라 기대하며 삼복은 10년간 도롱이를 지키고 그의 승천을 돕기로 한다.

삼복이 회심의 길을 걷기 시작한 가해자라면, 도롱이와 강철은 다른 입장을 견지하는 피해자다. 도롱이는 일족의 원수 권씨 가문을 혐오하면서도 용의 길을 걷는 이무기의 숙명대로 인간을 해하지 않는다. 원수 가문의 딸 삼복이 못 미덥지만 믿어보려 하는 것도 그가 비폭력을 선택할 수밖에 없기 때문이며 동시에 그것이 옳다고 믿기 때문이다. 하지만 피의 역사를 초창기부터 경험한 또다른 이무기 강철은 다른 길을 걷는다. 강철은 권씨 가문을 절멸함으로써 이무기 일족의 복수를 행하고 이무기에게 더 이상의 피해가 일어나지 않게 하고자 한다. 가해자 백정의 변화에 믿음을 걸어보는 피해자 도롱이와 가해자의 멸절을 도모하는 피해자 강철의 길이 엇갈리고, 가해자 삼복은 그 사이에서 갈팡질팡한다.

이들 외에도 매력적이고 속 깊은 주변 인물들이 또다른 각자의 입장과 사정을 표명하며 독자들을 고심하게 만든다. 선 자리에 따른 차이의 이모저모를 탄탄한 이야기 속에서 펼쳐내며 독자들이 이를 헤아리게 하는 것이다. 작품성과 완결성, 메시지를 중히 여기는 이라면 감탄하며 읽을 작품이다.

도롱이 by 사이사

네이버웹툰
2019.12.~2021.4.   총 72화
단행본 출간 (거북이북스)
2021 오늘의 우리만화
2021 올해의 합정만화상 국내작품 본상

#의미 #동양판타지 #여성서사 #사과 #용서 #비거니즘 #페미니즘

민간인 통제구역

〈민간인 통제구역〉은 비무장지대 내부에 있는 남북의 최전방 감시초소인 GP를 지키는 수색중대를 배경으로 한다. 제대를 한달 반 앞두고 아무것도 일어나지 않는 무료하고 심심한 나날에 적응한 병장 민태홍 앞에 북한 귀순 병사가 나타나고 함께 경계근무를 서던 "폐급" 조충렬이 총기 조작 실수로 항복 의사를 내비친 북한 병사를 쏘고 만 것이다. 이 사건을 둘러싸고 등장인물들이 자신의 이해관계에 따라 행동하면서 이야기는 전개된다.

이 웹툰의 장점은 인물들의 세부 묘사에 있다. 캐릭터성이 강한 인물들의 행동에는 모두 당위가 있다. 하지만 각자의 행동은 서로 부딪히고, 어긋난다. 이 과정에서 이야기는 점점 파국으로 치닫는다.

이 파국은 불가피한 측면이 있다. 군대는 서열이 확실한 곳인데다, GP는 근무 인원이 적고 폐쇄적이기 때문에 발생하는 부조리와 모순이 있다. 이런 구조적 모순은 개인이 쉽게 해결할 수 없기 때문에 대부분은 이를 체념하고 상황은 점점 악화된다.

이러한 군대 내의 모순은 진실이 진실로 드러나지 못하게 억압한다. 소대원과 기무사 조사관은 자신들의 이해관계 때문에 진실을 덮는다. 그렇게 총기 오발 사고의 진실은 은폐된다. 하지만 한편에서 진실을 밝히기 위해 애쓰는 사람도 있다.

흑백으로 그려진 그림은 이야기의 긴장감을 높이는 데 일조한다. 이 그림은 연필과 붓을 활용해 종이에 수채로 그린 후 디지털 후보정을 한 것이라고 한다. 섬세하게 작업한 그림들을 감상하는 것 또한 이 작품의 재미 중 하나다. 군대 내의 부조리를 현실감 있게 그려 낸 작품이라는 점에서 넷플릭스 드라마로 만들어지기도 한 〈D.P 개의 날〉과 비교하며 감상하는 것 또한 추천한다.

민간인 통제구역 by OSIK

네이버웹툰
2019.12.~2021.4.   총 73화
단행본 출간 (goat)
2021 부천만화대상 신인만화상

#재미 #군대 #폭력 #부조리 #내부고발

신의 태궁

한국의 설화와 무속신앙을 주제로 한 〈신의 태궁〉은 인간 세상에 신의 뜻을 전하는 신의 아이를 기르는 태궁과 그녀를 사랑하는 밥그릇 도깨비의 이야기를 그린다. 신의 아이는 신의 뜻을 전하는 역할을 하는 존재로, 태궁에서 자란 후 인간세계에 아이로 태어난다. 신의 아이는 인간세계에서는 무당 혹은 만신이라 불린다. 신의 아이를 기르는 태궁은 신의 아이에게 신의 꽃을 심어주는데, 이 과정에서 그녀의 영혼은 조금씩 부서진다.

밥그릇 도깨비와 태궁은 과거에 인연이 있었다. 태궁의 다른 이름은 수영인데, 이는 태궁의 전생이자 밥그릇 도깨비가 기억하는 이름이다. 밥그릇 도깨비 역시 정인이라는 이름이 있다. 정인은 과거에 태궁을 사랑했고, 태궁이 자신의 영혼을 소멸시키며 신의 아이들을 기르는 일을 멈추기를 바란다. 수영이 태궁으로서 살아가는 일이 그녀에게 고통만을 준다고 보기 때문이다. 수영이 더 이상 태궁으로 살지 않게 하려고 정인은 신의 아이가 되어 인간 세상으로 간다. 정인은 인간으로 태어나서 자란 이후, 신의 아이들을 찾아가 그들 안에 깃들어 있는 신의 꽃을 취한다. 신의 꽃이 사라지면, 신의 아이는 보통의 인간과 같아지게 된다. 이렇게 신을 섬기는 신의 아이가 사라지고 신의 힘이

약해지면 더 이상 태궁이 신의 아이를 기르는 일을 하지 않아도 되기 때문에 정인은 자신의 모든 것을 걸고 이 일을 해나간다.

많은 이들이 신이 인간을 위해 있다고 생각하지만, 이 작품에서 신은 인간을 위한 존재가 아니다. 무엇보다 신은 자신들을 위해 존재한다. 그렇기 때문에 인간들이 신의 뜻을 따르도록 힘을 쓰는 일을 주저하지 않는다. 과거에 인간은 신의 뜻을 따르며 살아왔지만, 시간이 지나면서 인간은 자신만의 문명을 만들고 자신들의 질서를 세우는 과정에서 신에게서 멀어진다. 신들은 인간이 신을 필요로 하고 숭배해야만 힘이 강해지는데, 신의 필요가 없어진 세상에서 신들은 점점 더 약해지고, 그 과정에서 조금씩 사라져 간다. 이 작품은 이러한 모습들을 그려 내면서, 신과 인간의 관계와 인간의 본성에 대해 생각할 여지를 던진다.

삼신할망 설화, 저승할망 설화 등 한국의 설화를 바탕으로 설화적인 이야기가 펼쳐지는 한편, 과거의 인연을 기억하고 수영에게 다가가는 정인의 순애보가 읽는 이들의 눈길을 끈다. 몽환적인 그림체와 옛날이야기를 듣는 것 같은 동화적인 이야기 구성이 흥미로운 작품이다.

신의 태궁 by 해소금

카카오웹툰
2020.1.~2022.4.   총 105화

#별미 #설화 #동양판타지 #무속신앙 #도깨비

여왕 쎄시아의 반바지

흔히 '회빙환'으로 불리는 회귀, 빙의, 환생 서사는 웹툰보다 웹소설에서 더 많이 발견할 수 있다. 과거의 시간으로 돌아가거나(회귀) 다른 이의 몸에 들어가거나(빙의) 책 속 인물이나 아예 다른 시대 인물로 태어나는(환생) '회빙환' 서사의 주요 특징은 주인공이 다른 인물들과 달리 미래의 정보를 인식하고 있다는 것이다. 미래에 일어날 일을 이미 알고 있거나 다른 세계의 지식을 습득한 주인공은 새로운 세계와 아슬아슬한 경합을 벌인다.

웹툰 〈여왕 쎄시아의 반바지〉는 현대 사회의 패션 디자이너가 중세 시대를 배경으로 한 세계에서 환생하며 펼쳐지는 이야기다. 우연한 계기로 전생의 기억을 되찾은 주인공 유리는 현대적인 의복을 선보이며 대형 상단에 들어간다. 질 좋은 보급형 의복을 개발하는 것이 꿈인 유리가 여왕 쎄시아를 만나게 되는 것도 바로 옷 때문이다. 쎄시아는 직접 군대를 이끌며 아흔아홉 개의 나라를 정복했지만, 코르셋으로부터 벗어나지는 못한다. 허리가 죄어 음식도 제대로 먹지 못하는 쎄시아에게 유리는 가벼우면서도 아름다운 실내 드레스를 선물한다. 코르셋과 파팅게일 없이도 입을 수 있는 옷이다.

나아가 유리는 발렌시아 왕국의 대장장이와 협업하여 지퍼를 개발한다. 옷을 조각 내 기워 입는 기존 방식과 달리, 지퍼를 사용하여 옷 입는 시간을 혁신적으로 단축한 것이다. 현대 사회의 기억을 떠올려 만든 지퍼는 발렌시아 왕국에 새로운 먹거리 사업이 된다. 저마다 자신의 몸에 맞는 옷을 편안하게 입었으면 하는 유리의 꿈이 점차 현실로 옮겨지는 순간이다. 〈여왕 쎄시아의 반바지〉는 현대 사회의 탈코르셋 운동이 그 이름 그대로 코르셋을 벗겨내는 기술로 현현되는 독특한 서사를 보여 준다. 유리는 작중에서도 성차별적 세계관에 저항하고 투쟁하며, 자신의 기술로 조금씩 세계를 바꾸어 나간다.

덧붙이자면, 〈여왕 쎄시아의 반바지〉는 같은 제목의 웹소설을 원작으로 창작된 작품이다. 원작도 훌륭하지만, 웹툰 역시 고유의 매력이 넘친다. 일단 원작 웹소설에서 텍스트로 묘사되던 옷들을 웹툰에서 직접 시각화된 이미지로 감상할 수 있다는 것이 가장 큰 장점이다. 매화 수준 높은 의복을 선보이는 웹툰 작가야말로 사실 환생한 디자이너가 아닐까 의심될 정도다.

여왕 쎄시아의 반바지
by 새들 (만화) 재겸 (원작)

코미코
2020.1.~

#의미 #환생 #로맨스판타지 #노블코믹스 #전문직 #탈코르셋

오늘을 살아본 게 아니잖아

여진희는 올해 100살이 된 여성이다. 직업은 소설가이고 세 번째 배우자와 막 헤어진 참이다. 남편의 외도를 알자마자 집을 뛰쳐나와 새로 입주한 원룸에서 혼자, 아니 정확히는 인공지능 로봇 '엠유'와 함께 살고 있다. 엠유는 90세 이상은 의무적으로 사용해야 하는 인공지능 홈닥터다. 10년을 썼더니 콘센트 꼬리가 안 들어가기도 하는, 제법 늙은 로봇이다.

현배군은 올해 99살, 자평하기로 '가장 황홀한 나이'다. 평소에는 페인트공으로 일하며 조연 배우로 출연하고 있다. 언젠가는 주연을 꿈꾼다. 싱글로 원룸에서 살며, 이용하는 홈닥터는 최신 기종 '포유'다. 그리고 소설가 여진희의 팬이다.

평균 99.5세의 노인네들이 이상하게 활기차 보인다면 틀리지 않았다. 이들이 사는 세계는 생명연장술 이후의 세계다. 180살이 평균수명이 된 미래다. 진희는 70살 즈음에 생명연장술의 혜택을 입었다. 이런 SF 설정 속에서 〈오늘을 살아본 게 아니잖아〉는 소소한 행복의 맛을, 또한 예상치 못한 아름다움을 보여준다. 그 중심은 마침 옆집에 사는 여진희와 현배군의 로맨스다.

하지만 모든 행복과 아름다움이 로맨스로 환원되지는 않는다. 충분히 나이든 이들의 고뇌와 상실, 두려움과 아픔, 우정과 사랑 모두가 행복하거나 아름답다. 고장난 엠유를 고치려 노력하는 에피소드는 특히 인상 깊은데, 마치 SF에 오래된 사람들의 감성의 맛이 함께 담긴 느낌이다. 〈오늘을 살아본 게 아니잖아〉는 따뜻한 SF라는 낯선 작명을 시도하기에 안성맞춤인 작품이다.

같은 만화경에서 볼 수 있는 052 작가의 〈섬의 봄〉과 〈섬의 봄 그리고 여름〉도 비슷한 맛이 느껴지는 SF다. 셋 모두 작은 무료 플랫폼에 실린 짧은 작품이라고 얕볼 수 없는, 무척 깊은 생각과 감정이 담겼다. SF가 이렇게 뭉클한 장르일 수 있다는 것을 만화경에서 가슴 깊이 깨달았다.

오늘을 살아본 게 아니잖아 by 한차은

만화경
2020.1.~2021.2.   총 30화

#묘미 #SF #노년 #로맨스 #로봇 #반려로봇

하루만 네가 되고 싶어

최근 로맨스 판타지 장르에서는 작품마다 '로맨스'를 다시 쓰는 작업이 이어지고 있다. 동명의 유명 웹소설을 원작으로 창작된 〈황제와 여기사〉가 전형적인 로맨스를 비틀어 낸 대표적 작품이라면, 〈하루만 네가 되고 싶어〉는 사랑을 빙자한 정치적 야심을 폭로하고, 이를 뒤집어 활용하며 공동의 살 길을 모색하는 두 여성 캐릭터를 조명한다. 두 작품 모두에서 캐릭터들을 구원하는 건 로맨스가 아니라 서로 동료로서 어깨를 거는 '연대'다.

〈하루만 네가 되고 싶어〉는 황태자비 자리를 놓고 메데이아 벨리아르와 프시케 폴리가 벌이는 경합으로부터 시작한다. 압도적인 승리를 거둔 것은 메데이아였으나, 황태자의 농간으로 프시케가 황태자비 자리를 차지하게 된다. 억울하게 황태자비를 빼앗긴 메데이아는 신전에서 기도를 올린다. 하루만이라도 프시케가 되고 싶다고. 이 기도 때문인지 프시케와 메데이아는 갑작스레 몸이 바뀌게 된다. 서로의 삶에 보다 깊숙이 관여하게 된 이들은 폭력적인 진실에 다가선다. 황태자는 프시케를 사랑해서가 아니라 그녀를 철저히 이용하기 위해 곁에 두었던 것이다. 몸이 바뀐 이후 메데이아와 프시케는 힘을 합쳐 황태자에 맞선다. 한때 황태자비 자리를 놓고 경쟁했던 이들이 이제는 연대하여 황태자에 대적하는 것이다.

　주인공인 메데이아의 이름은 고대 그리스 비극 〈메데이아〉에 등장하는 희대의 악녀의 이름과 같다. 작중 메데이아도 작품 초반에는 전형적인 악녀로 등장하지만, 작품이 전개될 수록 비상한 머리와 뛰어난 무력을 지닌 천재 전략가로 자리매김한다. 프시케 역시 어리바리한 모습에서 벗어나 자신만의 신념을 찾아나간다. 이 둘은 서로 영향을 주고 받으며 긍정적인 변화를 일구어 낸다.

　〈하루만 네가 되고 싶어〉가 가진 기본적인 작품의 모티브는 여성의 연대와 성장이지만, 그 외에도 화려한 작화나 몰입감 있는 서사를 통해 대중적 인기 역시 놓치지 않았다. 특히 독자들마저 속이는 반전의 반전 스토리텔링은 흡입력이 넘친다.

하루만 네가 되고 싶어 by 삼

네이버웹툰
2020.1.~
단행본 출간 (문학동네)
오디오 드라마 제작 (2021)
모바일 게임 제작 (2022)

#재미 #로맨스판타지 #바디체인지 #연대 #여성서사 #성장 #황실

미래의 골동품 가게

〈미래의 골동품 가게〉는 한국 고유의 소재를 활용한 스릴러다. 작가가 만든 독창적인 세계관 안에서 이야기가 오밀조밀하게 펼쳐진다. 스릴러 장르 특유의 긴장감을 놓치지 않으면서도 동화를 연상시킬 정도의 선한 이야기가 흥미롭게 그려진다.

주인공인 도미래는 해말섬에서 만신 할머니 손에 자란다. 할머니가 만신으로서 사람들을 돕는 모습을 지켜보면서 자라온 미래는 자신도 무술(巫術)을 통해 사람들을 돕는다. 이 과정에서 미래는 과거에 있었던 일들과 엮이게 된다. 이 점에서 이 웹툰의 주인공은 미래이지만, 미래의 이야기에만 머물지 않는다. 미래의 이야기가 진행되는 과정에서 과거의 일들이 영향을 미치기 때문이다. 즉, 과거의 업보와 그것을 풀어나가는 현재의 과정, 나아가 그것들이 만들어나가는 미래의 이야기가 펼쳐지는 것이다. 미래의 할머니이자 유명한 만신이었던 서연화와 만신으로서 천재적인 재능을 지녔던 어머니 천수희 그리고 할머니의 스승인 바리 만신 등 과거의 인물들이 지었던 업보가 현재와 미래에 영향을 미친다. 그렇게 이야기는 과거와 현재가 얽히면서 나쁜 인연들이 해결되고 새로운 미래가 만들어지는 과정을 비춘다. 주인공의 이름이 '미래'인 것도 여기에 이유가 있다.

이렇듯 과거, 현재, 미래가 맞물리면서 세계관이 커지고 이야기는 확장된다.

　스릴러 장르 특유의 무거운 분위기가 이야기의 몰입도를 높이고, 이 몰입감 안에서 권선징악이라는 단순한 메시지가 강조된다. 잘못된 사술을 행하는 이들과 그들과 맞서 싸우는 미래의 모습에서 선악은 명료하게 나뉘어 대립한다. 이 대립의 과정에서 하늘의 순리를 따르는 것과 하늘의 순리를 거스르는 것이 대립하며, 각각의 업보에 따른 결과가 발생한다.

　주역, 삼국유사 등 다양한 문헌은 물론이고, 상고사, 토속신앙, 도학, 역리 등 광범위한 자료를 활용하여 독자적인 이야기를 만들어내고 있는 것은 이 웹툰의 돋보이는 측면이다. 때문에 이야기의 깊이감이 남다르다. 스릴러 장르에 관심이 있든 없든 누구나 편하게 볼 수 있을 만한 작품이다.

미래의 골동품 가게 by 구아진

네이버웹툰
2020.3.~
2022 부천만화대상

#묘미 #성장 #무속신앙 #토속신앙 #스릴러 #오컬트 #엑소시즘

데이빗

돼지 농장에서 태어난 데이빗은 자신의 생각을 사람의 언어로 표현하는 돼지다. 데이빗은 농장주의 아들인 조지와 함께 자랐는데, 조지가 보통 아이들처럼 학교에 다니고 성장했지만 데이빗은 농장을 벗어나지 못한 채 시간이 지났다. 대학도 못 가고 농장에서 일하며 무료한 나날을 보내던 조지는 매일 가는 술집에서 서커스단이 도시로 떠난다는 이야기를 듣는다. 조지는 데이빗을 꼬드겨 함께 서커스단으로 들어간다.

"말하는 돼지" 데이빗은 순식간에 데이빗은 유명인사가 되고, 도시는 데이빗을 둘러싼 갈등에 휘말린다. 데이빗이 인간이냐 아니냐를 두고 사람들은 서로 대립한다. 데이빗은 인간이며, 데이빗에게도 인권이 주어져야 한다고 주장하는 이들과 데이빗은 단지 돼지일 뿐이라는 이들이 나뉜다.

과거 흑인 노예는 인간이 아니었다. 힘을 가진 이들은 대부분 백인이었고, 그들이 흑인 노예가 자신들과 다르며, 그들이 인간이 아니라고 규정했기 때문이다. 데이빗 역시 다수의 인간들과 다르다는 이유에서 인간으로서 쉽게 받아들여지지 못한다. 그를 인간으로서 받아들이고, 인간으로서 대우해야 한다고 주장하는 인권단체 스피릿의 리더 캐서린 역시 결정적인 순간에는 데이빗을 인간으로 받아들이지 못한다.

이 작품은 데이빗을 둘러싼 갈등의 양상을 그리면서 데이빗을 인간이라 말할 수 있는지 끊임없이 묻는다. 데이빗을 둘러싼 인물들의 서로 다른 이해관계와 그들이 데이빗을 대하는 방식을 두고, 인간은 무엇인지, 인간을 무엇으로 정의할 수 있는지 다양한 질문들과 그에 대한 나름의 해답들이 제시된다.

〈데이빗〉은 흑백만화다. 그림체 역시 비교적 단순한 편이다. 흑백과 비교적 단순한 그림체의 사용은 독자가 웹툰 안에 온전히 집중할 수 있도록 만든다. 군더더기를 최대한 배제한 구성이 이야기의 몰입을 촉발하는 것이다.

인간에 대해, 동물에 대해, 그리고 공동체에서 배제된 이들에 대해 다양한 사유를 하게 하는 이 작품은 d몬의 "사람 3연작" 중 하나다. 사람 3연작은 〈데이빗〉에서 시작해 〈에리타〉, 〈브랜든〉으로 이어진다. 이 작품은 인간에 대한 다양한 철학적 질문을 던지면서 독자들을 깊은 사유의 세계로 초대한다.

데이빗 by d몬

네이버웹툰
2020.4.~2020.6.   총 20화
단행본 출간 (푸른숲)

#의미 #동물권 #철학 #인간 #인권

동트는 로맨스

사랑은 관계의 당사자들만이 교류하는 은밀한 감정이다. 로맨스 장르 작품들은 이 비밀스러운 관계에 기꺼이 독자를 초대해, 사랑에 빠져드는 순간을 대리 체험하게 한다. 그러나 물론 사랑이 달콤하기만 한 건 아니다. 사랑에 빠진 사람들은 상대의 반응을 살피고, 긴장하고, 잘못했나 자책하기도 하고, 이게 사랑이 맞는지 내 감정에 돋보기를 들이대고 점검한다. 때에 따라 연인이 세상에서 가장 먼 사람처럼 느껴지기도 하고, 내가 더 사랑하는 것만 같아 이미 패배한 경쟁 관계처럼 여겨지기도 한다.

〈동트는 로맨스〉는 이러한 복잡한 심리 상태를 깊이 있게 파고든 작품이다. 〈동트는 로맨스〉에는 연인이 되려는, 혹은 이미 연인인 세 쌍의 커플이 등장한다. 커플마다 각각 인물 성향에 따라 특징적인 관계가 형성되어 있고, 연인들의 고민은 그 관계에서부터 출발한다. 가장 첫 번째로 등장하는 새벽×광채 커플의 연애 장르는 '코미디'다. 술김에 시작된 듯했지만, 알고 보면 꽤 오래 쌓여 온 마음들이 새벽과 광채를 거침없이 연애로, 아니 오해로 몰아 넣는다. 상대가 실망할까 봐 미처 물어보지 못한 질문이 어디까지 가는지 지켜보는 재미가 쏠쏠하다.

그런가하면 두 번째 커플인 여명×동백 커플의 연애는 '드라마'다. 고등학교 때부터 시작되어 수 년째 이어지고 있는 이들 커플도 미처 말하지 못한 말로 상대의 마음을 넘겨 짚느라 고군분투한다. 게다가 이들은 자기 자신의 마음마저도 오해하고 착각한다. 여명과 동백은 오랜 세월 연인이었기 때문에 오히려 더 쉽게 꺼내지 못했던 말들을 드디어 꺼내 놓는다.

마지막 커플인 효신×서해의 장르는 '스릴러'라 할까. 두 사람은 서로의 마음과 입에서 나오는 말이 일치하지 못해 쉽게 가도 되는 길을 돌고돌아가는 비운의 연인이다. 효신과 서해는 잡힐 듯 잡히지 않는 스릴 넘치는 레이싱을 벌인다.

세상에 수많은 사람이 있는 것처럼, 사랑에도 수만 가지 모습이 있다. 어떤 연애에도 정답은 없고, 왕도도 없다. 고민의 시간이 필요할 때는 누구에게나 있고, 우리는 우리 마음의 주인이면서도 마음을 잘 모른다. 〈동트는 로맨스〉는 달달하면서도 복잡미묘한 연애 관계를 긴장감 있게 풀어 낸 수작이다. 잠든 연애 세포를 깨우고 싶다면, 이 작품이 즉효다.

동트는 로맨스 by 유월

네이버웹툰
2020.5.~2021.7.   총 64화
단행본 출간 (유어마나)

#묘미 #옴니버스 #로맨스 #연인 #심리 #연애 #관계

각자의 디데이

고교생 커플 진파란과 연노랑은 헤어졌으나 공식적으로는 아직 연인 관계를 유지하고 있다. 둘은 같은 계열의 이름을 비롯 여러 유사성으로 인해 자연스럽게 연인이 되었지만, 유사성 속의 차이를 경험하다 결국 헤어지게 되었다. 하지만 커플로 학교 축제 댄스 퍼레이드의 반 대표를 맡았던 것 때문에, 이별을 공표하는 것은 축제가 끝난 후로 미루기로 했던 것이다.

〈각자의 디데이〉는 고교생 남녀커플 진파란과 연노랑의 시한부 로맨스를 주축으로 한 단 3일간의 이야기를 1년여 동안 연재했다. 그만큼 섬세하고 사려 깊은 이야기가 담겼고 인물의 감정선과 고민을 풍성하게 담아 냈다. 여기에 더해 주변 인물들의 결 다른 사랑도 비중 있게 다루며 사랑이라는 감정과 언행의 다채로움을 그려내는 데도 성공했다. 연노랑을 향한 반장우의 짝사랑, 선대일과 김이로 사이의 존중과 우정, 김이로에 대한 도서원의 짝사랑 등이 모두 다 다르면서도 옳은 모습으로 묘사된다.

특히 도서원의 마음을 아는 인물들이 보이는 반응은 헤테로 로맨스 웹툰에서 성소수자를 재현한 예 가운데 무척 모범적인 사례다. 〈각자의 디데이〉는 여러 회차에 걸쳐 서원이 이로를 향해 품은 마음이 지금의 크기까지 이른 과정을 보여 준다. 그

가운데 서원의 마음을 알거나 눈치챈 다른 인물들은 '동성'애에 집중하지 않는다. 염려도 참견도 혐오도 하지 않는다. 동성애를 '비정상'으로 전제하며 그 특수성을 사건화하던 예전의 만화들에서 진일보한 묘사다. 여자가 여자를 향해 마음을 품은 것이 아니라 서원이 이로를 향해 마음을 품은 일이 사건이다. 작품 속 청소년들의 사회는 이를 이해할 만큼은 성숙해 있는 것으로 그려진다.

이렇게 로맨스 장르가 다양한 사랑과 감정을 차별 없이 담아내려 할 때, 그것을 독자들이 현실 속에 만연한 차별과 대조하며 읽을 때, 진실이 부각될 수 있다. 〈각자의 디데이〉는 그런 점에서 차별금지법 이후의 한국에서 더 핍진하게 읽을 수 있을, 흥미로운 텍스트로 자리매김한다.

각자의 디데이 by 오묘

네이버웹툰
2020.6.~2021.6.   총 53화
단행본 출간 (영컴)

#묘미 #로맨스 #우정 #LGBTQ #학원물 #아이돌

살아남은 로맨스

〈살아남은 로맨스〉의 장르는 복합적이다. 굳이 말하자면 빙의·회귀·좀비물이랄까. 희수는 분명 로맨스 소설 속 여주인공 '채린'에 빙의했는데, 어느 순간 세계가 좀비 천지가 된 것이다. 좀비에게 물려 사망하면 다시 같은 날로 회귀한다. 좀비들로부터 살아남으려 온갖 꼼수를 떠올려보지만, 아무것도 통하지 않는다. 아침에 일어나면 좀비들이 나타나고, 좀비에게 물려 죽고 나면 다시 똑같은 하루가 시작된다. 수도없이 회귀하는 날들 속에 채린은 모든 감각과 의지를 상실한 채 절망에 빠진다. 그러나 똑같은 패턴의 반복이리라 여겼던 날들 가운데 이변이 일어난다. 망연자실한 채린에게 누군가 먼저 손을 내밀어준 것이다. 남자 주인공을 제외한 나머지 등장인물들은 희수에게 지금껏 얼굴도 이름도 없이 오로지 검은 그림자로만 보여졌다. 그래서 이번에도 손 내밀어준 이의 얼굴을 제대로 보지 못했지만, 희수는 그가 누구인지 반드시 찾아내겠다고 마음 먹는다.

희수가 생존을 결심한 뒤로부터 이 작품은 본격적으로 로맨스를 집어던진다. 남자주인공이었던 '제하'는 온데간데 없어지고, 희수는 오로지 같은 반 친구들과 단합하여 싸워나간다. 서사의 중심이 로맨스였을 때까지만 해도 반 친구들은 그저 엑스트라에 불과했지만, 좀비 장르로 격변해 함께 싸우기 시작하자 이들은 희수와 함께 연대하는 동료로서 마땅한 작품의 주연이 된다.

작가 이연은 전작 〈화장 지워주는 남자〉에서 여자들의 꾸밈 노동을 고발하고, 이로부터 해방되는 서사를 선보인 바 있다. 〈화장 지워주는 남자〉가 연재를 시작한 2018년은 페미니즘 진영에서 탈코르셋 운동이 뜨겁게 불붙던 때다. 이연은 당대 페미니즘 운동과 발을 맞추듯 메이크업 경연대회에서 오히려 메이크업을 지워내는 서사를 선보였다. 〈살아남은 로맨스〉는 전작에 비해 은유적 장치를 강화한 여성서사 작품으로, 작가가 창작을 통해 전하려는 메시지를 한 층 더 세련되게 다듬어 낸 작품이다.

작품 초반부엔 대다수의 등장인물이 독자에게도 검은 실루엣으로만 보인다. 누가 누구인지 모르겠고 대체 어떤 인물들인지 궁금해 답답할 때도 있지만, 실루엣이 벗겨지고 구체적인 캐릭터의 모습이 드러났을 때의 놀람과 희열 또한 만만찮다. 상상으로 그려보던 캐릭터들이 하나씩 얼굴이 보일 때마다 기다렸던 만큼 재미가 배가될 것이다.

살아남은 로맨스 by 이연

네이버웹툰
2020.8.~

#묘미 #회귀 #빙의 #좀비 #우정 #여성서사

붉고 푸른 눈

2003년 〈르브바하프 왕국 재건설기〉를 통해 본격적으로 데뷔한 만화가 김민희의 작품은 드라마와 코미디가 묘하게 섞인 판타지의 연속이다. 겉보기에는 일상물 같다. 제법 큰 사건들이 벌어지지만 등장인물들은 초장부터 진지한 모습을 보이는 대신 제멋대로 움직인다. 그렇게 한창 웃음을 낳는 도중에도 작품의 서사는 진행되고, 시시각각 전개되는 상황에서 등장인물들은 자신의 리듬을 놓지 않고 닥쳐오는 것들에 맞선다. 그렇게 김민희는 코믹과 진지의 절묘한 밸런스를 잡았다.

이러한 스타일은 2014년 〈미드나잇 파트너〉를 통해 본격적으로 웹툰을 시도하고 나서도 크게 달라지지 않았다. 달라진 것은 웹툰 특성상 원색을 자유자재로 사용하면서도 촌스럽지 않고 개성 넘치는 강렬한 채색을 마음껏 볼 수 있게 되었다는 것, 그리고 이전보다는 코믹의 강도가 조금은 줄어들었다는 점이다. 물론 김민희 특유의 느릿하면서도 폐부를 찌르는 코미디는 여전히 계속되고 있지만, 김민희는 자신이 꾸준히 시도해 왔던 장르를 재해석하는 움직임을 더욱 강하게 시도해 나가고 있다.

2020년부터 선 보인 〈붉고 푸른 눈〉은 김민희가 20년 가까이 장르를 자신의 스타일대로 마주했던 작업이 더욱 물이 오르고 있음을 강렬하게 드러 낸다. 작중 세계는 마치 〈해리포터〉처럼 정부 내에 '마법부'가 존재할 정도로 마법이 일상 속에 자연스럽게 존재하는 세계다. 주인공 '희라'를 비롯한 등장인물의 복장도, 살아가는 방식도 현실 세계와 크게 다르지 않다. 그저 '마법'이라는 도구가 손에 들렸을 따름이다.

　작중에서 마법은 무척이나 강력한 힘의 원천이지만, 강력한 마법이 낳은 '에너지의 부스러기'가 뭉쳐 탄생한 '마법구'는 수많은 재해를 일으키는 재앙의 씨앗이 된다. 이런 양날의 칼 같은 마법의 힘을 강력하게 가지고 태어난 희라는 자신의 힘을 인지하고, 그 힘이 가진 책임을 지기 위해 마법구를 해체하기 위한 싸움을 동료들과 함께 시작한다. 하지만 그 싸움은 치열하게 싸우는 전쟁터에서 벌어지지 않는다. 일상 속에서 자연스럽게 마주치는 부조리함에 저항하는 크고 작은 움직임이 마법구의 강력한 힘을 조금씩 잠재우는 것에 가깝다. 스펙터클한 전장에서 벗어나는 싸움은 아니지만, 일상을 부대끼면서 발생하는 대결을 묘사하는 작품의 모습은 마치 현실 속에서 불의와 맞서 싸우는 모습과도 겹쳐지며 독특한 감각을 낳는다. 〈붉고 푸른 눈〉은 작가 특유의 리듬으로 강력한 힘과 그 파장에 대처하는 이들의 모습을 느릿하면서도 강렬히 그리고 있다.

붉고 푸른 눈 by 김민희

비독점 연재
2020.10.~

#묘미 #판타지 #마법 #대결 #숙명

난 슬플 땐 봉춤을 춰

웹툰 시장은 레드 오션인 것 같다. 치열한 경쟁 속에 조금이라도 독자들의 이목을 끌기 위해 플랫폼들은 차별화 전략을 고민한다. 지난 2017년부터 웹툰 서비스를 시작한 전자책 플랫폼 리디는 후발 플랫폼 중 차별화에 성공한 예다. 'BL 맛집' 이미지를 일찍부터 구축한 다음에는 대세 장르 로맨스 판타지에 치중하며 안정화에 들어가나 했더니, 어느새 레드 오션 속 블루 오션을 찾아 투자하고 있다. 하람의 〈쉼터에 살았다〉처럼 에세이 장르 웹툰에도 공을 들였고, '리디 논픽션'이라는 레이블로 비소설 작품을 원작으로 한 웹툰도 적극적으로 제작하고 있다.

〈난 슬플 땐 봉춤을 춰〉는 리디 논픽션 레이블의 수작들 중 하나로, 곽민지가 '폴 매달렸니'라는 필명으로 집필한 독립 출판물이 원작이다. 천계영의 〈언플러그드 보이〉의 명대사 "난 슬플 땐 힙합을 춰"를 패러디한 제목이 우선 눈길을 잡아끈다. 그런데 잠깐, 봉춤이라니? 폴댄스?

그간 시각 매체에 등장했던 폴댄스는 대개 섹시함을 보여주는 도구에 가까웠다. 하지만 〈난 슬플 땐 봉춤을 춰〉는 봉춤이라는 친근한 말과 함께 고정관념에서 곧바로 벗어난다. 봉 하나를 이용해 중력을 이겨내는 폴댄스는 체력과 끈기가 필요한, 쉽지 않은 운동이라는 점이 우선 강조된다. 그러니 오랜 시간 운동과는 거리를 두고 살았던 30대 중반의 주인공에게는 첫 수업부터 만만치가 않다. 노출이 많은 옷을 입고 남들에게 봉 타는 모습을 보여 주는 것도 민망하고 어색하다. 하지만 부끄러움도 잠시, 활력 넘치는 선생님의 도움을 받으며 다른 사람들과 함께 연습하면 할수록 실력이 붙는다. 그럴수록 스스로의 몸과 삶에 긍정적인 시각을 갖게 되기도 한다. 그래서 이 작품은 "가장 대상화되기 쉬운 운동을 통해 대상화에서 처음 자유로워진 여자 몸의 기록"이다.

그러면서도 누가 폴댄스를 추는지, 폴댄스가 왜 좋은 운동인지, 제대로 추기 위해서는 어떤 과정이 필요한지 등의 실용적 정보도 잘 담겼다. 원작에 충실하면서도 그것을 만화 문법 안에 잘 녹여 내 정보와 감성을 흥미롭게 전달한 〈난 슬플 때 봉춤을 춰〉처럼 리디 논픽션 레이블에 속한 작품들 대부분이 잘 기획되었고 잘 만들어졌다. 특히 정신의학과 의사 전미경의 책을 각색한 다드래기의 〈아임 낫 파인 땡 큐 앤유?〉와 스탠드업 코미디언 최정윤의 책을 원작으로 한 〈스탠드업, 나우!〉는 후회하지 않을 선택이다. 이런 작품들을 보면 장르 다양성을 위한 플랫폼들의 애씀을 기대하고 응원하지 않을 수 없게 된다.

난 슬플 땐 봉춤을 춰
by 만 (각색) 난돌 (그림) 곽민지 (원작)

리디
2021.9.   총 12화

#의미 #에세이 #여성서사 #운동 #봉춤 #폴댄스 #자신감

나가며

지금까지 웹툰이라는 지도를 들고 즐거운 여행을 하셨는지 궁금하다. 2부에서 둘러본 100편의 작품은 우리가 먼저 가 보고 좋았던 여행지다. 그중엔 관광객들이 많이 찾는 명소도 있고, 동네 사람들이 즐겨 찾는 숨은 맛집도 있다.

명소도 숨은 맛집도 누구나 반드시 갈 필요는 없다. 그러나 나에게 익숙했던 것에서 벗어나 새로운 취향을 발견하고 싶다면, 100선의 작품들 가운데 보다 흥미로운 것을 골라 꼭 읽어보기를 추천한다. 100개의 작품도 너무 많아 무엇을 선택할지 결정하기 어렵다면, 100선의 작품마다 기재된 해시태그를 참조해 작품을 읽는 것도 추천한다. 예를 들어 #오늘의우리만화 태그를 통해 한국만화가협회에서 매년 선정하는 '오늘의 우리만화'를 찾아 읽을 수도 있고 #레트로 #성장 같은 해시태그를 통해 그에 해당하는 작품에 접근하는 것도 방법이다.

만약 100선을 다 읽었다면, 그 다음 여정은 어떻게 기획해 보면 좋을까? 가장 편리한 방법은 앞서 언급했던 것처럼 내가 좋아했던 작품을 창작한 작가의 다른 작품을 읽는 것이다. 그러나 그보다 다양한 작품을 만나고 싶다면, 웹툰과 관련한 다른 채널들을 팔로우하며 작품 정보를 주기적으로 얻는 방법도 추천한다. 웹툰 정보를 전문적으로 다루는 웹툰 전문 언론 '웹인(webin)'에서는 웹툰 산업과 동향에 대한 정보를 제공한다. 이 외에도 유튜브와 팟캐스트 등에서 좋은 웹툰을 소개하거나 웹툰 창작에 대해 이야기 나누는 웹투니스타(팟캐스트), 이종범의 웹툰스쿨(팟캐스트, 유튜브), 재미의 이유(유튜브) 채널도 있다. 아울러, 만화 관련 뉴스를 엄선해 들려주는 툰에어(팟캐스트, 클럽하우스)도 추천할 만하다.

또한 만화평론가들이 주간지, 신문, 인터넷 언론사 등에 웹툰 추천이나 리뷰를 싣기도 한다. 〈주간경향〉에서는 2015년부터 '만화로 본 세상' 코너를 통해 다양한 작품을 소개했다. 그 외에도 '서찬휘의 만화살롱'(일요신문), '성상민의 문화뒤집기'(미디어오늘), '위근우의 리플레이'(경향신문) 등에서 만화평론가·칼럼니스트가 웹툰 이슈를 다루고 작품을 비평한 바 있다. 또한 만화영상진흥원에서 발간하는 만화 비평 계간지 〈지금, 만화〉와 온라인 웹진 〈디지털만화규장각(kmas.or.kr)〉에서도 만화를 다룬 칼럼들을 만나 볼 수 있다.

웹툰이라는 세계로 들어서기에 도움이 필요한 분들이나, 색다른 작품을 찾길 원했던 분들 모두에게 부디 『웹툰 내비게이션』이 도움이 되었길 바란다. 그리고 언젠가 여러분만의 추천 100선도 만들어져 있기를 기대한다.

부록1. 추천 코스

　　부록에서는 합정만화연구학회가 엄선한 추천 코스를 선보입니다. GR(조경숙), J(조익상), PB(박범기), S2(성상민) 가이드의 친절한 안내를 받아 나에게 꼭 맞는 웹툰 패키지 투어를 떠나 보세요. 아쉽게 100선에 선정되지는 못했어도 충분히 재미있고 추천할 만한 작품들이 숨어 있답니다. 입맛 없을 때, 직장생활이 지겨울 때, 뭔가를 배우고 싶을 때, 연애세포가 다 죽은 것 같을 때, 아무도 모르는 곳으로 떠나고 싶을 때, 삶의 의미를 찾고 싶을 때 등 다양한 코스가 준비돼 있습니다. 자, 어디로 모실까요?

말랑하고 따뜻한
동화 속 세계로 파고들 수 있는 웹툰

〈이웃집 토토로〉, 〈벼랑 끝 포뇨〉처럼 지브리 애니메이션이 선사하는 동화 속 풍경에 압도되어 본 적 있나요? 신비롭고 낯선 동화 속 세계는 현실을 새까맣게 잊게 하면서도 괴롭고 힘들었던 마음에 따뜻한 위로를 전하곤 합니다. 아름답고 우아하면서, 따뜻하고 귀여운 이야기들 속에 파묻혀 오늘만큼은 위로받고 싶다면, 이 코스를 추천합니다.

가장 먼저 소개하고 싶은 건 카카오웹툰에서 읽으실 수 있는 만물상 작가의 〈양말 도깨비〉예요. 이상하게 양말이 꼭 한 짝씩만 없어진 적 있지 않으신가요? 이 만화의 제목이기도 한 '양말 도깨비'는 양말을 꼭 한 짝씩만 먹어 버리는 도깨비입니다. 누구나 한 번쯤 겪어 봤을 법한 이야기를 '양말 도깨비'라는 귀엽고 참신한 설정으로 탄생시킨 작품입니다.

이 작품의 주인공 '수진'은 봄꽃마을 태생입니다. 이 마을에서 나고 자랐지만, 다른 마을로 건너가 살아보기로 결심하고 용기를 내 기차를 탑니다. 다양한 마을을 거치다가, 수진은 고양이 인간 '라라'를 조우합니다. 양말 도깨비와 수진, 고양이 인간 라라가 만나 본격적인 모험의 세계가 펼쳐지게 되죠.

뭐니 뭐니 해도 〈양말 도깨비〉의 가장 큰 매력은 동화를 그대로 옮겨다 놓은 듯한 사랑스러운 작화예요. 웹툰 특유의 스크롤로 표현되는 아름다운 그림들 덕에 화면을 쓱쓱 밀어 올릴 때마다 작품 속

세계에 더 푹 빠져들 수 있을 거예요.

〈양말 도깨비〉가 판타지 세계를 배경으로 하는 작품이라면, 이제부터 소개할 〈모퉁이 뜨개방〉은 지친 현실 속에서 위로의 풍경으로 접속하는 웹툰입니다. 아무 생각 없이 걷다가 모퉁이를 돌았더니 우연히 마주친 '뜨개방'이 그 주인공입니다. 여기에도 '양말 도깨비'와 같은 귀여운 캐릭터가 하나 등장합니다. 촉감이 있는 그대로 느껴지는 듯한 고양이 모습의 '털실'이가 그 주인공이죠. 털실이는 뜨개방에서 얻은 털실로 현이가 떠 낸 고양이 인형입니다. 털실이에겐 비밀의 임무가 하나 있습니다. 바로 굳게 걸어 잠긴 현이의 마음속으로 침투해 현이의 고통을 깊게 이해하고, 나아가 현이를 세상으로 꺼내어 놓는 것입니다. 왜 현이의 마음이 닫혔는지, 상처받은 마음은 어떻게 보듬어질 수 있는지. 털실의 여정을 따라가다 보면 어느새 내 안에 털실이가 들어와 버린 듯 위로 받게 됩니다.

고되고 지친 하루를 보낸 날일수록, 어쩐지 귀여운 것들을 더 찾게 되지 않나요. 고양이나 강아지 영상 같은 것들요. 말랑하고 따뜻한 동화 속 세계를 찾는 것도 비슷한 맥락일지 모르겠습니다. 귀엽고 무해할 뿐 아니라, 동화 속의 이러한 캐릭터들은 이해관계 하나 따지지 않고 오로지 선의로만 가득 차 있죠. 용기 있고, 정의롭고, 아낌없이 베풀기도 하고요. 현실과 동떨어진 세계 속에서 위로받을 수 있는 건 캐릭터가 보여 주는 마법 같은 이타심 때문 아닐까요.

오늘도 힘든 하루를 보냈을 누군가에게 꼭 전해 주고 싶은 작품이에요. 포근한 이불 안에 편안하게 누워 본다면 더할 나위 없겠지요.

GR

입맛 없을 때
보기만 해도 식욕이 솟아나는 웹툰

사람은 먹어야 산다고 하지만, 힘들고 지쳐서 밥 생각도 나지 않을 때가 종종 찾아옵니다. 억지로 밥을 입에 집어 넣어도 제대로 넘기지 못하는 순간도 있죠. 하지만 누가 봐도 먹음직스러운 음식이 나오고, 보는 사람도 절로 침을 꿀꺽 삼킬 정도로 복스럽게 먹는 모습을 보면 집나갔던 식욕이 다시 돌아오기 마련입니다. 최근 몇 년 사이 TV나 유튜브에 다양한 '먹방'이 유행했던 것은 다른 사람들이 맛있는 음식을 먹는 모습을 보며 나름대로 '나 자신을 위한 심리 처방전'을 찾아 나서는 모습이 아니었을까요. 웹툰에도 보기만 해도 자연스럽게 식욕이 샘솟는 작품들이 적지 않습니다. 다양한 먹방 영상들처럼 움직이지는 않아도, 군침을 당기게 하는 음식의 모습이 글과 그림으로 다채롭게 묘사된 웹툰들. 이 중 세 편을 여러분에게 소개해 드리겠습니다.

일상 속에서 발견하는 음식의 참맛

〈오무라이스 잼잼〉은 2010년부터 지금까지 무려 10년 넘게 카카오웹툰에서 많은 독자들에게 사랑 받으며 연재 중인 장수 웹툰입니다. 어떻게 이토록 오랜 시간 꾸준한 주목을 받을 수 있었을까요? 잘찍은 음식 사진보다 더욱 먹음직스럽게 그려진 음식들, 그리고 음식의 이야기를 더욱 풍성하고 흥미롭게 만드는 이야기 덕분이 아닐까 싶습니다. 자칫 식상해지기 쉬운 '일상 속 음식'도 작가가 풀어 내는 음식의 다양한 역사와 에피소드와 함께라면 더욱 특별한 재미로 다가옵니다. 읽다 보면 나도 모르게 냉장고를 열고 있을지도 몰라요.

어설픈 것 같은데 왠지 맛있어 보인다?!

2011년부터 2014년까지 연재되는 순간마다 인터넷을 들썩이게 했던 정다정 작가의 데뷔 웹툰 〈역전! 야매요리〉는 그야말로 '야매'의 뜻대로 정석과는 거리가 있는 신박한 요리로 가득하거든요. 〈역전! 야매요리〉는 요리 실력은 그다지 뛰어나지 않아도 충동적인 발상과 번뜩이는 아이디어로 매주 다양한 요리에 도전하는 정다정 작가의 일대기를 담아 낸 일종의 생활툰이자 코미디 만화였죠. 어딘가 어설퍼 보이고, 때로는 도저히 먹기 버거울 정도로 망한 음식을 만드는 경우도 있습니다. 하지만 작가는 망한 요리를 만드는 순간마저도 재치 있게 그려내며 그 과정을 흥미롭게 만들었습니다. 고생 끝에 낙이 온다는 말처럼 오랜 도전 끝에 요리에 성공하는 모습에 절로 기분이 좋아지기도 했고요. 맛있는 요리만큼이나 즐겁게 요리를 만드는 것이 더욱 중요함을 일깨워주는 웹툰이었습니다.

다이어터들을 밤마다 유혹에 빠뜨린 바로 그 만화

시원하고 박력 넘치는 전개로 사랑받았던 SF 액션 웹툰 〈블랙마리아〉로 데뷔한 yami 작가, 알고 보니 요리 만화에도 소질이 많았을 줄 누가 알았을까요? 총 5개 시즌에 걸쳐 2010년부터 2012년까지 연재된 〈코알랄라〉는 작가 본인이 어린 시절에 즐겨 먹었던 다양한 먹거리를 다루는 작품이었습니다. 음식에 대한 흥미로운 에피소드와 보기만 해도 빨리 먹고 싶게 만드는 음식 묘사는 웹툰이 연재되는 동안 '다이어터의 적'이라 불릴 정도로 많은 사람들을 야식의 유혹에 빠뜨리곤 했습니다. 다이어트 웹툰 〈다이어터〉에서도 '악마의 웹툰'이라 언급할 정도였으니까요. 하지만 식욕이 떨어져 힘든 사람에겐 집 나간 식욕도 빠르게 돌아오게 하는, 강력한 힘을 지닌 웹툰이었습니다. **S2**

찾아볼 작품

오무라이스 잼잼 | 조경규, 2010~, 카카오웹툰
역전! 야매요리 | 정다정, 2011~2014, 네이버웹툰
코알랄라 | yami, 2010~2012, 카카오웹툰

떠나지 못해 답답할 때
바다 건너 풍경을 보여 주는 웹툰

코로나19는 우리의 삶을 엄청나게 바꿔 버렸죠. 특히 휴가나 방학을 이용해 해외여행을 즐기던 분들이라면 오랫동안 해외 맛을 못 봐서 정말 답답하실 거예요. 만화를 통한 간접 경험으로 그 답답함이 해소될 리는 없지만, 그래도 이국적인 풍경과 삶이 그려져 있는 작품 몇 편을 소개해 드릴게요. 이세계(異世界)나 우주, 혹은 시간 여행 같은 너무 파격적인 동네 말고 현실적인 여행 혹은 이주 이야기입니다.

우선 행선지부터 생각해야겠죠? 대륙별로 생각나는 작품들을 한번 읊어 볼게요. 유럽은 〈유럽에서 100일〉, 〈남 부럽지 않은 신혼여행기〉 같이 유럽 전반을 다니는 작품도 있고 〈비바 산티아고〉처럼 산티아고 순례길을 떠나는 작품도 있어서 선택지가 다양해요. 아시아는 네팔행 〈나는 어디에 있는 거니〉와 몽골행 〈한살이라도 어릴 때〉가 있죠. 둘 다 〈'닭'이 사는 이야기〉의 '닭'이 등장하는 생활툰입니다. 판타지 요소가 가미되어 있지만, 〈웨스트우드 비브라토〉는 남아프리카를 정거장 삼아 세계 각국을 음악으로 여행하는 작품입니다. 아쉽게도 호주와 미 대륙을 여행한 작품은 찾기가 어렵네요.

그래도 미국엔 〈샌프란시스코 화랑관〉이라는 걸출한 작품으로 다녀올 수 있어요. 여행 이야기는 아니지만요. 캘리포니아 샌프란시스코에 있는 회사에 취업해 3년이나 생활한 한국인 이가야는 어느 날 한국이 엄청나게 그리워져요. 처음으로 회사에 안 가고 거리를 헤매던 가야는 화랑관이라는 태권도 도장을 발견합니다. 이렇게 시작하는 돌배 작가의 데뷔작은 태권도를 배우며 향수병을 사랑으로 치유하는 이야기로 나아갑니다. 이 여정은 가야에겐 '이주한 삶' 도중의 여행 같은 거죠. 한국에 갇힌 독자에겐 온갖 문화가 맞부딪히고 뒤섞이는 미국에서 한국과 한국 아닌 것을 함께 경험하는 여행이 되고요. 해외여행에 대한 향수병이 가야의 향수병과 같을 리는 없겠지만, 이 작품을 통해 최소한 이국에서 생활하는 감각만큼은 생생하게 느껴볼 수 있답니다.

영국을 배경으로 한 〈이런 여행 저런 여행〉은 여행이라는 행위의 의미를 반문하는 아주 짧은 소품입니다. 단 5화로 마무리되는, 너무 짧아서 끝나는 게 아쉬운 여행 같은 작품이죠. 여행 계획을 빡빡하게 짜고 그에 따라서만 움직이는 안일은 런던에서 만난 재희의 색다른 여행법에 충격을 받습니다. 재희는 그날그날 여행 날의 날씨를 따라서 움직이는 여행자였어요. 짧은 만남 다음날 안일은 '계획대로' 파리로 가려고 했지만 전날 만났던 재희와 핸드폰이 바뀌는 바람에 가지 못하게 됩니다. 갑작스럽지만 안일은 재희가 떠난 스코틀랜드로 향합니다. 이런 게 여행의 묘미라는 듯 능청스럽게 이어지다 갑자기 끝나는 〈이런 여행 저런 여행〉을 보다 보면 여행이 새삼 더 그립지만 답답함은 좀 가실지도 몰라요. 잔뜩 참았다가 가는 여행이 더욱 즐겁게 느껴질 거랍니다.

마지막으로는 아주 귀한 곳으로 갑니다. 코로나가 종식되어도 가기 어려울지 모르는 곳을 그린 작품이거든요. 2014년 레진코믹스에서 연재된 〈밍글라바 버마기행〉은 자유분방하고 멋진 여성 여행자의 미얀마 여행기입니다. 위 작품들과 달리 확고한 실화라는 걸 증명하듯 사진도 잔뜩 첨부되어 있죠. 그림도 스타일도 주인공도 다 멋지지만, 역시 가장 주의깊게 보아야 할 것은 여행지가 2012년의 미얀마라는 사실입니다. 2021년 2월에 일어난 쿠데타 이후로 발딛기 어려운 땅이 된 미얀마는, 사실 그 전에도 꽤 오랫동안 닫힌 땅이었습니다. 2012년에야 해외 여행자에게 문을 열기 시작했으니 열려 있었던 기간이 채 10년이 안되는 거죠. "시간이 고여 있는 느낌을 주는 도시" 양곤에 도착한 주인공에게 택시기사 떨롭이 한 말은 그래서 무척 인상깊습니다. "그쪽은 미얀마를 구경하는 거고 우리는 그쪽을 구경하는 거지요!" 그렇게 지금은 다시 닫혀 버린 미얀마가 처음 열린 순간을 무척 충실하고도 재기 넘치게 담은 여행 기록이 〈밍글라바 버마기행〉입니다. 군부 시절 바뀐 국호 미얀마를 제목에 담지 않은 것도 나름의 의도를 표현하는 거죠. 지금은 갈 수 없는, 그렇기에 갈 수 있도록 하기 위해 전 세계의 연대가 필요한 나라. 그 나라의 과거를 보는 것은 무척 특별한 경험이 될 거예요. 저는 〈밍글라바 버마기행〉을 보고 여행과 그걸 통한 서로의 만남이 얼마나 소중한지 깨달았답니다. 그리고 그 소중함을 위해 싸워야 할 것이 코로나19뿐만은 아니란 것도요. ♩

찾아볼 작품

유럽에서 100일 | 김지효, 2013~2015, 레진코믹스
낯 부럽지 않은 신혼 여행기 | 서나래, 2015, 네이버웹툰
비바 산티아고 | 김용진, 2012~2013, 네이버웹툰
나는 어디에 있는 거니 | 서나래, 2009, 네이버웹툰
한살이라도 어릴 때 | 김진, 필냉이, 서나래, 2012, 네이버웹툰
웨스트우드 비브라토 | 윤인완 글, 김선희 그림, 2011~2012, 네이버웹툰
샌프란시스코 화랑관 | 돌배, 2013~2016, 네이버웹툰
이런 여행 저런 여행 | 돌레, 2021, 만화경
밍글라바 버마기행 | 유진정, 2014~2015, 레진코믹스

직장생활이 지겹고 짜증날 때
출구가 되어줄 웹툰

아직 취업 준비 중인 분들에게는 배부른 소리로 느껴질지도 모르겠지만, 막상 취직에 성공해도 직장 생활은 또 다른 난관의 연속입니다. 아침부터 저녁까지 주 5일 출근을 반복해도 일은 도무지 손에 익지 않고, 꼰대같은 상사는 항상 나를 잡아먹을 것마냥 굴죠. 새로 들어온 후배는 뭔가 미덥지 않고, 회사에서 몇 안 되는 직장 동료와의 대화로 애환을 풀어보지만 점점 노후에 대한 압박마저 찾아옵니다. 그렇다고 회사를 떠나자니 당장 어떻게 살아갈지도 막막한 현실. 대체 어떻게 하면 한 방에 이 답답한 속을 풀 수 있을까요? 그런 당신에게 아래의 웹툰을 추천드립니다. 직장 생활의 애환을 때로는 위로하고 때로는 시원하게 날려 버리는 세 편의 웹툰들이 소화제를 마신 것처럼 상쾌한 느낌을 선사해줄 거예요.

세상에 이런 회사가 있으면 얼마나 좋을…까?!

이제는 고전이 된 스포츠신문 연재 만화 〈트라우마〉를 기억하는 분 혹시 계시나요? 스포츠신문에서 오랜 시간 내공을 쌓은 곽백수 작가가 처음으로 그린 웹툰 〈가우스전자〉는 2011년부터 2019년까지 연재하는 동안 직장인의 애환을 그린 대표적인 작품으로 자리잡게 되었습니다. 한국의 여느 평범한 재벌 기업처럼 문어발로 사업 영역을 확장하고 수많은 사원들을 거느린 '가우스전자'. 만화답게 회사의 이해할 수 없는 행동이나 상사의 불합리한 지시도 상상을 초월하지만 이 작품은 어디까지나 코미디 만화! 매번 상상을 초월하는 행동을 벌이는 등장인물들의 모습에 잠시 웃다가도, 조금은 씁쓸해지는 블랙코미디입니다. 약 9년 간 연재하며 많은 직장인 독자를 웃기고 울린 〈가우스전자〉를 답답할 때마다 정주행하며 기운을 차려 보세요.

불합리한 회사 생활, 파워풀하게 날려버려라!

인터넷에서 어떤 남성 캐릭터가 빨강과 파랑이 섞인 색안경을 쓰고 팝콘을 우적우적 씹고 있는 '짤방'을 보신 적이 있으시죠? 바로 이현민 작가의 〈질풍기획〉에서 등장한 컷입니다. 연재가 끝난 지 7년이 넘게 흘렀음에도 불구하고 특유의 호쾌하고 막나가는 연출로 여전히 많은 독자들에게 회자되고 있습니다. 이현민 작가는 실제로 광고 기획사를 다녔다고 하죠. 그래서인지 〈질풍기획〉은 매화 가상의 광고 기획사 '질풍기획'에 닥쳐 오는 수많은 난관들을 만화적 과장 속에서도 묘하게 현실감 있게 그려냅니다. 그런 순간마다 혼을 담아 난관에 맞서 나가는 주인공들의 모습은 직장에서 자신 있게 목소리를 내지 못하는 많은 독자들에게 큰 귀감이 되었습니다. 체한 것처럼 꽉 막힌 가슴 속, 웹툰을 보면서 크게 소리라도 내질러 봅시다!

한 컷에 가득히 담긴 풍자와 위트 선물 세트

SNS가 활성화되면서 웹툰 플랫폼이 아니더라도 더욱 다양한 곳에서 웹툰을 즐길 수 있게 되었죠. 출퇴근 길이나 식사할 때, 아니면 휴식 시간에 잠깐 짬 내어 보기에 SNS만큼 좋은 심심풀이 수단도 없습니다. 〈약치기 그림〉도 그렇게 많은 직장인 독자들의 사랑을 받았던 작품 중 하나입니다. 분량은 오로지 정사각형의 한 컷! 하지만 그 한 컷 안에는 직장 생활에서 겪을 수 있는 수많은 순간들이 적절한 풍자로 담겨 있어 많은 직장인 독자들의 공감 세례를 받을 수 있었습니다. 어떤 의미로는 직장인들을 위한 '만평'이 탄생했다 봐도 과언이 아닐 듯 싶습니다. 답답한 순간마다 잠시 휴대폰을 꺼내 웹툰을 보며 살짝이라도 웃을 수 있다면, 그것이야 말로 일상의 한 줄기 행복이 되지 않을까요. **S2**

찾아볼 작품

가우스전자 | 곽백수, 2011~2019, 네이버웹툰
질풍기획 | 이현민, 2010–2015, 네이버웹툰
약치기 그림 | 그림왕양치기, 2015~, 인스타그램 @yangchikii / 페이스북 @yakchikii

뭔가를 배우고 싶을 때
재미있고 유익한 정보를 얻을 수 있는 웹툰

　　배움은 평생 하는 것이라고 하죠. 그래서 '평생교육'이라는 말도 있고요. 하지만 어릴 때도 뭔가를 배우는 게 쉽지 않았는데, 평생 배울 수 있을까요. 오히려 나이가 들수록 배움은 더 어려운 것 같습니다. 새롭게 배워야할 것은 계속 생기는데, 좀처럼 돌아가지 않는 뇌가 참으로 야속하기도 하죠.

　　하지만 방법이 없는 건 아닙니다. 만화에 대해 시선이 곱지 않은 어른들도 '학습만화'만큼은 너그럽게 읽도록 해 주셨던 걸 기억하시나요? 교양적인 내용을 만화로 그려 쏙쏙 이해하기 쉽게 만들었던 학습만화처럼 다양한 정보를 재미있게 전달하는 웹툰도 있습니다. 2022년 하반기에는 "이만배(이걸 만화로 배워?)"라는 교양 지식 만화 전문 플랫폼도 출범했고요. 때로는 내 몸에 도움이 되고, 몰랐거나 잘못 알았던 것들을 바르게 알려주고, 더 나아가서 웹툰을 그리는 법까지 가르쳐 주는 다양한 웹툰들! 우리에게 여러 가지 정보를 알기 쉽게 전달하는 웹툰 다섯 편을 코스로 소개해 드리겠습니다.

다이어트, 만화 속 '트레이너'와 함께라면 두렵지 않다

　　시작은 거창하지만 끝은 초라해지는 새해 목표들 중 가장 쉽게 버려지는 것이 바로 '다이어트' 아닐까요? 올해는 다이어트를 반드시 하겠다고 결심해도, 주변에 차고 넘치는 먹을 것들의 유혹은 우리를 가만히 놓아두지 않습니다. 〈다이어터〉는 쉽게 다이어트를 포기하는 우리의 정신을 바짝 차리게 만드는 각성제 같은 작품입니다. 오랜 고도비만으로 건강에 심한 이상이 발생한 주인공 '수지'가 헬스 트레이너 '서찬희'를 만나며 벌어지는 다이어트의 기록을 흥미진진하게 다룬 〈다이어터〉는 다이어트를 고민하는 이들이 즐겨 찾을 정도로 유용한 정보가 많습니다. 다이어트의 기본인 식이조절과 운동부터 건강에 좋은 생활습관까지 친절하게 알려주는 〈다이어터〉. 살을 반드시 빼지 않아도 되지만, 건강 등을 이유로 다이어트가 필요한 이들에게는 무척이나 친절한 가이드 같은 작품입니다.

다이어트와는 무관하게 운동과 건강을 다룬 작품을 찾는 분들께는 유기 작가의 〈여성전용헬스장 진달래짐〉, 그리고 100선에도 소개되어 있는 〈난 슬플 때 봉춤을 춰〉를 함께 추천 드립니다. 두 작품 모두 좀 더 여성의 시선에서 운동과 건강을 바라보았습니다.

세상에, 이런 것도 '유사과학'이었어?

혹시 한동안 유행하던 '전자파 차단 스티커'를 기억하시나요? 문을 닫고 선풍기를 틀고 자면 죽을 수 있다는 말은 정말 사실일까요? 계란계란 작가의 〈유사과학 탐구영역〉은 이러한 속설들이나 잘못 알려진 과학 상식을 차근차근 짚어 주는 흥미로운 웹툰입니다. 작가의 전공(생물교육)을 살린 이 작품은 전작 〈삼백이론〉이나 〈오늘은 자체휴강〉에서 일상을 코믹하게 표현하던 진가를 살려내며 에피소드마다 유사과학의 문제를 꼼꼼하게 짚어줍니다. 단순한 낭설일 수도 있지만, 몇 년 전부터 세간에 문제가 되어 왔던 '게르마늄 건강팔찌'처럼 때로는 삶에 큰 피해를 줄 수도 있는 유사과학 사례들. 〈유사과학 탐구영역〉을 꼼꼼히 읽는다면 올바른 과학 상식을 기르는 것은 물론, 다양한 종류의 사기 수법에도 쉽게 넘어가지 않게 될 겁니다.

이 작품과 함께라면 나도 언젠가는 만화가

〈킬 더 킹〉, 〈빵점동맹〉, 〈커피우유신화〉, 〈잠자는 공주와 꿈꾸는 악마〉… '마사토끼'란 이름은 몰라도 웹툰에 조금이라도 관심이 있는 독자라면 그가 스토리로 참여한 수많은 작품 가운데 하나쯤은 이름을 들어봤을 거예요. 다재다능한 스토리 구성 능력으로 2000년대 중반 아마추어로 활동하던 시절부터 수많은 팬을 만들고, 2010년대부터는 다작을 하면서도 독특한 작품을 계속 발표하며 지금도 왕성하게 활동하고 있습니다. 어떻게 하면 마사토끼 작가처럼 독자를 사로잡는 스토리를 만들 수 있을까요? 〈마사토끼의 만화 스토리 매뉴얼〉은 마사토끼 작가가 고안한 만화 스토리 창작법을 A부터 Z까지 남김 없이 담아 낸 교과서 같은 작품입니다. 작법에 도움이 될 가이드는 물론, 만화가로 살아남기 위해 필요한 온갖 팁과 요령이 한가득 담겨 있죠. 만화가 지망생은 물론, 만화가 어떻게 창작되는지 궁금한 이들이라면 결코 놓칠 수 없는 만화입니다. **S2**

다 죽은 연애세포
심폐소생해줄 웹툰

저는 연애 예찬론자는 아닙니다. 연애를 꼭 해야 한다고 생각하진 않아요(이게 이미 연애세포가 죽었다는 시그널일까요?). 그러나 현실 연애가 아니라 가상 연애라면 말이 다르죠. 로맨스물은 꼭 봐야 하는 사람이라고요, 제가. 진짜 연애를 하는 것과 별개로 캐릭터들이 서로를 지독하게 사랑하고 이별하고 또 사랑하는 로맨스 작품은 제 마음까지 두근거리게 해요. 작품을 읽다가 "안돼! 개랑 사귀면 지옥불이야!"하고 외치거나 "제발 저 아이의 찐사랑을 알아 줘"하고 작품 캐릭터에게 호소하기도 하죠.

사실 로맨스에서 달달한 순간은 전체 연애 기간의 10~20% 내외 아닐까요? 나머지 80%는 서로 마음이 맞는지 아닌지 가늠하며 동동거리고, 멋대로 기대하며 부풀어올랐다가 실망하는 등 설레면서도 서운하고 좋으면서도 괴로운 시간 같아요. 물론 그 순간이 있기에 20% 내외의 '달달'이 최고조로 달콤해지는 걸 수도 있지만요.

자, 연애는 안 해도 로맨스 감상만큼은 격정적인 제가 등장인물들과 함께 울고 웃었던 로맨스 작품 몇 개를 소개할게요.

첫 번째 작품은 〈돈트는 로맨스〉입니다. 100선에 꼽은 웹툰이기도 합니다. 〈돈트는 로맨스〉에는 가지각색의 커플이 각자의 방식으로 사랑하는 이야기가 참신하게 그려지는데요. 한 작품만 읽어도 서로 다른 세 커플의 사랑을 엿볼 수 있다는 점에서 '갓성비'를 누릴 수 있는 작품이죠. 모두 '달달'하지만 달콤함의 성분마저 서로 다르다는 것이 이 작품의 매력이에요. 참고로 저는 여명×동백 커플의 에피소드를 가장 애정합니다.

〈돈트는 로맨스〉 다음으로는 '맥퀸스튜디오'를 추천합니다. 맥퀸스튜디오는 작품이 아니라 한나, 인혜 작가가 함께 작품을 내고 있는 창작 그룹 이름이에요. 작품이 아니라 작가를 거론한 것은 이번에 소개할 〈비밀 사이〉와 〈내일도 출근!〉이 모두 맥퀸스튜디오의 작품이기 때문입니다.

앞서 소개한 〈돈트는 로맨스〉가 대학 캠퍼스를 주제로 하는 캠퍼스 로맨스라면 〈비밀 사이〉와 〈내일도 출근!〉은 사무실을 배경으로 하는 오피스 로맨스 작품이에요. 매일같이 드나드는 사무실에서 몰래 둘이서만 눈빛을 주고 받는 다 큰 어른들의 비밀 연애라니, 두근두근 설렐 수밖에 없지 않나요! 게다가 〈내일도 출근!〉은 자기 일에 충실한 프로페셔널 직장인들이 정말 현실적이고 묘한 부분에서 눈맞아 설레어 하는 게 정말 재미있어요.

〈비밀 사이〉 이야기도 빼놓을 수 없죠. 참고로 〈비밀 사이〉는 BL 작품입니다. 만약 BL 장르의 작품을 한 번도 읽은 적이 없지만 입문해 보고 싶다면 이 작품을 추천해요. 이 작품은 캐릭터 작화가 정말 아름답거든요. 떡대 같은 어깨, 치명적인 눈빛, 모든 것을 다 갖춘 듯한 남자들 수현, 재민, 성현이 주인공 '다온'에게 사랑을 갈구합니다. 그렇다고 해서 다온이 사랑을 듬뿍 받아 행복하기만 한 건 결코 아니에요. 다온에 대한 소유욕이 지나친 나머지 데이트폭력과 가스라이팅이 이어지기도 하거든요. 이 작품은 로맨스의 달콤함보다는 로맨스의 어두운 이면이 많아요. 혼란스러운 가운데에서도 다온은 나름의 중심을 찾아나가려 노력합니다.

로맨스는 스토리텔링과 캐릭터도 중요하지만 취향 배경도 중요하지 않겠습니까. 고등학교 때부터 이어져 온 소꿉친구와의 로맨스 작품으로는 〈우리사이느은〉을, 불타오르는 사랑이 아니라 잔잔하게 이어져 가는 로맨스로는 〈순정 히포크라테스〉를 추천할게요. 〈순정 히포크라테스〉는 제목과 달리 '로맨스' 함량은 매우 적은 작품입니다. 주인공 '사해'의 가족과 그들을 둘러싸고 일어나는 여러 사건을 통해 이 작품은 복잡미묘한 감정들, 나아가 여성과 일에 대한 사유 등을 전달합니다. 이 작품을 읽다 보면 흥미롭게 빠져들게 되면서도, 어딘가 마음 한 구석이 묵직해지죠. 로맨스가 이 작품의 중심 서사인 건 아니지만, 이같은 분위기 안에서 로맨스 요소는 작품 분위기의 균형을 맞춰내는 역할을 합니다. 서로를 진지하게 여기며 조심조심 이어지는 사랑이지만, 작가의 참을 수 없는 '개그감'이 부지불식간 끼얹어지니 주의하세요.

이 작품들로 연애세포가 살아날진 모르겠지만, 최소한 대리 연애라도 한듯 기분이 몽글몽글 부드러워질 순 있을 거예요. 개인 취향에 따라 마음껏 즐겨 주세요. **GR**

찾아볼 작품

동트는 로맨스 | 유월, 2020~2021, 네이버웹툰
비밀 사이 | 맥퀸스튜디오, 2020~, 카카오웹툰
내일도 출근 | 맥퀸스튜디오, 2020~ 카카오웹툰
우리사이느은 | 이연지, 2014~2018, 레진코믹스
순정 히포크라테스 | 골드키위새, 2019~, 카카오웹툰

아무도 모르는 곳으로 떠나고 싶을 때
진짜 멀리 떠나게 해주는 웹툰

누구나 살면서 일이 뜻대로 안 풀릴 때가 많습니다. 웃을 일보다는 힘들고 고된 순간이 앞을 가로막기도 합니다. 그런 상황이 오면 사람들은 자연스럽게 일탈을 꿈꾸곤 합니다. 처음 가보는 곳으로 여행을 가거나, 새로운 일에 도전해 보는 것이 될 수도 있죠. 하지만 그럴 만한 마음의 여유도 없고, 시간도 넉넉하지 않으시다고요? 그런 당신에게 우리가 살고 있는 세상과는 또 다른 세계, 소위 '이세계' 웹툰을 권해드립니다. 현실에서는 존재하지 않지만, 그러기에 더욱 다양한 가능성을 꿈꿔볼 수 있는 곳. 가끔씩은 답답한 현실에서 잠시 벗어나 이세계로 가는 비행기에 탑승해 보세요.

답답한 현실, 쾌감 높은 이세계 액션으로 잊어버려요

어디서나 볼 수 있는 평범한 직장인 '김독자'. 퇴근길에 웹소설을 보는 것이 취미였던 그의 앞에 갑자기 세계 멸망이라는 엄청난 위기가 닥칩니다. 하지만 뭔가 이상합니다. 속속 발생하는 멸망의 이벤트는 자기가 즐겨 읽던 웹소설의 전개와 완벽하게 똑같습니다. 그 와중에 생각지도 못하게 강력한 힘까지 얻은 김독자. 과연 그는 이 세계를 구할 수 있을까요?

싱숑 작가의 웹소설 〈전지적 독자 시점〉은 박진감 넘치는 액션 묘사는 기본에, 우주는 물론 무수한 평행 세계들까지 쉴새 없이 쏘다니는 광활한 스케일로 큰 인기를 끌었습니다. 2010년대부터 노블코믹스의 붐이 이는 상황에서 이 인기 웹소설도 웹툰으로 재탄생했죠. 원작에서 많은 호평을 받은 액션 연출은 웹툰으로 변신하며 더욱 생동감을 얻었습니다. 방대한 세계에 대한 묘사도, 강력한 힘을 얻고서도 계속 몰아치는 시련 앞에서 고뇌하면서 성장하는 김독자에 대한 이야기도 흥미진진하게 그려지고 있지요. 원작과 견주어 봐도 손색없는 퀄리티를 자랑하는 웹툰 〈전지적 독자 시점〉. 별 일 없는 지겨운 현실, 〈전지적 독자 시점〉을 보며 잠시 묻어 두는 건 어떨까요.

방대한 스케일의 여성서사와 함께하는 이세계 대하 만화

출판만화 〈아르미안의 네 딸들〉, 〈리니지〉, 〈파라오의 연인〉의 작가 신일숙은 개성 넘치는 주인공과 광활한 세계관, 그리고 당시로서는 시대를 한참 앞서갔던 여성서사로 많은 사랑을 받았습니다. 수많은 고난과 시련 속에서도 조금씩 성장하며 끝내 자신의 목표를 달성하는 여성 주인공의 모습에 수많은 여성 독자들이 열광했죠. 한국 만화의 역사를 말할 때도 결코 빼놓을 수 없는 작가입니다. 그런 작가가 스스로 '신일숙 4대 대작'으로 꼽은 마지막 작품이 바로 〈카야〉입니다. 2009년 잡지만화에서 시작했다가 중단되었던 〈카야〉는 2017년 웹툰으로 다시 태어났습니다. 〈카야〉의 세계는 그야말로 아득히 광대한 SF 판타지 이세계입니다. 총 200화 가운데 초반 30화 가량은 지구가 배경이지만, 나머지는 우주 너머 완전히 새로운 성계에서 이야기가 펼쳐지거든요.

행성 만디엘라와 그 주변 행성 및 위성 그라안, 밀리에트, 수안, 이란은 만디엘라계라는 이름으로 묶여 있습니다. 대대로 지도자인 카야를 배출한 만디엘라는 이 성계의 중심이고 만디엘라의 대표 인종은 쥬시와 앙시입니다. 이들은 무아라는 일종의 초능력 바이러스에 감염되어 놀라운 능력을 가지고 있습니다. 만디엘라계의 다른 곳에는 지구 인류에 가까운 수안인과 이란인, 그리고 독특한 두뇌파 인종 민리에트인 등이 함께 살아가고 있습니다. 이렇게 이름만 들어도 복잡하고 헷갈리는 방대한 설정은 〈카야〉의 초반 문턱이 되기도 합니다. 심지어는 시간 단위와 몇몇 일반 명사도 만디엘라계 식으로 사용하여 풀이를 보지 않으면 따라가기 어렵기까지 합니다.

하지만 사실 낯선 세계를 만나면 다름으로 인해 불편함을 겪을 수밖에 없다는 점을 상기한다면, 〈카야〉는 문턱이 아니라 리얼리티가 높은 것일지도 모릅니다. 게다가 이 놀라운 이세계에 대한 이해가 있다면 이런 디테일한 설정들에 감탄할 수밖에요! 작가에게 신테일이라는 별명을 붙여주고 싶을 만큼 대단한, 폭넓고 세세한 상상력입니다. 〈카야〉는 정말 간단히 요약하면 지구인 강신아(시나)가 무아에 감염되어 앙시로 거듭나고, 만디엘라에 이주해 최고 지도자인 카야가 되어 만디엘라 성계 전체를 통치하는 이야기라 할 수 있습니다. 하지만 정말 중요한 건 그 과정입니다. 지도자가 되기까지, 또 지도자가 된 후 무엇을 할 것인가를 보여주는 〈카야〉의 곳곳에는 세심하고 기발한 디테일이 가득합니다. 과학적인 설정에서부터 초자연적인 능력의 설정까지, 또 각 인종의 특성과 그에 따른 역할 분담과 사회적 형태까지. 카야란 모든 숲과 나무를 아우르는 존재여야 한다는듯 이세계 곳곳을 구체적으로 담아냅니다.

그런만큼 〈카야〉와 함께하는 이세계 여행은 정말 새로운 것의 연속이 될 거예요. 제가 가장 좋아하는 건 '거두식'이라는 성인식을 통해 머리만 남긴 채 약 400년을 살아가는 말리에트인의 이야기입니다. 그저 설정값이 아니라 과학과 문화로 섬세하게 이해되고 만들어진 설정이 어떤 메시지로까지 이어지는지를 잘 보여주거든요. 말리에트인에 대한 〈카야〉의 답이 정답인지는 모르지만, 그런 답을 찾아내는 데에 이세계적 상상력이 엄청난 영향을 미친 것만은 확실합니다. 〈카야〉의 이세계에서 우리 세계의 한계를 넘어서는 생각법을 엿보는 일은 무척이나 흥미로울 거예요.

고난을 당차게 이겨내는 주인공이 나오는 '이세계 로맨스'

〈이세계의 황비〉도 〈전지적 독자 시점〉처럼 웹소설이 원작인 작품입니다. 대다수의 이세계를 배경으로 한 작품이 시작하자마자 최강에 등극한 주인공이 대다수인 것에 비해, 〈이세계의 황비〉 속 주인공 '사비나'는 이세계에 오자마자 무수한 수난에 시달립니다. 수능 당일날 이세계에 온 것도 모자라 마음에도 없는 늙은 황제의 후궁이 되어야 한다니요. 다행히도 주인공에게는 입시 전쟁을 버티면서 기른 의지가 있고, 그 의지에 호응해 함께 싸워줄 사람들이 곁에 있습니다. 그러면서 조금씩 자신이 꿈꾸던 사랑도 발견하게 되고요. 이세계물과 로맨스 판타지를 잘 섞어내 호평을 받았던 웹소설은 이영유 작가의 섬세한 그림체와 만나 독자에게 더욱 가까이 다가가는 웹툰이 되었습니다. 갑작스럽게 떨어진 이세계에서 시련을 조금씩 이겨내고, 자신을 찾아나서는 주인공의 모습에서 자연스럽게 용기를 얻어갈 수 있을 거예요. **S2 & J**

찾아볼 작품

전지적 독자 시점 l 싱숑 원작, UMI 각색, 슬리피-C 그림, 2020~, 네이버웹툰
카야 l 신일숙, 2017~2021, 카카오페이지
이세계의 황비 l 임서림 원작, 이영유 그림, 2016~2019, 카카오페이지

삶의 의미를 모색하는 웹툰

삶을 살아가는 일은 누구에게나 어려운 일입니다. 모두들 각자 자신의 방식대로 삶을 살아가고 있겠지만, 사는 일이 어렵다고 한 번도 생각해보지 않은 사람은 아마 없지 않을까요? 도대체 어떻게 사는 것이 잘 사는 것일까요? 이 질문에 대해 명확하게 대답을 할 수 있는 사람은 아마 없을 겁니다. 웹툰을 보면서 이 답 없는 질문에 대해 한 번 생각해 보시는 건 어떠세요? 삶의 태도에 대해 생각해볼 수 있는 세 편의 웹툰을 통해서 삶을 살아가는 일에 대해 나름의 대답을 얻으실 수 있으면 좋겠습니다.

첫 번째 목적지는 〈친하게 지내자〉입니다. 이 작품은 각자의 특이성 아래에서 자신만의 방식대로 살아가는 이들의 모습을 그립니다. 이 작품의 주인공 이한수는 로맨스 소설 작가입니다. 유명하고 돈을 많이 벌지는 못하죠. 한수는 적은 고료로 생활하며 항상 돈이 쪼들립니다. 그래도 괜찮습니다. 혼자서도 잘 살거든요. 작은 원룸에서 혼자 살아가지만, 혼자를 유지하는 데 큰 어려움은 없습니다. 문제는 다른 사람과 관계를 맺으려 할 때 생긴다고 한수는 생각합니다. 혼자서만 살아도 문제가 많은데, 판을 더 키우면 곤란해진다나요. 그렇기 때문에 한수는 다른 사람과 관계를 맺는 일에 극도로 거부감을 느낍니다. 한수는 그런 자신이 어딘가 문제가 있다고 생각하면서도 더 나아지려고 노력하지는 않습니다. 그냥 이대로 사는 것도 좋다고 생각하거든요.

그러던 어느 날 한수의 누나가 죽고, 한수는 갑자기 조카 모나를 키우게 됩니다. 모나를 키우면서 한수는 조금씩 변하죠. 제대로 치우지도 않아서 쓰레기 같던 집은 그래도 사람 사는 꼴을 하게 되고, 한수의 인간관계도 조금은 넓어지게 됩니다. 그리고 한수는 사랑을 하게 됩니다. 그게 꼭 모나의 덕은 아니지만, 적어도 모나 덕분에 인간이 혼자서만 살 수 없다는 걸 깨닫게 되었거든요. 아무리 못난 모습이어도 스스로를 긍정하고, 저 혼자서 자신의 삶을 잘 꾸려 나가는 것은 중요한 일입니다. 하지만 그렇다고 인간은 혼자서만 살아갈 수도 없습니다. 누군가와 친해지고, 사랑하고 하면서 더불어 살아가야 하죠. 아무리 끊어 내려고 해도, 주위에는 '사람들'이 있으니까요.

다음으로는 〈얼룩말〉, 〈찬란하지 않아도 괜찮아〉를 소개합니다. 두 작품 모두 "자기 자신에 대한 있는 그대로의 긍정"을 이야기하고 있어요. 얼룩말은 야생의 습성이 강해서 길들이기가 힘들다고 하는데요. 길들지 않은 얼룩말은 길들지 않은대로, 길이 들어 인간과 함께 살아가는 가축이 된 말은 또 그것대로, 각자 자신의 꼴로 사는 게 인생이라고 말하고 있습니다. 〈얼룩말〉의 주인공인 한세태는 백수인데요. 이것저것 대충 할 줄은 알지만 특별히 직업으로 삼을만한 게 없습니다. 한세태는 자기 나름의 삶을 찾아가보지만, 결국에는 직장에 들어갑니다. 그런데 그것도 마음에 들지 않는지, 어느 날 갑자기 직장 생활을 하는 자기 자신을 죽이고 '뉴 한세태'로 거듭났다고 말합니다. 그래서 직장을 때려치고, 자기가 하고 싶은 일을 하면서 잘 살았는지 어쨌는지는 아무도 모릅니다. 어쨌든 남들 사는 대로만 사는 게 답은 아니라고 말하는 웹툰입니다.

〈찬란하지 않아도 괜찮아〉는 찬란한 인생을 살기를 바라며, 찬란이라는 이름을 받았지만 가난에 허덕이며 감정의 스위치를 끄고 살아가는 주인공 이찬란이 우연히 사라질 위기에 처한 연극부에 들어가면서 겪는 에피소드를 다루고 있습니다. 찬란을 연극부로 끌어들인 도래는 "숨쉬는 것을 잊고 사는 사람이 숨쉬는 법을 다시 찾아가는 내용의 연극을 올리고 싶다"며 굳이 찬란이 주인공 역을 맡아주었으면 좋겠다고 말하죠. 이 웹툰은, 제목 그대로 "괜찮아"라고 말하고 있는데요. 이래도 괜찮고, 저래도 괜찮다고. 상처가 있으면 상처가 있는 대로 받아들이면 되고, 어려움이 있으면 어려움이 있는 대로 살아가면 된다고 말합니다.

이 세 작품은 작품의 주인공이 '자기 인생의 주인공'이 되는 이야기를 풀어냅니다. 살아갈 이유를 몰라 끊임없이 질문하거나, 아니면 질문 자체를 피하며 살던 주인공들. 그들은 타인을 만나면서 자신의 존재 가치를 알게 됩니다. 그리고 그간 너무 꽁꽁 싸매 놓아 있는 줄도 몰랐던 자신의 마음도 다시 찾습니다. 길이 보이지 않고 먹고 사는 일만으로 너무 무거워 '나'를 잊고 사는 우리에게 필요한 건 자기 자신을 받아들이고 이해하는 것이 아닐까 싶습니다. **PB**

찾아볼 작품

친하게 지내자 | 영일, 2017~, 레진코믹스
얼룩말 | 자유, 2011~2012, 네이버웹툰
찬란하지 않아도 괜찮아 | 까마중, 2017~2019, 네이버웹툰

열심히 노력해도
성장하지 않는 것만 같을 때 읽는 웹툰

항상 최선을 다하지만 성장하지 않는 것 같은 그 마음 잘 알아요. 저도 늘 글을 잘 쓰고 싶어 노력하지만, 언제나 저보다 잘 쓰는 분들이 너무나도 많거든요. 다른 사람의 재능은 늘 반짝이는데, 그에 비해 내 모습은 언제나 초라해 보이지 않나요? 재능 있는 사람들은 노력하는 사람들이 아주 오래 쌓아올린 걸 단숨에 제쳐 버리잖아요. 그럴 때마다 의기소침해지는 것도 사실이고요.

노력한 만큼 기대한 성과가 나오지 않아 낙심한 당신께 두 가지 작품을 추천하고 싶습니다. 참고로 말씀드리면 하나는 순한 맛, 다른 하나는 매운 맛이에요. 순한 맛 작품은 마음이 괴롭고 우울할 때 읽어 보기를 추천합니다. 속이 쓰라릴 때도 맵고 자극적인 것보다는 따뜻하고 부드러운 음식이 필요하니까요. 바로 웹툰 〈계절, 하루〉입니다.

〈계절, 하루〉는 계절마다 발견할 수 있는 여러 식물과 채소, 과일을 즐기는 제철음식 소개 웹툰입니다. 제철음식이 노력이나 성장, 재능과 도대체 무슨 상관인지 의아하실 수도 있을 것 같아요. 그런데 여기서 다루는 '제철 음식'은 자신의 시간에 맞춰 열심히 성장하는 식물들입니다. 남 모르게 자라나는 머위꽃, 조그마한 밭에서도 살뜰히 성장하는 허브와 토마토. 〈계절, 하루〉의 주인공인 '하루'는 산 곳곳에 홀로 피어나는 식물들을 알아보고, 그들의 생명력에 감탄하며 소중히 음식을 만들어내요. 그리고 자신이 찾아 낸 그 식물들처럼, 하루도 자신의 길을 느릿느릿 찾아냅니다. 그게 하루만의 속도라고 생각하면서요.

꼭 하루만 그런 건 아닙니다. 작품 속에 등장하는 또 다른 주인 공 '사리' 역시, 재능 있는 주변의 가족들보다 느리지만 차츰차츰 자신의 색깔을 찾아나가요. 마치 같은 종이지만 서로 다른 속도로 자라나는 식물들처럼요. 〈계절, 하루〉를 읽고 나면 남들보다 더 잘하기 위해 아등바등하고 있는 내 자신의 모습을 다시 돌아보게 돼요. 숲속에 빼꼼 고개를 내민 새싹들은 다른 나무보다 더 큰 나무가 되려 애쓰지 않죠. 오로지 자기가 나아갈 수 있는 대로 하늘을 바라보며 뻗어나갈 뿐인 것 같아요. 그 모습처럼 당신의 성장도 결국 당신만의 것으로, 누구보다 빠르거나 느리다고 비교할 수는 없지 않을까요. 이 작품을 읽다 보면 어딘가 따뜻하고 포근해지는 느낌을 경험할 수 있습니다. 작품을 다 읽고 나면, 분명 다시 시작할 용기를 얻을 거예요.

두 번째로 추천해 드릴 매운 맛 작품은 순한 맛과는 완전히 달라요. 아주 날카롭고 서늘한 작품인데요, 정지훈 작가의 〈더 복서〉입니다. 이 작품은 최고의 노력가가 최고의 재능인에게 패배하는 서사를 그려요. 단, 이 작품의 '패배'가 가지는 의미는 전형적인 의미와는 조금 다릅니다. 작품을 보시면 더 잘 이해하실 수 있을 거예요. 그중에서도 40화부터 51화까지 이어지는 '다케다 유토' 에피소드를 추천합니다.

다케다 유토는 복싱계에서 제일 가는 노력가로 알려져 있는 선수입니다. 타고난 재능이 없는 대신 그 빈틈을 엄청난 노력으로 메꿔냈죠. 반면 다케다 유토와 싸우는 주인공 '유'는 초인적인 재능을 타고난 선수예요. 재능과 노력이 맞붙는 이 대결은 손에 땀을 쥘 정도로 긴장감이 넘칩니다. 그렇지만 미리 알려드린 것처럼, 끝내 노력가는 패배하고 맙니다. 하지만 이 '패배'는 조금 다른 질문을 던져요. 노력의 보상이 반드시 승리여야 하는지에 대해서요. 남들보다 나아지지 않는다면, 노력은 곧 의미가 없는 것일까요? 노력의 보상은 정말로 성장인 걸까요? 다케다 유토는 패배했지만, 대신 그의 노력은 '완주'라는 새로운 의미를 만들어냈습니다.

이미 많이 노력한 당신에게 무슨 말을 건넬 수 있을까요? 다만 절망하지는 말라고 꼭 토닥이고 싶습니다. 최소한 제가 읽은 만화 중에서는 그 어떤 작품에서도 노력가의 서사가 무의미한 결말을 맞았던 적은 없었거든요. **GR**

찾아볼 작품

계절, 하루 | 권경진, 2021, 만화경
더 복서 | 정지훈, 2019~2022, 네이버웹툰

'북부대공' 모르는 이를 위한
로맨스 판타지 웹툰

북부대공, 백작영애, 데뷔탕트…. 로맨스 판타지 작품을 한 번도 읽어보지 않았다면, 아무래도 이런 단어들은 낯설고 생소하게 느껴질지 모릅니다. 북부대공은 대체로 황폐하고 추운 북부 지역 영지를 다스리는 공작(그중에서도 계급이 높은 대공)을 뜻하고, 백작 영애는 말 그대로 백작가의 여식을 가리킵니다. 데뷔탕트는 사교계와 연결된 용어로, 사교계에 곧 데뷔할 귀족 여성 혹은 그들이 사교계에 데뷔하는 행사 자체를 의미하기도 하죠. 이러한 단어들은 어떤 로맨스 판타지 작품을 보든 대체로 등장하지만, 용어나 계급 구조를 상세하게 설명하는 작품은 드뭅니다. 일반적인 장르 클리셰에 속하기 때문에 대체로 독자들이 안다는 것을 전제하고 사건이 전개되기 때문이죠. 그러나 로맨스 판타지 작품을 처음 접하는 독자라면 배경을 이해하기 어려워 어리둥절할지도 모르겠습니다.

로맨스 판타지 작품을 읽어 보고는 싶지만 아무래도 어려운 분들께 배경 설명 없이도 충분히 이해할 수 있는 '입문용' 작품을 소개하려 합니다. 본격적으로 작품을 안내하기 전에 먼저 말씀드릴 게 있어요. 로맨스 판타지 작품들은 대체로 '회귀, 빙의, 환생' 설정을 차용합니다. 비슷해 보이지만 서로 다릅니다. 먼저 '빙의'란, 작품을 읽던 독자가 작품 속의 등장인물이 되는 겁니다. 여러분이 로맨스 판타지 작품을 읽다가 잠들었는데, 눈을 떠보니 그 안의 캐릭터가 되어 버린 상황이죠. '회귀'란 주인공이 자신의 과거로 돌아가는 현상을 의미합니다. 마치 타임머신을 탄 것처럼요. '환생'은 모두 아는 것처럼, 새로운 생으로 다시 태어나는 것을 뜻합니다. 어떤 작품의 주인공은 한 번이 아니라 수십 번 과거로 되돌아가기도 하고, 환생했는데 과거로 회귀하기도 합니다.

이제 작품을 통해 본격적으로 로맨스 판타지 세계를 만나 볼까요? 가장 먼저 '빙의물' 〈엔딩 후 서브남을 주웠다〉, 〈남주의 첫날밤을 가져버렸다〉를 추천 드려요. 제목만 보면 왠지 비슷해 보이죠? 실제로 두 작품은 현대에 살았던 인물이 작품 속 여자 캐릭터에게 빙의하여 자신이 좋아하던 남자 캐릭터와 사랑을 나눈다는 공통점을 갖고 있습니다. 게다가 '남주'들 성격도 비슷해요. 차갑고 냉혹한, 그러나 사실 상처 많고, 본심은 따뜻한 이들이랍니다.

공통점이 많지만 이 두 작품은 각각의 매력을 갖고 있어요. 〈엔딩 후 서브남을 주웠다〉는 먼저 로맨스 판타지 장르 작품에서 보기 드문 수채화풍 채색을 사용합니다. 로맨스 판타지 작품이 채도가 높고 장식이 화려해 눈이 피로하다는 분들께 저는 항상 이 작품을 소개합니다. 물론 스토리도 좋고, 캐릭터들의 합도 너무 즐겁지만 저는 이 작품의 '안구 친화적'인 색감이 특히 편안하더라고요. 〈남주의 첫날밤을 가져버렸다〉의 특징적인 면모는 빙의한 주인공이 자신이 있는 세계가 작품 속임을 끊임없이 의식한다는 것입니다. 여성 주인공은 자신의 섣부른 행동으로 작품 세계가 무너질까 전전긍긍하는데, 이 때문에 여러 사건 사고가 발생하게 되죠. 원작과 씨름하는 주인공의 서사는 빙의물에서 주로 만날 수 있는 요소로, 〈남주의 첫날밤을 가져버렸다〉에선 이런 재미를 한껏 느낄 수 있어요.

다음으로는 생소한 로판 세계 속에서 익숙한 음식을 만날 수 있는 〈용왕님의 셰프가 되었습니다〉와 〈공작부인의 50가지 티 레시피〉

입니다. 〈용왕님의 셰프가 되었습니다〉는 '심청전'을 모티브로 한 작품인데, 로맨스 판타지 세계에 건너간 심청이 한국의 전통 음식을 요리합니다. 유럽을 배경으로 한 판타지 세계의 식탁 위에 떡국, 고추장은 물론 선짓국, 엿까지 올라가는 장면이란! 이와 달리 〈공작부인의 50가지 티 레시피〉에서 등장하는 건 한식이 아니라 홍차, 밀크티와 같은 차입니다. 현대 세계에서 차를 마시며 삶을 위로 받았던 주인공 하정은 빙의한 세계에 여러 차를 소개하며 사람들과 다양한 방식으로 소통합니다. 일반적으로 판타지 세계에서 먹는 음식은 늘 어떤 맛일지 상상만으로 그치곤 하는데, 이 작품들은 익숙한 음식을 이세계의 존재들에게 먹이는 것으로 새로운 재미를 만들어 냅니다. 현실에서 보고 듣고 먹어 본 음식들이 등장하는 만큼 로맨스 판타지 세계도 더 가깝게 느껴질 거예요.

이외에도 소개하고 싶은 로판 작품이 너무나 많아요. 로맨스 판타지 세계 안에는 연애뿐만 아니라 사업, 육아, 요리 등 다양한 소재가 있거든요. 문구점을 하는 악녀(〈악녀의 문구점에 오지 마세요!〉), 현대의학을 전파하는 주인공(〈외과의사 엘리제〉), 현대 의복을 디자인하는 캐릭터(〈여왕 쎄시아의 반바지〉) 등 흥미로운 작품이 많으니, 천천히 둘러보며 로맨스 판타지 세계에 푹 빠지기를 권합니다. 신비로운 세계에서 새로운 상상력을 펼쳐내는 작품들을 폭넓게 만날 수 있을 거예요. **GR**

찾아볼 작품

엔딩 후 서브남을 주웠다
황도톨 원작, 정서 각색/그림, 2020~2022, 네이버웹툰

남주의 첫날밤을 가져버렸다
황도톨 원작, 티바 각색, MSG 그림, 2020~2022, 네이버웹툰

용왕님의 셰프가 되었습니다
문백경 원작, 옥 각색, 카라쿨 그림, 2020~, 네이버웹툰

공작부인의 50가지 티 레시피
이지하 원작, 조현영 그림, 2019~2022, 카카오웹툰

악녀의 문구점에 오지 마세요
여로은 원작, 제철무 각색, 민절미 그림, 2022~, 카카오웹툰

외과의사 엘리제
유인 원작, mini 그림, 2017~2021, 카카오페이지

여왕 쎄시아의 반바지
권경진, 2020~, 코미코

휴가철에
느긋하게(?) 읽을 만한 웹툰

느긋한 휴가라니 어디 가당키나 한 소립니까. 우리는 바쁜 현대인, 그렇다면 휴가철 역시 열정 아니겠어요? 휴가엔 당연히 정주행! 회차가 너무 많아 평소 읽고 싶었지만 도전하지 못했던 만화가 있다면 이번이 기회입니다. 휴가도 즐기고 성취감도 누릴 수 있는 일석이조 웹툰을 소개할게요. (주의: 한꺼번에 다 읽으려다 탈이 날 수 있습니다. 작품 초반만 읽어보시다가 마음에 드는 작품을 선택해 집중해서 보세요.)

첫 번째 추천작은 〈덴마〉입니다. 2010년에 시작되어 10년이나 연재가 지속되었던 작품 〈덴마〉는 무려 연재된 회차가 '1414화'에 달합니다. 열정가로서 도전 정신을 불태우기 딱 좋지 않나요? 물론 〈덴마〉의 결말은 여러 모로 논란이 많기는 했어요. 이야기를 펼쳐 놓기만 하고 제대로 정리하지 못해 아쉬운 결말이라는 평이 많았지요. 그렇지만 〈덴마〉는 이른바 '덴경대'라 불리는 많은 팬을 거느릴 정도로 어마어마한 인기 하에 연재되었고, 많은 독자를 홀릴 정도로 흥미 있는 소재를 지닌 SF 작품이라는 데엔 이견이 없습니다. 아무리 열정가라해도 무려 천 화가 넘는 작품에 선뜻 도전하긴 어려울 수 있겠지만, 〈덴마〉는 여러 에피소드가 이어지는 형태의 작품이랍니다. 그래서 1414화 정주행이 아무래도 부담스럽다면 에피소드 단위로 찬찬히 읽어보셔도 좋을 것 같아요.

〈덴마〉와 다른 분위기의 스페이스 오페라를 찾으신다면, 〈나이트런〉을 정주행해 보시는 것도 추천합니다. 2009년에 연재를 시작해 지금도 이어지고 있는 작품입니다. 아주 먼 미래, 아주 먼 우주 공간 여러 행성을 무대로 인간과 비인간들의 사투를 그린 액션 대작입니다. 에피소드마다 주인공도 분위기도 바뀌어 새로운 맛을 보실 수 있어요. 600화를 조금 넘는 정도입니다만, 회당 분량은 〈덴마〉의 최소 두 배 이상입니다. 초반부 읽어보시고 마음에 드셨다면 달려보셔요. 다 달리기도 전에 연휴가 값지게 사라져 있을 거예요.

거대한 우주를 횡단하는 SF 이야기가 취향이 아니라면 현대 사회를 배경으로 한 심리학-추리물은 어떤가요? 〈닥터 프로스트〉는 100선에도 올라간 작품이니 짧게 소개만 드립니다. 이것도 10년을 연재한 작품이지만, 〈덴마〉보다는 비교적 회차가 적어요. 총 275화! 어때요, 도전할 만한가요? 〈닥터 프로스트〉는 천재 심리학 박사 '프로스트'를 둘러싸고 벌어지는 이야기예요. 개인적인 불안/공황 등의 심리적 문제에서 시작해 국민 정서로 이어지기까지 모두가 공감할 이야기가 가득 쌓여 있죠. 천재 심리학자 '프로스트'는 어쩌다가 심리학에 발을 들이게 됐고, 그가 가진 비밀은 무엇인지…회차가 거듭될수록 더 흡입력 있는 스토리텔링으로 전개됩니다.

그런데 휴가인 만큼 힐링도 챙기고 싶다고요? 그렇다면 짧은 작품을 몇 편 추려볼게요. 웹툰 작가의 힐링법을 중심으로 추천드립니다. 우선 골드키위새 작가의 문조 반려 이야기인 〈우리집 새새끼〉는 매우 짧습니다. 본편 12화에 알찬 후기와 플러스 알파 정도니까요. 본편과 후기를 가리지 않고 골드키위새 특유의 개그감이 그야말로 폭발합니다. 반려새 문조 하나로 이런 이야기가 가능하다니, 정말 놀라울 따름입니다. 〈여행해도 똑같네〉는 캐러멜 작가가 그리고 네온비 작가가 출연하는 부부 여행기입니다. 극한직업 웹툰 작가들이 힐링과 창작을 위해 떠난 여행 이야기죠. 네온비의 생활툰 〈결혼해도 똑같네〉와 비슷한 결의 스핀오프라 할 수 있어요. 하지만 남편과 아내의 시선 차이까지 포함해 색다른 재미가 담겨 있답니다. 12화로 아주 짧기까지 하니 정말 쉬엄쉬엄 보실수 있을 거예요.

그러나 사실 휴가철엔, 뭐니뭐니해도 만화방에서 만화책을 쌓아놓고 읽는 게 최고 아니겠습니까. 만화방에 산책가듯 놀러가 새로 나온 단행본들을 쭉 살펴보는 것도 추천해요. 웹툰도 출판 단행본으로 나온 작품이 많은데, 단행본으로 읽는 것과 모바일로 읽는 게 생각보다 느낌이 많이 다르답니다. 만화를 무료로 열람할 수 있는 부천 만화도서관, 명동 만화의집, 서울 도봉구에 위치한 둘리도서관도 쉬엄쉬엄 놀러가 보세요. 그날따라 눈에 띄는 책 한 권을 집었는데 내 인생 명작을 만나는 순간이 될 수도 있으니까요. **GR & J**

찾아볼 작품

덴마 | 양영순, 2010~2019, 네이버웹툰
나이트런 | 김성민, 2009~, 네이버웹툰
닥터 프로스트 | 이종범, 2011~2021, 네이버웹툰
우리집 새새끼 | 골드키위새, 2013, 카카오웹툰
여행해도 똑같네 | 캐러멜, 2014, 카카오웹툰

커밍아웃한 친구를 이해하는 데
도움이 되는 웹툰

　내 친구가 나에게 커밍아웃을 한다면 어떻게 해야 할까요? 우선은 '어떻게 할까'를 생각하기보다 친구가 나에게 커밍아웃을 한 상황 자체에 대해 생각해 보세요. 친구는 지금 매우 개인적이고, 어쩌면 위험할지도 모르는 이야기를 당신에게 털어 놓았습니다. 당신이 그 이야기를 들어 줄 준비가 되어 있을 거라고 믿고 있고, 그만큼 소중한 사람이라는 뜻일 테죠. 그러니 처음 던졌던 질문을 바꿔 볼게요. 당신은 커밍아웃한 소중한 사람을 이해할 준비가 되어 있나요?

　만약 준비가 되어 있지 않다는 생각이 든다면 미리 대비해 두는 게 어떨까요? 웹툰을 읽으며 천천히 스며들어 보자고요.

　우선, 성소수자 커플의 일상을 다룬 웹툰을 한번 보시는 게 어떨까요? 〈모두에게 완자가〉와 〈이게 뭐야〉를 추천합니다. 〈모두에게 완자가〉는 100선으로 선정하기도 한 작품인데요. 레즈비언 커플의 일상을 담은 작품입니다. 이 작품은 작가 자신이 레즈비언으로서 연애하고, 헤어지는 이야기를 다룹니다. 사실 이 내용들의 대부분은 그냥 평범한 커플의 이야기로 읽힙니다. 다만 성소수자로서 느끼는 고민들이 군데군데 담겨 있을 뿐이죠. 〈이게 뭐야〉는 게이 커플의 일상을 다룬 작품인데요. 개그물이라 가볍게 웃으면서 볼 만한 작품입니다. 참고로 〈이게 뭐야〉는 19금인데요, 커플의 일상이다 보니 사랑을 나누는 장면이 간혹 나오기 때문입니다. 그렇다고 수위가 높지는 않아요. 이 두 작품에서 강조되는 것은 게이나 레즈비언 커플이 이성애자 커플과 그다지 다를 것이 없다는 점입니다. 커플이 다 그렇듯 서로 지지고 볶는, 그러면서도 사랑하는 모습이 잘 그려져 있어요.

두 번째로는 성소수자가 일상 속에 녹아 있는 모습들을 다룬 웹툰 〈말하지 말까〉입니다. 한 여자가 첫사랑의 기억이 담긴 향기를 오랫동안 간직하면서 어떤 아이돌 가수를 좋아했는데, 사실 그 향기는 그 아이돌의 것이 아니라 다른 남자의 향기였음을 알게 되고, 결국 그 남자와 사랑하게 되는 이야기입니다. 그런데 이 웹툰은 메인 주인공의 이야기보다 서브 주인공들의 이야기가 많은 사랑을 받았습니다. 주인공과 가까운 인물들이 서로 커플이 되거든요. 그런데 그게 남-남, 여-여 커플입니다. 이 중에는 애초에 자신의 성적 지향을 자각한 인물도 있고, 자신을 이성애자라고 생각하고 있었는데 동성이랑 연애를 하게 되는 사람도 있습니다. 사실 섹슈얼리티는 유동적입니다. 그리고 인생은 늘 어떤 일이 벌어질지 모르죠.

살펴 보면 자연스럽게 동성 커플의 일상을 다루는 작품들이 꽤 있습니다. 세상이 비성소수자로만 가득 차 있는 게 아니라는 걸 잘 보여 주는 작품들이죠. 이런 작품들은 성소수자 독자들에게는 스스로와 비슷한 인물을 가상으로 만나게 하는 자리가 되고, 비성소수자에게는 성소수자가 우리 사회의 일원임을 이해하도록 돕습니다. 그런만큼 성 정체성이나 성 지향에 구애받지 않고 함께 사는 세상에 기여하는 작품들이라 할 수 있습니다. **PB**

찾아볼 작품

모두에게 완자가 | 완자, 2012~2015, 네이버웹툰
이게 뭐야 | 지지, 2014~2021, 카카오웹툰
말하지 말까 | 마루, 2020~2022, 카카오웹툰

부록2. 100선 목록

	작품명	작가	최초 연재	연재 시작
1	순정만화	강풀	카카오	2003.10
2	1001	양영순	파란	2004.7
3	마음의소리	조석	네이버	2006.9
4	무림수사대	이충호	카카오	2007.7
5	퍼펙트 게임	장이	카카오	2007.9
6	어서오세요 305호에!	와난	네이버	2008.3
7	우월한 하루	팀겟네임	네이버	2008.12
8	이말년씨리즈	이말년	야후	2009.11
9	신과함께	주호민	네이버	2010.1
10	키스우드	안성호	네이버	2010.5
11	신의탑	SIU	네이버	2010.6
12	살인자ㅇ난감	노마비/꼬마비	네이버	2010.7
13	은밀하게 위대하게	HUN	카카오	2010.7
14	치즈인더트랩	순끼	네이버	2010.7
15	쌉니다 천리마마트	김규삼	네이버	2010.8
16	어쿠스틱 라이프	난다	카카오	2010.8
17	닥터 프로스트	이종범	네이버	2011.2
18	김철수씨 이야기	수사반장	카카오	2011.1
19	미생	윤태호	카카오	2012.1
20	카산드라	이하진	카카오	2012.5
21	모두에게 완자가	완자	네이버	2012.6
22	방과 후 전쟁활동	하일권	네이버	2012.11
23	용이 산다	초	네이버	2013.7
24	아만자	김보통	올레마켓웹툰	2013.9
25	먹는 존재	들개이빨	레진	2013.12
26	송곳	최규석	네이버	2013.12
27	칼부림	고일권	네이버	2013.12
28	미쳐 날뛰는 생활툰	Song	네이버	2014.3
29	멀리서 보면 푸른 봄	지늉	카카오	2014.4
30	데미지오버타임	선우훈	카카오	2014.6
31	좋아하면 울리는	천계영	카카오	2014.9

32	전자오락수호대	가스파드	네이버	2014.10
33	Ho!	억수씨	네이버	2014.10
34	시동	조금산	카카오	2014.11
35	조선왕조실록	무적핑크	네이버	2014.12
36	여중생 A	허5파6	네이버	2015.2
37	아 지갑놓고나왔다	미역의효능	카카오	2015.3
38	호랑이 형님	이상규	네이버	2015.3
39	유미의 세포들	이동건	네이버	2015.4
40	죽어도 좋아	골드키위새	카카오	2015.4
41	잠자는 공주와 꿈꾸는 악마	마사토끼/KIRTY	레진	2015.6
42	나는 귀머거리다	라일라	네이버	2015.8
43	고수	류기운, 문정후	네이버	2015.9
44	조국과 민족	강태진	레진	2015.9
45	오민혁 단편선	오민혁	네이버	2015.11
46	혼자를 기르는 법	김정연	카카오	2015.12
47	가담항설	랑또	네이버	2016.1
48	공대생 너무만화	최뻽빵	네이버웹툰	2016.5
49	쌍갑포차	배혜수	카카오	2016.6
50	환관제조일기	김달	레진	2016.6
51	여자친구	청건	레진	2016.8
52	구름의 이동 속도	김이랑	네이버	2016.10
53	불멸의 날들	허긴개	레진	2016.10
54	안녕 커뮤니티	다드래기	레진	2016.12
55	계룡선녀전	돌배	네이버	2017.3
56	야채호빵의 봄방학	박수봉	네이버	2017.4
57	며느라기	수신지	독립/카카오	2017.5
58	지옥사원	네온비, 캐러멜	카카오	2017.5
59	프레너미	돌석	카카오	2017.5
60	그녀의 심청	seri/비완	저스툰/봄툰	2017.9
61	환생동물학교	엘렌 심	네이버	2017.9
62	다리 위 차차	윤필/재수	저스툰/봄툰	2017.10
63	아비무쌍	노경찬, 이현석	카카오	2017.10
64	아기 낳는 만화	쇼쇼	네이버	2017.12
65	안녕은하세요	검둥	저스툰/봄툰	2017.12
66	나 혼자만 레벨업	장성락, 현군, 추공	네이버	2018.3

67	우두커니	심우도	카카오	2018.3
68	익명의 독서 중독자들	이창현, 유희	카카오	2018.3
69	모지리	잇선	독립	2018.5
70	새벽날개	박흥용	카카오	2018.5
71	아티스트	마영신	카카오	2018.6
72	연의 편지	조현아	네이버	2018.8
73	좀비딸	이윤창	네이버	2018.8
74	극락왕생	고사리박사	독립/카카오	2018.11
75	어둠이 걷힌 자리엔	젤리빈	카카오	2019.1
76	황제와 여기사	TEAM 이약, 안경원숭이	카카오페이지	2019.1
77	안녕, 엄마	김인정	카카오	2019.3
78	정년이	서이레/나몬	네이버	2019.4
79	ONE	이은재	카카오	2019.4
80	위대한 방옥숙	매미/희세	네이버	2019.5
81	고래별	나윤희	네이버	2019.6
82	이대로 멈출 순 없다	자룡, 골왕	카카오	2019.6
83	그날 죽은 나는	이언	네이버	2019.7
84	유색의 멜랑꼴리	비나리	카카오	2019.7
85	조숙의맛	이우물	카카오	2019.7
86	남남	정영롱	카카오	2019.8
87	더 복서	정지훈	네이버	2019.12
88	도롱이	사이사	네이버	2019.12
89	민간인 통제구역	OSIK	네이버	2019.12
90	신의 태궁	해소금	카카오	2020.1
91	여왕 쎄시아의 반지	재겸, 새들	코미코	2020.1
92	오늘을 살아본 게 아니잖아	한차은	만화경	2020.1
93	하루만 네가 되고 싶어	삼	네이버	2020.1
94	미래의 골동품 가게	구아진	네이버	2020.3
95	데이빗	d몬	네이버	2020.4
96	동트는 로맨스	유월	네이버	2020.5
97	각자의 디데이	오묘	네이버	2020.6
98	살아 남은 로맨스	이연	네이버	2020.8
99	붉고 푸른 눈	김민희	비독점	2020.11
100	난 슬플 때 봉춤을 춰	만, 난돌, 곽민지	리디	2021.9

부록3. 올해의 합정만화상

심사평은 합정만화연구학회 블로그(hj-comics.tistory.com) 참조.

2021년 '올해의 합정만화상' 선정작

	작품명	작가	플랫폼/출판사
국내 작품	그날 죽은 나는	이언	네이버웹툰
	도롱이	사이사	네이버웹툰
	똥두	국무영	비룡소
	유색의 멜랑꼴리	비나리	카카오웹툰
	이세린 가이드	김정연	코난북스
국외 작품	은하의 죽지 않는 아이들에게	시카와 유키 (김동욱 옮김)	문학동네
특별 언급	닥터 프로스트	이종범	네이버웹툰
	루나의 전세역전	루나	SNS, 블로그
	신의 태궁	해소금	카카오웹툰
	지역의 사생활 99	불키드 외	삐약삐약북스

2020년 '올해의 합정만화상' 선정작

	작품명	작가	플랫폼/출판사
국내 작품	극락왕생	고사리박사	딜리헙
	나의 살던 고향은	선우훈	버프툰
	남남	정영롱	다음웹툰
	셧업앤댄스	이은재	네이버웹툰
	유부녀킬러	검둥, YOON	다음웹툰
국외 작품	툇마루에서 모든 것이 달라졌다	쓰루타니 가오리	북폴리오
특별 언급	문 밖의 사람들	김성희, 김수박	보리
	안녕 커뮤니티	다드래기	창비

찾아보기

웹툰 내비게이션

시작이 어려운 사람들을 위한 웹툰 선택 가이드

지은이
조경숙 조익상 박범기 성상민

Copyright © 조경숙, 조익상, 박범기, 성상민, 2022

초판1쇄 펴냄
2022년 10월 20일

ISBN   979-11-89680-37-4 (03810)

편집
박내현 김미선

값   18,800원

펴낸곳
도서출판 이김

브랜드
냉수

등록
2015년 12월 2일
(제2021-000353호)

주소
03964
서울시 마포구 방울내로 70 301호

이메일
LHhOT@leekimpublishing.com

냉수는 도서출판 이김의 문학·에세이·코믹 브랜드입니다.

잘못된 책은 구입한 곳에서 바꿔 드립니다.

책의 이해를 돕기 위해 썸네일 크기의 도판을 삽입했습니다. 이 도판의 저작권은 모두 해당 작품의 작가에게 있습니다.
저작물의 이용에 대한 사항은 출판사 편집부로 연락 바랍니다.